춘천여자, 송혜란

박철호 장편소설

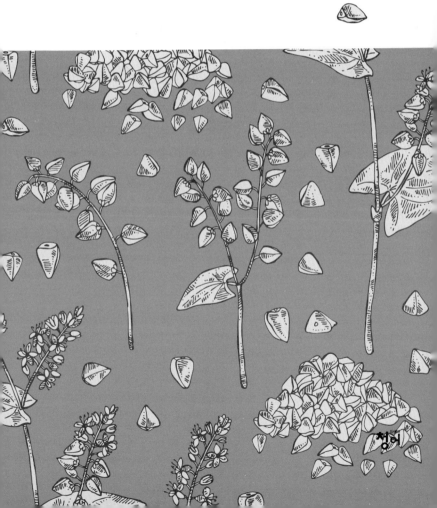

청어

춘천여자, 송혜란

박철호 지음

발 행 처·도서출판 **청어**
발 행 인·이영철
영   업·이동호
기   획·이용희
편   집·방세화
디 자 인·이해니 ㅣ 이수빈
제작부장·공병한
인   쇄·두리터

등   록·1999년 5월 3일
(제321-3210002510019990000063호)

1판 1쇄 인쇄·2019년 2월 10일
1판 1쇄 발행·2019년 2월 20일

주소·서울특별시 서초구 효령로55길 45-8
대표전화·02-586-0477
팩시밀리·02-586-0478

홈페이지·www.chungeobook.com
E-mail·ppi20@hanmail.net
ISBN·979-11-5860-618-3(03810)

이 도서의 국립중앙도서관 출판시도서목록(CIP)은 서지정보유통지원시스템 홈페이지
(http://seoji.nl.go.kr)와 국가자료공동목록시스템(http://www.nl.go.kr/kolisnet)에서 이용
하실 수 있습니다.(CIP제어번호: CIP2019003297)

춘천여자, 송혜란

작가의 말

"늦가을 거둔 햇메밀, 눈 쌓이면 '제철 막국수'로 거듭 난다."

2019년 1월 5일~6일자 중앙SUNDAY 24면, 'FOOD' 의 타이틀이다. 첫 장편소설을 내는 내 마음이 꼭 그랬 다. 그것은 30년 메밀과 막국수를 공부해 온 과학자 이 력의 비유로도 마음에 드는 표현이지만 늦깎이로 소설 의 바다에 뛰어든 문학적 소망에 대한 비유로도 어울리 는 말이다.

지난해 세모(歲暮)에 첫 단편소설집 『산토 치엘로(하느님 맙소사!)』를 펴낸 데 이어 기해년 세시(歲時)에는 첫 장편소 설 『춘천여자, 송혜란』을 내게 되어 기쁘다. '과학적 창조 와 문학적 창작'은 내게 언제나 시작일 뿐이다. 어느 것도 완성의 경지에 들기에는 턱없이 부족하다. 그럼에도 불구 하고 책을 내는 만용(蠻勇)은 뿌리 깊은 빚 갚음에 대한

염원에 연유한다.

　대학 2학년 때 농촌봉사활동에서 만나 같이 땅을 파
며 잡아 본 13살 재건학교 소년의 돌같이 굳은 손을 잊지
못한다. 어린 나이에 얼마나 일을 많이 했으면 손이 돌처
럼 단단할까? 그때 여리고 여려서 삽질 몇 번에 손바닥
에 물집이 잡힌 나의 '부끄러운 손'은 지금도 내놓기가 민
망하다. 터뜨려 버리면 그만인 물집보다 더 불순한 각질
투성이의 손으로 배불리 밥을 먹고 있는 것은 '빚'에 다
름 아니다. 논문 몇 편과 소설 몇 편으로 갚아질 빚이 아
니라는 것을 잘 안다. 그래도 새벽잠을 줄여 한 땀 한 땀
헤진 '통섭과 공유' 의식을 깁는 작업을 멈출 수가 없을
것 같다. 현실 속의 나는 무력하나 소설의 주인공이 되어
서라도 잘 살아볼 수 있다면 좋겠다는 그 생각 때문에.

　막국수와 메밀의 고장, 춘천. 그곳에서 나고 자란 한
여인의 고향 사랑. 메밀꽃이 피어 열매를 맺고 그 열매로 생명을 지키는 농심(農心) 같은 사랑으로 봄 시내(春川)처럼 산 '춘천여자, 송혜란', 우리들의 누이로 오래 기억되기를 바라며 기해년의 새 봄을 맞는다.

청어 이영철 대표님께 감사드리며 기해년 독자 제현(諸賢)의 건강과 행복을 빈다.

기해년 새 봄을 기다리며

박철호

차례

1

마리보(Maribor) 시가지 중심으로 통하는 드라바(Drava)강의 올드브릿지(old bridge) 위에서 시내 쪽을 건너다보는 광경은 무척 아름답다. 동유럽 특유의 붉은 기와집들의 풍경이 압권이다. 멀리 보이는 푸른 산과 다리 밑을 흐르는 맑은 강물이 시가지 집들의 붉은 기와와 절묘한 조화를 이룬다. 가까운 산기슭엔 곳곳에 줄지어 선 포도나무들이 눈에 띄어 듣던 대로 와인의 고장임을 느끼게 한다.

혜란은 시내 쪽 다리 끝에서 강변으로 연결된 계단을 내려가 '바인하우스'로 갔다. 처음은 아니다. 20년 전에 스테노에 이끌려 처음 이 집에 왔었고 그 뒤로도 마리보에 올 때마다 꼭 한 번은 찾았었다. 여전히 흰 벽면을 타고 양쪽으로 십여 미터씩 줄기를 뻗으며 포도송이를 매달고 있는 굵은 포도나무가 위용을 뽐낸다. 세계에서 가장 오래된, 450년 된 포도나무인데 누가 심었는지는 모른단다. 누군가 집을 짓고 나서 마당에 심은 한 그루의 포도나무를 대를 이어 잘 키웠고 양 옆으로는 씨가 떨어져 30년쯤 자란 딸 포도나무까지 한 그루씩 자라고 있다. 450살 노인네가 서른 살 두 딸을 두었으니 늦둥이도 그런 늦둥이가 없다. 문을 열고 하우스 안으로 들어선 혜란은 리셉션에 앉아 있는 젊은 아가씨에게 살짝 고개를 숙여 눈인사를 하고 왼쪽 매장으로 향했다. 스테노가 처음 혜란을 이곳에 데려와 바인 크라운(포도나무 왕관)을 씌워 주고 사진을 찍어주었던 자리다. 세월이 많이 흘렀는데도 한쪽 벽면을 가득 메운 역대 바인아가씨들의 사진 속 얼굴들이 마치 혜란을 알아본 듯 반갑게 웃어준다. 스테노에게 혜란은 사진 속 바인아가씨 못지않게 예쁘고 사랑스러웠다. 그래서 바인 왕관을 쓰고 찍은 혜란의 사진을 친구들에게 보이며 자랑스러워했었다. 춘천여자 혜란이가 마리보 여인이었다면 정말 바인아가씨에는 너끈히 뽑힐 수 있을 거라고 너스레를 떨었다. 스테노와 결혼 후 그라시야와 함께 다시 찾았을 때도 같은 곳에서 사진도 찍고 기념품도 사면서 즐거워했다. 그 사이 달라진 것은 바인하우스가 '오방하우스'와 자매하우스가 된 이후에 '오방'의 제휴제품도 한쪽에서 전시·판매되고 있다는 점이다.

2

혜란은 아침부터 서둘렀다. 뮌헨역에서 프라하로 가는 기차를 타야 했다. 프라하의 체코 농대에서 열리는 제9회 세계메밀학회에 참석하러 가는 길이다. 한국의 춘천에서 나고 자라 농대를 졸업한 혜란은 뮌헨대의 석사과정에 입학해 2년째 생명공학을 전공하는 중이다. 3년 전 한국의 춘천에서 제8회 세계메밀학회가 열렸을 때 학회 등록과 진행을 도우면서 알게 된 독일인 교수 젤러의 대학원생이 된 것이다. 혜란은 여고 때부터 이모네 집에 세 들어 살던 미군에게서 영어회화를 배우면서 영어공부에 집중하게 돼 대학 시절에도 미군 친구들과 교류하며 회화에 능통하게 되었다. 그 덕분에 제8회 세계메밀학회를 유치한 학과의 박교수에게 발탁돼 학회 일을 지원하게 된 것이다. 그때가 대학 3학년이었다. 학회는 춘천에서 막국수축제 기간에 3일, 봉평에서 효석문화제(메밀꽃축제) 기간에 2일, 합하여 5일간 진행되었다. 혜란은 다른 봉사자들과 함께 학회 기간 내내 진행을 돕거나 축제 현장을 안내하는 등 백여 명의 외국인 참가자들과 자주 접하게 되었다. 학부생이었지만 출중한 회화 능력과 돋보이는 매너로 참가자들의 찬사를 받으며 강한 인상을 남겼다. 이듬해, 4학년이 되어 진로 결정에 부심할 때 박교수의 부름을 받았다. 정부에서 유학생을 선발한다는 공고가 났으니 지원해 보라는 것이었다. 젊은 학생들이 이공계를 기피하는 현상의 심각성을 인식한 정부가 전국에서 300명을 뽑아 장학생으로 외국의 저명 대학에 유학을 보낸다는 계획이었다. 장학금의 규모가 연간 2만 달러로 상당히 좋은 조건이었다. 다만 신청 전에 외국의 저명대학으로부터 입학허가서를 받아 지원서와 함께 제출하게 되어 있었다. 그래서 박교수와 함께 미국, 캐나다 등 영어권 대학의 관련 전공 교수들에게 입학허가를 요청하는 시도를 했다. 그러나 여의치 않아 지난번 세계메밀학회 때 만난 교수들에게 입학허가를 요청해 뮌헨대의 젤러 교수로부터 승낙을 얻게 되었다. 그렇게 해서 유학이 성사되었고 뮌헨에서 학업을 계속 하던 차에 프라하에서 이번 9회 세계메밀학회가 열리게 돼 지도교수인 젤러와 함께 참가하게 된 것이다.

점심때가 막 지나 체코 농대에 도착한 혜란은 배정된 숙소에 여장을 풀고 등록을 마쳤다. 저녁에는 한국에서 온 모교의 박교수와 대학원생을 캠퍼스 내 카페에서 만났다. 모두 오래간만에 만난 지인들이라 반가움에 시간 가는 줄 모르고 밤이 늦도록 환담했다. 학회 3일째에 맥주 공장 견학과 참가자들의 즐거운 여흥에 이어 4일째 남은 발표 일정과 총회를 마무리했다.

슬로베니아 류블랴나대학 생명공학기술대 교수인 이반 크레프트 박사가 1980년에 세계메밀학회를 창립한 이래 3년마다 세계 여러 나라를 돌아가며 학회를 열고 있는데 그때마다 그 지역의 메밀밭을 견학하는 투어(field study)를 빠짐없이 해오고 있다. 이번 프라하 세계메밀학회에서는 체코, 슬로바키아, 슬로베니아, 이탈리아까지 무려 주변 4개국의 메밀밭을 순회하는 필드스터디를 하게 되었다. 지역마다 심는 품종과 재배환경이 조금씩 다르니 작황도 차이가 있고 지역의 물레방아 같은 메밀관련 시설도 구별되니 그야말로 유익한 현장체험이었다. 그러나 한국에서처럼 메밀음식이나 메밀꽃을 소재로 한 메밀축제는 이 지역에서 볼 수 없었다. 3년 전 한국에서는 8월 말과 9월 초에 걸쳐 춘천과 봉평에서 메밀밭 필드투어와 축제장 견학을 하면서 한국의 메밀문화를 만끽했었다. 특히 메밀축제와 연계해 '메밀의 과학과 문화의 만남'을 주제로 한 한국에서의 제8회 세계메밀학회를 참가자들은 역대 최고의 학회로 호평을 했었다.

다음날 체코의 농촌지역 메밀밭을 견학하면서 슬로바키아 브루노까지 가 유전학자 멘델이 살던 수도원도 들러보고 빈에서 기차를 타고 마리보로 향했다. 이탈리아 북부지방으로 메밀밭 견학을 가는 길에 3일을 슬로베니아 마리보에 체류하며 마리보 IC Piramida 직업대학에서 별도의 심포지엄이 계획되어 있었기 때문이었다. 대부분의 참가자들이 버스와 기차를 번갈아 타며 마리보로 이동해 2박 3일 함께 지냈다. 혜란도 발표할 논문을 준비해 도착한 다음날 첫 순서로 구두발표를 했다.

스테노가 발표자들의 USB를 받아 열심히 발표와 진행을 도왔다. 스테노는 짧게 깎은 갈색 머리카락이 훤히 드러난 이마와 잘 어울려 매우 이지적인 모습이었다. 영어도 곧잘 했다. 말할 때마다 미소를 머금은 얼굴로 오래 만나온 사람처럼 편하게 대해 주었다. 의식적인 배려라기보다는 천성인 듯 했다. 부모가 그런 성품이어서 좋은 성품을 물려받은 것이라는 느낌이 들었다. 스테노는 마리보 IC Piramida 직업대학에서 식품공학을 전공하는 졸업반 학생이다. 영어도 곧잘 하고 유럽제빵경진대회에 나가 수상도 몇 차례 했다. 이번 심포지엄에서 지도교수와 공저로 발표한 논문도 타타리메밀을 원료로 빵과 과자를 만들어 가공조건에 따른 품질을 비교, 평가한 것이다. 심포지엄 발표장에서 진행을 돕다보니 자연스레 발표자인 혜란과도 조우하게 되었다. 그런데 혜란이 발표를 할 때 컴퓨터시스템에 오류가 발생했다. 혜란의 발표 자료가 뜨지를 않았다. 당황한 혜란과 스테노가 안절부절못하다가 다행히 그리 오래지않아 오류를 바로 잡아 무난히 발표를 마칠 수 있었다. 혜란의 발표 논문은 메밀의 앨러지 단백질에 대한 실험결과이므로 그림과 표가 많아 빔 프로젝터 없이는 발표가 불가능한 것이었다. 혜란은 스테노의 순발력과 신속한 손놀림으로 낭패를 면하게 돼 스테노에게 고마운 마음을 표시하고 싶었다. 그래서 프로그램 상의 모든 발표가 끝나고 스테노가 발표장을 다 정리할 때까지 발표장 바깥 복도에서 그를 기다렸다. 발표장은 지하층이었으나 복도 한쪽은 바닥까지 창문으로 빛이 들어오는 반지하층인 셈이었다. 창가에 놓인 인도고무나무 화분에도 노랗게 부서진 햇살이 두터운 나뭇잎에 떡고물처럼 붙어 있었다.

3

스테노는 마리보에서 20여 ㎞ 떨어진 곤야 래드고나(Gorja Radgona)라는 마을에서 태어났다. 스테노가 초등학교에 입학했을 무렵 아버지는 돈을 번다고 캐나다로 가서는 돌아오

지 않았다. 그래서 홀어머니 슬하에서 홀로 자랐다. 어머니
는 애비 없는 후레자식을 만들지 않기 위해 스테노에게 매
우 엄했다. 돔 페니네(Dom Penine)라는 포도주 회사의 농장
에서 포도 열매를 수확하는 일로 임금을 받아 생계를 꾸렸
다. 돔 페니네는 동네가 황새마을이기도 한데다 황새처럼 재
운이 해마다 돌아오기를 바라는 뜻에서 긴 다리로 서 있는
황새로 로고를 새긴 회사다. 백오십 년이 넘은 회사라 포도
밭도 수 십 에이커에 달하고 언덕을 파고들어 지하 동굴에
폭포수를 흐르게 만든 와인셀라(wine cella, 포도주 저장실)는
이 회사의 명물이다. 어머니는 주로 밭에서 일하느라 그다지
와인셀라에 올 일은 없었으나 그래도 어린 스테노는 자주
집 앞의 회사 마당에서 놀았다. 마을 앞으로는 뮤다강이 흐
르는데 강 건너는 바로 오스트리아와의 접경지라 간혹 어머
니와 강을 건너다니며 오스트리아 이웃들과 교류하기도 했
다. 그래도 점점 자라면서는 슬로베니아 사람으로 정체성을
세우면서 슬로베니아의 두 번째 대도시인 마리보에서 교육
을 받았다. 집안 형편으로 일찌감치 진로를 기술고등학교로
정한 스테노는 마리보에서 고교과정을 마치자마자 배운 제
과제빵기술로 시내 베이커리에 취업을 했다. 베이커리에서
처음 3년간은 아무런 불만 없이 학교에서 배운 대로 열심히

일했다. 빵 굽는 냄새가 좋았고 무엇보다 자신의 레시피로 구워지는 빵을 매일 찾는 고객이 늘어나는 재미가 좋았다. 그렇다고 사장이 월급을 더 주는 것도 아닌데도 매일 만든 게 품절이 될 만큼 단골 고객이 생기는 것은 신나는 일이었다. 그런데 3년이 지나면서 매일 같은 종류의 빵과 과자를 만드는 일에 서서히 염증이 나기 시작했다. 빵을 계속 만들어도 무언가 새로운 변화가 필요했다. 그래서 어느 날 베이커리를 그만 두고 바로 피라미다직업대학의 '식품공학과 영양' 프로그램에 진학해 공부를 더하는 도전을 선택했다. 특히 재료 중에서 타타리메밀에 관심을 가지고 새로운 맛과 제형의 빵과 과자를 만드는 데 집중했다. 타타리메밀은 '쓴메밀'이라고도 할 정도로 메밀가루가 물과 섞이면 강한 쓴맛이 난다. 혈압을 낮춰주고 항산화성이 높은 루틴 성분이 보통메밀보다 타타리메밀 종자에 백 배 더 많이 들어 있다. 그래서 메밀의 기원지인 중국의 운남성을 비롯한 여러 고산 지대에서는 예로부터 타타리메밀을 주식으로 이용해 왔다. 그러던 것이 건강식품에 대한 소비자의 관심이 늘면서 타타리메밀을 원료로 한 다양한 식품 가공에 주목하게 된 것이다. 특히 마리보 피라미다직업대학에서 오래전부터 메밀을 연구해온 블랭카 교수는 타타리메밀 빵과 과자 개발에 착안해 타타리메밀을 여러 학생들의 디플로마를 위한 논문 주제로 삼아오던 참이었다. 스테노도 타타리메밀을 주제로 논문을 완성하고 때마침 열게 된 국제메밀심포지엄에서 발표를 하게 된 것이다. 그러나 그것이 그의 디플로마 논문은 아니었다.

4

발표장을 정리하고 나오는 스테노를 혜란이 가로막으며 인사를 했다.

"스테노 씨! 아까는 정말 고마웠어요. 스테노가 아니었으면 발표를 못할 뻔 했어요."

"천만에요. 우리가 좀 더 세심하게 시스템을 점검해 두지 못해 걱정을 끼쳐 오히려 미안하지요."

스테노는 주최 측의 준비 부족을 되레 혜란에게 사과하는 답을 했는데 두 사람 사이에 잠깐 침묵이 흘러 대화가 순간 끊어지는 듯했다.

"그런데 혜란 씨의 연구 내용이 흥미롭던데요."

"어머! 그랬어요?"

"예! 앨러지에 대해서 저는 잘 몰랐던 부분이라……."

스테노가 혜란의 논문에 관심과 흥미를 표하자 혜란은 들뜬 마음으로 스테노에게 말문을 이어갔다.

 "스테노 씨! 당신의 타타리메밀 연구결과도 흥미로웠어요. 당신의 발표를 들으면서 제 연구주제인 메밀 앨러지와 결부해 결과를 추론해 보게 되던데……."

 "아! 그러셨군요. 나도 혜란 씨의 발표를 들으면서 타타리메밀 빵을 먹었을 때 사람에 따라 어느 정도 앨러지 반응이 나타날 수 있을지 궁금했지요."

 지하층에서 계단을 올라와 강의실에 이르기까지 두 사람은 서로의 발표에 대해 강한 호기심을 나타냈다. 스테노가 손에 든 물건들을 강의실에 두고 다시 복도로 나올 때까지 혜란은 문 앞에서 기다렸다. 다른 참가자들은 이미 간친회장에 모여 와인과 주스 등 음료를 마시며 잘 차려진 다과를 이것저것 집어 맛보고 있었다.

 "혜란 씨도 간친회장으로 가시지요?"

 강의실을 나온 스테노가 미소를 지으며 혜란을 맞은 편 간친회장으로 안내했다.

 간친회장에 들어서자마자 스테노는 "와인 한잔 하지 않겠느냐?"고 하며 레드인지 화이트인지 물었다. 혜란은 화이트 와인을 청했다. 스테노는 와인테이블에서 화이트 와인 한

잔을 가져다 혜란에게 주었다. 스테노의 손에도 화이트 와인 한 잔이 들려 있었다. 두 사람은 가볍게 잔을 부딪쳐 짧게 건배를 하고 와인을 한 모금 마셨다. 혜란의 입 안 가득 와인의 향이 고였다. 스테노의 향도 담긴 듯 처음 느껴보는 향이었다. 혜란은 스테노를 향해 입가에 미소를 띠어 보였다. 스테노도 살짝 가는 눈썹이 흔들리며 미소로 응답하였다. 실제로 가까이에서 본 스테노의 눈썹은 가늘지 않았으나 피부색에 감춰져 가늘게 보였다. 혜란은 참깨가 박힌 나비 모양의 과자를 들어 스테노에게 권했다. 스테노는 "땡큐!" 하며 받아먹었다. 오물오물 과자를 씹어 삼키는 스테노의 모습이 혜란에겐 귀엽게 비쳤다. 스테노도 새우깡처럼 생긴 막대 모양의 과자 한 개를 집어 혜란에게 먹어 보라고 건넸다. 짙은 갈색에 딱딱한 질감의 과자였다. 한 입 베어 물다가 과자 부스러지는 소리에 짐짓 입을 다물었다. 쓴맛이 강했다.

"어때요? 맛이…… 쓴 맛이 나지요? 백 퍼센트 타타리메밀이라서 그렇지요."

스테노가 혜란에게 그 과자를 건넨 이유가 타타리메밀의 맛을 보라는 뜻이었다는 듯 유쾌하게 설명을 이어갔다.

"이 과자는 타타리메밀가루를 반죽해서 섭씨 30도의 발효기에서 45분 숙성시킨 후 다시 섭씨 5도의 저온에서 2시간 숙성시킨 후 막대 모양으로 빚어 오븐에 구운 것이지요."

간친회 준비를 위해 보름 전부터 직접 제과 과정에 참여한 스테노는 막힘없이 설명을 했다.

"달지도 않고, 첫 맛은 쓰지만 뒷맛이 구수하고 좋네요. 나처럼 단맛이 싫은 사람이나 당뇨가 있는 사람들에게 맞을 것 같아요."

혜란은 단맛을 즐겨 하지 않는 자신의 입맛에 딱 맞는 과자임을 애써 강조하기라도 하듯 엄지손가락을 치켜들어 보였다. 그것 말고도 가운데 테이블에는 많은 종류의 빵과 과자가 정갈하게 차려져 있었다. 호도, 호박씨, 나무열매 가루, 치즈 등 여러 가지를 섞어 먹음직스럽게 잘 구워진 케이크와 롤빵도 있었다. 대부분 타타리메밀이 섞여서인지 한국의 유명한 빵집에서 보는 빵들과는 확연히 다른 색깔과 맛들이었다. 혜란은 스테노에게 빵 굽는 과정을 한번 볼 수 있으면 좋겠다고 관심을 표했다. 스테노는 당장은 어렵지만 언제 기회가 있지 않겠느냐며 여운을 남기는 말로 즉답을 피했다. 기계만 보는 거라면 금방이라도 실습실로 데려가 설명을 곁들여 보여줄 수 있지만 빵을 만드는 전 과정은 사전 준비와 시간을 요하는 작업이라 별도의 계획이 필요했다. 그래서 스테노는 당장은 어렵다고 한 것이다. 혜란도 그런 기본적인 것은 상식으로도 알아채어 모르는 바가 아닌데도 왜 그렇게 입 밖으로 관심을 드러냈는지 제빵보다도 스테노에 대한 호기심의 발로가 아니었을까 하는 생각이 들어 순간 얼굴이 달아오르는 느낌이 들었다.

5

　다음날은 크로아티아 수도인 자그레브 인근의 돌렌예스카 지역으로 가 메밀밭 투어가 예정되어 있고 모레는 수도인 류블랴냐를 거쳐 이탈리아 북부지방의 메밀밭까지 견학하는 일정이 마련되어 있어 내일은 마리보를 떠나야 한다. 8월이라 아직도 해는 길다. 이곳은 6월 20일경이 가장 해가 길어 21시간이 낮이고 불과 3시간이 캄캄한 밤이다. 그 이후로 해가 짧아지기는 해도 아직 밤은 멀었다. 한 사람, 두 사람 자리를 뜨면서 간친회가 파하는 분위기에 이르자 스테노가 마리보의 야경을 보러 갈 것을 제안했다. 그러잖아도 떠나기 전에 시내 구경을 했으면 하던 차여서 흔쾌히 따라나섰다. 한국사람들끼리 모여 같이 갈 수도 있었겠지만 스테노의 기습적인 제안이 싫지 않았다. 두 사람은 교정을 지나 시내로 가는 대로에 들어섰다. 블록이 아닌 콘크리트 포장도로였지만 인도의 3분의 1을 자전거 전용 도로로 금을 그어 놓아 사실상의 인도는 좁은 편이었다. 무심코 걷다가는 자전거 도로를 침범하기 일쑤다. 혜란도 몇 번인가 금을 넘어 스테노가 재빨리 잡아끌곤 했다. 그 덕분에 쌩쌩 달리는 자전거에 부딪치지는 않았고 또 부딪칠뻔해 자전거를 타는 사람에게 사과하는 일도 피할 수 있었다. 시내로 이어지는 다리에 막 들어섰을 때 눈앞에 펼쳐진 광경에 혜란은 저도 모르게 탄성이 나왔다. 프라하에서도 본 붉은 기와집들이 여기서는 규모는 작아도 배산임수에 전체적으로 균형미까지 가해져 더 아름다웠다. 유럽에 온 지 3년이 넘었지만 학교에 매어 있다시피 하면서 이런 절경은 처음이었다. 스테노는 저만치 앞서 가다 되돌아와 혜란에게서 카메라를 넘겨받아 절경을 배경으로 혜란의 독사진을 찍어 주었다. 순간이나마 카메라를 통해 살펴본 혜란의 얼굴과 가슴과 몸매가 스테노를 마음 설레게 했다. 비교적 선이 굵고 우람한 체격의 슬로베니아 처녀들과 대비되는 혜란의 우윳빛 얼굴과 가냘픈 몸은 무척 매력적이었다. 스테노는 혜란이 안아보고 싶은 첫 번째 동양여자라는 생각을 하면서 다리를 다 건너 왼쪽 계단으로 내려갔다. 혜란이 뒤따라 내려가니 바로 드라바강이었다. 강물은 소리 없이 흐르고 멀리 강가에 정박해 있는 유람선의 모습도 보인다. 배는 그리 크지 않았으나 관광객을 싣고 강을 오르내리는 배가 틀림없어 보였다. 강에 대해 물어볼 사이도 없이 스테노는 혜란을 '바인하우스' 앞으로 이끌었다. 세계에서 가장 오래된 포도나무라는 꽤 굵은 포도나무 앞에서 사진을 찍고 스테노의 설명을 들었다. 해마다 이곳에서 바인축제도 연다고 했다. 한 그루의 포도나무를 가지고 스토리를 만들고 관광자원화 하는 마리보 사람들의 창의적 수완이 놀라웠다. 혜란은 어젯밤 마리보에 도착하자마자 숙소에서 본 마리보 관광 안내 브로슈어에 있는 사진들을 비로소 이해할 수 있었다. '세계에서 가장 오래된 포도나무의 도시 – 마리보'와 그저 흔한 보통명사인 '낭만도시 혹은 호반의 도시 – 춘천'의 차이가 느껴지는 대목이기도 했다. 스테노는 바인하우스 안으로 혜란을 데리고 들어가 바인 왕관을 씌워주고 사진을 찍는 등 추억 만들기로 부산했다. 캐릭터 상품으로 나무조각에 그린 포도나무 잎도 사서 혜란에게 선물했다. 두 사람이 바인하우스를 나왔을 때는 거리에 어둠이 깔리기 시작했다. 사람들이 즐겨 찾는다는 골목길을 걸어 자주 축제가 열리는 레온 스튜켈(Leon

Stukelj) 광장으로 갔다. 광장을 한 바퀴 돌고 나서 한 건물의 담벼락에 바짝 붙여 놓은 벤치에 나란히 앉았다. 스테노가 먼저 입을 열었다.

"어때요? 마리보 시내를 둘러보니 마음에 들어요?"

"예, 마리보는 처음이지만 왠지 친숙한 느낌이 드네요. 낮에 본 풍경도 아름답고 밤거리도 운치가 있고 정겹네요. 유럽에 와서 아직 많은 곳을 가보지는 못했지만 기억에 오래 남을 도시예요. 저는 복잡한 도시는 싫은데 마리보는 제 성미에 맞는 도시 같아요. 지금은 도농(都農) 통합으로 25만 명이 넘지만 내 어릴 적 고향은 지금의 마리보와 같이 10만 명 정도의 인구가 살면서 문화도시를 지향하던 곳이지요. 이름도 '춘천'이라고 스프링 스트림(spring stream)이란 뜻이지요."

"스프링 스트림, 참 아름다운 도시 같네요. 한번 가보고 싶어요. 내 고향에도 뮤다강이 집 앞을 흘러 왠지 혜란 씨의 고향과 통하는 데가 있는 것 같아요."

"꼭 한번 오세요. 제가 공부 마치고 한국에서 일하게 되면 초청하지요."

"말만 들어도 고맙고 기대가 되네요. 그런데 내일 떠나요? 나는 슬로베니아에서 제법 큰 규모의 제분소가 있는 마

을의 메밀밭까지만 갔다가 마리보로 돌아와요. 류블랴냐와
이탈리아까지는 못 가요."

"어머! 그러세요. 저는 이탈리아까지 같이 가는 줄만 알았
는데…… 서운하네요."

혜란은 스테노와의 석별이 아쉬워 솔직한 속내를 말하고
말았다. 어차피 학회란 일정이 정해진 것이고 일정에 맞춰
모였다가 헤어지는 게 당연한 것이다. 그런데도 막상 헤어질
것을 생각하니 어딘가 허전하고 슬픔이 차오른다. 스테노도
빈 광장만 응시한 채 말이 없다가 가까스로 입을 열었다.

"그래요, 나도 같이 가면 좋겠는데 그럴 형편이 못돼 아쉽
네요. 혜란 씨는 참 좋은 사람 같아요. 여기서부터 뮌헨이
멀다면 멀고 가깝다면 가까운 거리지요. 유로 레일로 연결되
는 곳이니 꼭 비행기를 타야만 갈 수 있는 곳에 비하면 아
주 가깝다고도 할 수 있지요. 공부하다 쉬고 싶을 때 언제든
지 또 오세요. 나도 뮌헨 가면 연락 하지요."

혜란은 고개를 끄덕이며 스테노의 의견에 동감을 표했다.
속으로는 또 만날 수 있을까 반신반의하며 지금 이 섭섭한
감정의 실체를 확실하게 규정하지 못하는 자신이 의아할 뿐
이었다.

혜란과 스테노는 재회를 기약한 것도 아니고 안 한 것도

아닌 그저 미적지근한 채로 학교 근처의 숙소인 유스호스텔로 돌아왔다. 스테노의 자취방은 따로 있었으나 심포지엄을 돕는 스탭(staff)들이 유스호스텔 방 하나를 사용하고 있었다. 두 사람은 "내일 또 보자."는 인사를 나누고 각자 제 방으로 들어갔다.

이튿날, 심포지엄 참가자들은 돌렌예스카 지역의 돌렌예브폴예(Dolenje Vrhpolje) 마을에서 메밀제분소를 견학했다. 현대식 제분시설과 생산되는 제품이 고급스러워 보였다. 제분소 한쪽 옆에는 인근 계곡의 물을 끌어다 송어를 양식하는 양어장이 있었다. 자연수라 물이 깨끗하고 팔딱팔딱 뛰는 힘센 송어들이 수로를 오르내리고 있었다. 메밀가루제품 이외에 메밀을 사료로 먹인 송어도 이 제분소의 상품으로 팔리고 있다고 했다. 그곳에서 송어구이와 메밀음식으로 점심을 먹고 인근 메밀밭도 둘러보았다. 스테노는 메밀밭에서 메밀꽃을 배경으로 혜란의 사진을 찍어 주고 같이 찍기도 하면서 시간을 보내다 일행을 류블라냐로 떠나보내며 혜란과도 아쉬운 작별을 했다.

6

혜란은 돌렌예스카 지역의 메밀밭에서 스테노와 작별을
한 후 류블라냐를 거쳐 이탈리아 북부지방의 작은 마을인
손드리오(Sondrio) 일대의 메밀밭을 돌아보고 뮌헨으로 돌아
왔다. 혜란은 뮌헨의 기숙사 방에 들어서자마자 캐리어를 열
어 이번 학술여행에서 받은 기념품과 단체사진부터 챙겼다.
그중에는 스테노에게 선물 받은 나뭇조각 포도잎 그림도 있
다. 헤어지기 직전 서로 주고받은 연락처 메모지를 책꽂이
앞에 놓고 그 위에 포도잎 그림을 올려놓았다. 마리보 심포
지엄 개회식 끝에 찍은 단체사진도 그 옆에 붙여 놓았다. 스
테노도 그 사진 맨 앞줄, 맨 좌측에서 웃고 있다. 혜란은 강
의와 실험, 세미나, 논문 작성 등 대학원생의 바쁜 일상으로
돌아갔다. 가끔 책상에 앉아 마리보와 스테노를 떠올릴 때
도 있었으나 그리 오래 상념에 젖어들지는 않았다. 그래서
딱히 그리움이라고 할 것까지도 못되었다. 스테노에게 몇 번
메일을 받기는 했지만 안 보면 멀어진다고 차츰 잊혀 가는
느낌이 들 뿐이었다. 혜란은 지금 하고 있는 보충 실험이 잘
마무리되고 석사학위논문도 완성이 되면 석 달 후 심사를
받게 된다. 심사를 통과하면 사실상 졸업이다. 그래서 박사

과정을 계속할 것인지, 석사만 마치고 취업을 할 것인지 조만간 결정을 해야 한다. 한국을 떠나올 때 정부 장학금을 받는데다 독일에서는 학비가 미국처럼 그리 많이 들지는 않을 터이니 박사학위까지 취득해서 오라는 박교수의 격려와 주문이 있었다. 그래서 당연히 뮌헨대에서 박사과정까지 할 것으로 혜란 자신도 믿고 있었다. 그런데 막상 와서 공부를 하다 보니 지도교수도 곧 정년을 맞게 되었고 연구 주제도 바꿔보고 싶은 충동이 생겨 박사과정을 하게 되면 대학을 옮겨야겠다는 생각을 하던 참이었다. 독일에서는 학비가 많이 들지 않았고 생활비도 아껴 쓴데다 지도교수의 연구 프로젝트에서도 얼마간 다달이 보조를 받아 통장에 돈은 어느 정도 모아져 있었다.

어느 날 학위논문의 종합고찰 부분을 마무리하다가 크레프트 박사의 논문을 인용하게 되었다. 루틴(rutin)의 기작을 설명하는 내용이었는데 그림까지 곁들여 잘 설명된 논문이었다. 혜란의 연구 주제인 메밀의 앨러지 단백질과 직접적인 상관은 없지만 루틴의 높은 항산화 작용으로 미루어 보아 앨러지에 대한 면역작용과 어떤 연관이 있을 것도 같았다. 더구나 마리보에서 만난 크레프트 박사의 온화한 면모에 마음이 끌렸다. 학문적 동기에 인간적 매력까지 더해져 그가 속한 류블랴나대학으로 박사과정을 옮기는 데까지 생각이 미치자 혜란은 주저 없이 이메일을 썼다. 크레프트 박사의 명함을 이미 가지고 있었으므로 교신은 당장 가능했다. 혜란은 크레프트 교수가 기억할 수 있게 자신을 소상히 소개하고 그 대학 박사과정에 진학해 그의 지도를 받아 박사학위를 취득하고 싶은데 받아줄 수 있겠느냐는 문의 서신을 혜란의 프로필을 첨부해 보냈다. 답신을 기다리는 동안 혜란의 마음은 이미 류블랴나에 가 있었다. 석 달 전 잠시 지나치면서 본 류블랴나는 슬로베니아의 수도이지만 그리 복잡하지도 않고 살기 좋게 느꼈었다. 기차로 2시간 반 거리에 마리보가 있으니 어쩌면 스테노도 자주 볼 수 있겠다는 생각도 들어 마음이 설레기도 했다. 기대감과 설렘으로 밤잠까지 설친 혜란은 눈을 뜨자마자 메일을 열었다. 예상대로 크레프트로부터 답메일이 도착해 있었다. 입학을 허용하는 환영메일이었다. 혜란은 날아갈 듯이 기뻤다. 즉각 감사하다는 말과 필요한 절차를 밟겠다는 회신을 보냈다. 슬로베니아어를 몰라 입학하는 데 언어가 문제가 되면 어쩌나 걱정을 했는데 박사과정에 영어 강의가 있고 영어만으로도 입학이 가능하다니 참으로 다행이었다. 마침 대학원 입학 서류를 접수하는 중이라 그야말로 타이밍이 절묘하게 들어맞은 셈이었다. 혜란은 지원 서류를 접수하고 최종 입학이 결정되면 스테노에게도 알리리라 마음먹고 미진한 논문작성 준비를 서둘렀다.

7

스테노에게 금년 가을은 참으로 힘들었다. 마음에서 떠나지 않은 혜란이 밤낮 없이 수시로 스테노를 괴롭혔다. 떨쳐 낼 수 없는 그리움은 곧 괴로움이란 걸 연실 느껴야 했다. 기온이 차지고 계절이 바뀌는 것도 실감하지 못한 채 어느덧 겨울의 문턱에 이르렀다. 그 사이 몇 차례 혜란에게 메일을 쓰기도 했다. 하지만 메일로는 감정 제어가 되지 않았다. 갈증만 더할 뿐이었다. 큰마음을 먹고 아침에 기차에 오르면 저녁에는 뮌헨에 내려 기습적인 해후도 가능하지만 몇 번 그럴까도 하다가 참았다. 혜란이 졸업을 앞두고 학위논문 작성에 여념이 없다는 걸 잘 알기 때문이다. 사실 그보다 더 신경이 쓰인 것은 혜란이 자신을 어떻게 생각하고 있을까에 대한 불확실성이다. 스테노 자신은 혜란을 좋은 사람이라고 해 간접적으로 좋은 감정을 드러낸 적이 있지만 혜란에게서 자신에 대한 감정이나 관계에 대한 어떠한 암시도 받은 적이 없었기 때문이다. 문화적인 차이가 있는 만큼 감정 표현의 마지노선이 어디쯤일지를 가늠하기 어려웠다. 슬로베니안이나 오스트리안과는 많이 다를 것 같았다. 섣불리 감정을 드러냈다가 혜란의 마음을 다치게 하거나 혜란이 마음을 더 닫아버리면 어쩌나 하는 우려가 없지 않았다. 동양인 특히 한국여자에 대해 알아보려고 해도 마리보에서는 좀체 한국 여자를 볼 수가 없는데다 간혹 있어도 말이 통하지 않아 심층적 이해는 애초부터 불가능했다. 그런 한계가 스테노를 더 불안하고 우울하게 했다. 답답한 마음을 떨치려 자전거를 타고 마리보 외곽을 몇 시간씩 돌고 와도 별로 소용이 없었다. 6개월 후면 스테노도 논문을 제출하고 디플로마를 받아야 하는데 도무지 집중을 할 수가 없었다. 왠지 집중을 못하고 방황하는 것 같은 스테노의 불안정한 상태를 눈치라도 챘는지 하루는 지도교수인 블랭카가 스테노를 불렀다. 디플로마 논문 진행 상황을 파악하는 명목이긴 했으나 스테노는 이참에 자신의 고민을 털어놓고 상담을 받는 게 차라리 속 편할 것 같았다.

"스테노! 논문은 잘 되어 가고 있나? 주제가 뭐였더라?"

"예, 교수님! 주제는 발효 조건에 따른 타타리메밀 도우

(dough)의 물성 변화인데 사실 실험이 많이 진행되지 못했습니다."

"아니, 왜? 실험하는 데 무슨 문제라도 있나?"

"아닙니다. 실험적으로는 문제 될 게 없습니다."

"그럼, 뭐가 문제인가?"

"……."

"스테노! 말 못할 무슨 사정이라도 있는 건가?"

"예, 교수님! 사실은 마음이 좀 복잡합니다."

"마음이 복잡하다니? 대체 그게 무슨 소리인가?"

"아무래도 제가 사랑에 빠진 것 같습니다."

"뭐라고? 사랑? 그거 아주 반가운 소식인데!"

"그래, 사랑에 빠지면 더 엔돌핀이 솟아 논문 실험도 더 잘 될 것 같은데……."

"그게 아니고 짝사랑인 것만 같아서 엔돌핀은커녕 머리가 돌 지경입니다."

"그래? 스테노에게 그런 일이? 대체 스테노를 머리 돌게 하는 여자는 누구인데?"

"혜란 송이라고 한국 여자인데 뮌헨대 석사과정 대학원생입니다. 석 달 전 심포지엄 때 여기 왔었던……."

"아! 그래! 기억나네. 영어를 잘해 나하고도 따로 얘기를 좀 했었지. 좋은 연구 주제로 장래가 촉망되는 스마트한 학생이던데. 젤러 교수의 학생이었지 아마."

"예, 맞습니다."

"스테노가 그 아가씨를 좋아하는구먼."

"예."

"그러면 남자답게 대시를 해보지. 뭐가 문제인가?"

"아무래도 제 처지가……."

스테노는 갑자기 생각해 보지 않았던 혜란과의 학력 차이가 떠올라 저도 모르게 말이 그렇게 나왔다.

"자네 처지가 뭐 어때서? 스테노 자네는 일류 제빵사이네. 학교 졸업하고 현장에서 그걸 증명하고 공부를 더하려고 이 대학에 와서 곧 디플로마도 받게 될 텐데 뭐가 부족한가?"

"……."

"혜란 송과는 가는 길이 다를 뿐 각자의 길에서 최선을 다하면 되는 거지. 혜란 송이 그런 문제를 제기하던가?"

"아닙니다. 혜란이 그런 말을 한 적은 없고 제 생각일 뿐입니다."

"알았네. 그럼 혜란에게 자네의 진정어린 마음을 털어놓아 보지 그러나?"

"그렇게 하려고 생각하다가도 혜란이 석사논문 준비하는

데 부담을 줄 것도 같아 망설이고 있습니다."

"그래, 그런 배려는 필요하지."

"교수님! 죄송합니다. 이제부터 마음을 다잡고 실험을 제대로 진행하겠습니다."

"그래야지. 그런데 이렇게 하면 어떻겠나?"

"무슨 말씀이신지?"

스테노는 교수님의 그 다음 이야기가 무얼지 궁금했다. 블랭카 교수는 추진력이 대단했다. 한번 하려고 마음먹은 일은 무슨 일이 있어도 꼭 하고야 마는 성미다. 연정으로 인한 제자의 방황에 블랭카 교수의 처방은 무얼까? 스테노의 신경이 곤두서지 않을 수 없었다.

"스테노! 논문 실험이 아직 제대로 진행이 안 되었으면 주제를 조금 바꿔 보는 게 어떻겠나?"

"내가 젤러 교수하고도 통화해서 협조를 구해볼 테니 자네도 혜란 송에게 도움을 청해 보게."

지도교수는 스테노의 논문 주제를 지금 혜란이 하고 있는 메밀의 앨러지 단백질과 연계하는 내용으로 수정해 혜란으로 하여금 스테노를 돕게 하고 그 과정에서 스테노의 심리적 안정을 도와주려는 계산을 한 것이다. 교수가 제자의 사생활 영역까지 지나치게 간섭하는 느낌도 없지는 않으나 블랭

34

카에게는 그런 오해를 받더라도 혜란과 젤러와의 공조를 통해 해보고 싶은 연구 욕심이 따로 있었던 것이다. 석 달 전 혜란의 발표를 듣고 혜란과 개인적으로 더 토의를 하면서 마음속으로 '앨러지 단백질을 변성(denatured)시킨 타타리메밀 빵과 과자 제조'라는 연구주제를 떠올렸다. 그리고 스테노로 하여금 그 연구를 해보게 하면 좋겠다는 생각을 하게 된 것이다. 스테노는 마다할 이유가 없었다. 그야말로 임도 보고 뽕도 따는 것이니 단박에 만면에 웃음을 띤 채 주먹을 불끈 쥐어 보이며 잘할 수 있다는 의지를 보이기까지 했다.

8

혜란이 스테노의 긴급 메일을 받은 것은 11월의 마지막 주일이었다. 오전에 성당을 다녀와 크레프트 교수에게 류블랴냐대학 박사과정 지원 서류를 모두 제출했음을 알리는 메일을 보낼 때였다. 메일 제목에 '어전트(urgent)'라고 쓰인 메일을 열면서 그게 스테노로부터 온 것이 맞는지 재차 확인을 했다. 내용을 보니 분명히 스테노의 메일이었다. 여느 때와 달리 본론만 간략히 적고 직접 통화를 원한다는 내용이었다. 본론만 보고도 스테노가 원하는 것을 대강은 짐작할 수 있었다. 크레프트 교수에게 메일을 보내고 스테노가 알려준 번호로 전화를 걸었다. "헬로!" 하는 소리에 금방 혜란의 목소리를 알아채고 스테노는 반갑게 혜란을 불렀다. 흥분된 목소리로 몇 마디 안부를 건네고는 이내 차분히 본론을 이야기 했다. 혜란은 이제 스테노의 본론에 대한 대답 대신 자신의 거취 이야기를 먼저 해야 했다.

"여기서는 거의 논문이 완성되어 한 달 내 심사를 마치면 사실상 졸업이고 1월에는 류블라냐로 이주할 지도 모른다. 그래서 여기서는 더 실험을 할 수도 없다. 류블라냐대학의 크레프트 교수의 연구실로 옮기면 새로 연구주제를 정하고 실험실도 주제에 맞게 새로 세팅을 해야 한다. 스테노를 돕고는 싶지만 혼자 결정할 수 있는 일이 아니다. 먼저 류블라냐대학 박사과정 입학이 확정되고 크레프트 교수와 연구주제도 결정하고 나서야 답할 수 있는 문제다."

전화 통화에서 혜란은 대강 그런 내용의 답변을 했다. 스테노도 저간의 사정을 잘 알았다고 하면서 자신도 블랭카 교수에게 그렇게 말씀드리겠노라고 하며 전화를 끊었다. 본론만 짧게 나눈 통화였지만 모처럼 스테노의 목소리를 들은 혜란은 한동안 수화기를 내려놓지 못했다. 폰을 귀에 대고 있는 스테노의 환영이 눈앞에 어른거렸기 때문이다. 크레프트 교수가 허락하고 실험 여건만 갖춰지면 스테노의 새로운 논문테마를 실험적으로 돕는 일이 그리 어려운 일은 아니다. 무엇보다 같은 나라 안에서 거리도 더 가까우니 자주 오고 가며 배우고 돕고 할 수 있어 성과도 금방 나타날 것이다. 두 사람의 관계에 있어서도 예기치 않았던 어떤 변화가 일어날지 모를 일이다. 12월에 접어들면서 성큼 겨울이 다가섰듯이 두 사람의 운명에도 어떤 변화가 예감되는 순간들이 시간 다툼을 하는 듯 했다. 사람의 운명, 그것도 남녀 간의 깊은 인연에 뿌리가 되는, 특정한 두 사람의 운명이 서로 마주보고 작용하는 것은 사람의 힘으로 되는 것이 아니라는 생각이 들었다. 하느님의 섭리가 아니고서는 설명이 안 되는 운명적인 만남이 스테노와의 사이에서 가능할 수 있을지 혜란 자신도 궁금했다. 처음엔 어떤 끌림으로 만나서 사랑도 하다가 사소한 감정싸움이나 이해 다툼으로 결별하고 심지어는 원수지간이 되는 남녀 관계가 소설이나 영화가 아닌 현실 속에서도 얼마나 많은지를 생각하면 누구에게나 '운명적인 만남'의 끝이 어디인지 알 수가 없으니 '관계의 선택과 존속'을 지배하는 힘의 실체가 인간의 영역을 벗어나는 것이라는 생각이 들었던 것이다. 혜란에게도 자신도 모르는 사이에 흠모하게 된 남자들이 여럿 있었어도 코끝을 스치고 간 바람처럼 아무런 흔적도 남기지 못하고 '운명적인 관계'의 힘을 전혀 갖지 못했던 것이 지금 '싱글'인 이유라는 것을 생각하니 혜란은 저절로 쓴웃음이 났다.

9

뮌헨역을 출발해 잘츠부르크를 거쳐 류블랴냐로 향하는 기차는 특급이 아니어 속도가 느리다. 아니 특급이었어도 혜란에게는 답답할 정도로 느리게 달리는 것처럼 느껴졌을 거다. 기차가 덜컹거리는 소리를 낼 때마다 시간을 잡아먹는 것 같아 은근히 짜증이 났다. 그만큼 빨리 류블랴냐에 도착해 새로운 출발을 멋지게 하고 싶은 마음이 앞서고 있었기 때문이다.

크레프트와 블랭카는 각별한 동료사이다. 오랜 기간 메밀 연구를 같이 해온 슬로베니아의 대표적인 메밀과학자이다. 혜란의 이주로 블랭카가 크레프트 교수와 협의해 스테노의 새 연구 수행을 크레프트 교수의 연구실에서 전폭적으로 지원해 주기로 하고 실무는 온전히 혜란의 몫이 되었다. 류블라냐역에는 스테노가 마리보에서 먼저 와 혜란을 마중했다. 헤어지고 6개월 만에 만나는 얼굴인데도 몹시 해쓱해진 것 같았다. 혜란의 캐리어를 한 개씩 나눠 끌며 두 사람은 역사를 빠져 나와 택시를 타고 두나스카 세스타 27에 있는 대학원생 기숙사로 갔다. 배정된 2층 방에 짐을 올려다 놓고 두 사람은 늦은 저녁을 먹을 겸 시내로 나갔다. 버스를 타고 다섯 정류장쯤 가면 다운타운이다. 버스에서 내려 프리세리오프 광장으로 걸어갔다. 언제나 많은 관광객이 붐벼 어느 거리보다 활력이 넘치는 곳이다. 혜란에겐 처음이었다. 슬로베니아 국민시인 프레세렌의 동상과 저만치 떨어진 건물의 창에서 얼굴을 내밀고 있는 그의 연인 율리스의 부조가 서로 얼굴을 마주하고 있다. 프레세렌 동상 뒤로 붉은 빛깔의 성프란체스카 성당의 입구가 있다. 강변의 레스토랑을 찾아가는 동안 혜란은 거리공연을 하고 있는 악사들의 연주를 감상했다. 귀에 익은 멜로디라 나지막이 따라 흥얼거리며 스테노를 쫓아갔다. 도심을 흐르는 류블라니카강을 따라 미각을 자극하는 식당이 즐비했다. 강은 폭이 그다지 넓지는 않으나 유람선이 다니는 것으로 보아 수심은 꽤 깊어 보였다. 그래서인지 물빛도 쑥빛이었다. 튜울립나무와 흡사한 가로수들은 높고 큰 가지들이 죄다 잘려 마치 큰 바람개비를 머리에 꽂은 몽당연필을 연상하게 한다. 대로변엔 백 년도 더 된 우람한 가로수가 즐비한 반면 강변엔 그나마 보이는 가로수가 키는 작달막한데도 잎은 무성했다. 심하게 가지치기를 한 것으로 보아 아마도 좁은 통로를 키 큰 나무가 그늘과 낙엽으로 덮어 상점주나 관광객 모두 적잖이 불편했었던 것 같았다. 스테노는 프레세렌 동상이 마주 보이는 옥외 레스토랑에 자리를 잡고 혜란이 편히 앉도록 의자를 빼주었다. 혜란은 모처럼 매너 있는 남자에게서 받아보는 숙녀 대접이라 기분이 좋았다. 스테노는 주문한 음식을 기다리는 동안 프레세렌과 율리스의 러브스토리를 혜란에게 들려주었다. 여고 때 위암으로 돌아가신 아빠도 그렇게 자상했었다. 아빠의 병세가 깊어지기 전에 우리 가족은 아빠와 함께 대만여행을 했다. 식당에 갈 때마다 아빠는 "우리 혜란이도 이제 대학 가면 제대로 숙녀 대접하는 남자 친구를 만나야지?" 하면서 의자를 빼주곤 하셨다. 패키지여행이라 다른 일행도 있어서 몇 번이고 만류를 했는데도 아빠는 아랑곳하지 않고 혜란을 숙녀로 대해 주었다. 대학은 어떤 마음으로 가야 하는지, 무슨 전공이 좋을 것인지, 대학생이 되면 생활은 어떻게 해야 하고 어떤 남자를 만나야 하는지, 아빠는 무남독녀인 딸이 이미 대학생이 되기라도 한 것처럼 틈만 나면 자상한 조언을 늘어놓았다. 여느 때 같으면 아빠의 오버센스를 주책으로 치부해 면박을 주었을 엄마도 아빠의 여생에 대한 불안이 커 다소곳이 그냥 듣고만 있었다. 아빠도 자신의 병에 대해 모르는 바가 아니었으므로 내심 유언이라도 하는 기분으로 말했을 터인데 그렇지 않은 척 하느라 더 말이 많았는지도 모른다. 결국 그 해를 못 넘기고 아빠는 저 세상으로 가셨지만 아빠의 온기는 혜란의 마음과 숨결에 온전히 스미어 있다. 스테노가 지금 혜란 앞에 그런 아빠의 온기로 다가오고 있다. 아빠 생각에 혜란의 눈시울이 뜨거워졌다. 그러나 그런 감정을 빨리 추슬러야 했다. 스테노 앞에서 차마 아빠 얘기를 할 수가 없었다. 아빠 없이 홀어머니 슬하에서 외롭게 자란 스테노임을 알기 때문이다. 스테노는 식사를 마치고 무릎 위에 놓인 종이 타월을 접으며 혜란에게 정중히 감사를 표했다.

"혜란 씨가 류블라냐로 돌아와 내겐 얼마나 큰 힘이 되는지 몰라요. 실험을 도와준다니 디플로마 걱정은 안 해도 되겠어요. 앞으로 자주 만나게 되겠지요? 내가 기초가 많이 부족해서 혜란이 힘들 수도 있어요. 하지만 봐 주지 말고 모르고 못하는 것은 그때그때 따끔하게 일깨워 주고 지적해 주기를 바라요."

스테노의 비장한 각오가 목소리에도 진하게 묻어났다. 혜
란도 진심으로 대꾸했다.

　"나도 당신을 다시 보게 돼 반갑고 기뻐요. 얼마나 도움이
될지 모르지만 내가 배우고 익힌 대로 가르쳐 드리지요. 실
험이 잘 되어 졸업논문이 얼른 완성이 되고 제때 디플로마
를 받게 되기를 바라요. 내 지도교수와 당신의 지도교수가
친분이 두터워 얼마나 다행인지 몰라요."

　"그건 정말입니다. 두 분을 오랜 기간 가까이에서 지켜보
았는데 어떤 때는 오누이 같기도 하지요."

　교수들 사이의 일은 조금도 걱정하지 말라는 듯이 스테노
가 확신에 찬 어조로 말했다. 스테노의 말 속에는 왠지 모르
게 우리 두 사람도 앞으로 두 분 교수님처럼 돈독해질 수 있
으리라는 희망이 섞였을 것 같은 느낌이 들어 혜란은 재빨리
"우리도 그렇게 될 수 있을 거예요."라고 응답했다. 앞으로
스테노가 자주 류블라냐에 와서 혜란의 실험실에서 실험을
하기로 하고 일어나 버스 정류장으로 향했다. 스테노는 친구
집에서 자고 내일 아침 첫 기차로 마리보로 돌아가 혜란의
실험실이 준비되는 대로 연락을 주면 시료를 준비해 다시 오
기로 했다. 스테노는 발매기에서 버스표를 사는 방법과 버스
노선에 대해 설명을 해주고는 혜란이 탄 버스가 정류장을 빠

져 나가자 반대편 어둠 속으로 빠른 걸음으로 걸어갔다.

10

  새로운 실험으로 연말이 어떻게 갔는지 모르는 사이에 새
해가 밝았다. 마리보에는 며칠 전부터 눈이 내렸다. 포호르
예(Pohorje) 스키장도 개장해 야간에도 불빛이 환하다. 언젠
가 혜란과 함께 저 산에 올라 스키를 즐기는 상상을 하면서
스테노는 캐리어를 끌고 마리보역으로 향했다. 류블랴냐대
학 생명공학기술대 근처의 아파트에 임시 거처를 마련하고
오늘 류블랴냐로 가는 것이다. 신년 휴가를 틈타 혜란에게
서 집중적으로 실험을 배울 필요가 있었기 때문이다. 블랭
카도 그 편이 낫겠다 싶어 스테노에게 류블랴냐에 머무를
동안의 비용을 일부 충당해 주었다. 그동안 몇 차례 당일치
기로 혜란의 실험실을 다녀가면서 예비실험 결과도 잘 나왔
고 이론적인 공부도 어지간히 되었으나 본 실험은 처리가 많
은 데다 적어도 3회는 반복해서 해야 하므로 최소한 일주일
은 집중해서 할 필요가 있었던 것이다. 스테노가 만든 타타
리메밀빵에 사람이 먹어도 되는 식물성 첨가물을 혼합해 앨

러지 단백질의 불활성화를 가능하게 함과 동시에 빵의 맛과 기능성 성분 및 품질을 개선하는 것이 스테노가 혜란의 도움을 받아 완결하려는 연구의 핵심이다. 류블랴냐역에 혜란이 머플러를 들고 서 있었다.

"어서 와요? 춥지요?"

혜란은 들고 있던 밤색 머플러를 스테노의 목에 감아주고 뒤돌아서 걸었다. 가볍게 포옹을 해주려다 어색해 그만 두었다. 그간 매주 한 번 꼴로 스테노를 만나면서 정도 더 깊어진 것 같은데 아직 스킨십을 할 정도는 아니라고 무언가 감정을 억누르는 힘이 작용했다. 오늘도 역까지 마중을 나오지 않고 실험실에서 기다려도 될 판이었다. 하지만 혜란은 한 시라도 빨리 스테노를 보고 싶었다. 신경 써서 화장도 하고 몇 벌 되지 않은 겨울옷도 이것저것 들추다 아빠가 일본 출장길에 사다주신 흰색 점퍼를 입었다. 며칠 전 제 손으로 손질한 헤어스타일도 점퍼와 잘 어울려 혜란은 더 앳되어 보였다. 역으로 나오는 길에 한 양품점 앞을 지나다가 진열대에 걸린 머플러가 마음에 들어 흥정 끝에 10유로를 할인해 샀다. 스테노의 얼굴 피부색과 머리카락 색에 잘 어울릴 것 같은 밤색 머플러였다. 엉겁결에 머플러를 목에 두른 스테노는 "땡큐!" 할 틈도 없이 앞서 가는 혜란을 종종걸음으로 쫓아갔다. 캐리어 구르는 소리가 유난히 요란하게 들렸다.

"혜란 씨가 마중을 나오리라 예상을 못했어요. 더구나 머플러까지……, 고마워요."

머플러에 둘러져 더 작아진 얼굴의 스테노는 상기되어 말을 더듬기도 했다. 혜란은 스테노가 끄는 캐리어의 손잡이를 같이 잡고 보조를 맞추어 걸었다.

"스테노! 아파트가 어디쯤이에요?"

"대학에서 가까워요. 일단 학교 쪽으로 가는 버스를 타지요."

역에서 학교까지 단번에 가는 버스 노선은 없다. 시내 중심가에 가서 갈아타는 게 편하다. 그래서 두 사람은 센터로 가는 버스에 올랐다. 버스 안은 이미 만원이었다. 앉을 자리는커녕 서 있기에도 비좁다. 두 사람은 겨우 문 앞에 자리를 잡았다. 혜란은 문 앞의 철봉에 기대고 스테노는 캐리어만 잡고 사람들 틈에 끼여 섰다. 얼마를 가다가 버스가 갑자기 정차를 하는 바람에 넘어질 뻔한 스테노를 혜란이 잡아당겨 거의 혜란의 품에 안기다시피 했다. 혜란에게서 꽃향기가 났다. 무슨 향수인지는 모르지만 스테노에게는 혜란의 마음에서 풍기는 향내 같기만 했다. 스테노의 가슴이 혜란의 가슴에 밀착될 때는 말로 표현할 수 없는 그 느낌이 참 좋았다.

두 사람이 서로 힘주어 껴안은 것은 아니었으나 느낌은 가벼운 포옹과 다를 바 없었다. 스테노가 고향집을 다녀올 때마다 문 앞에서 어머니와 나누던 포옹도 그런 느낌이었다. 포옹하는 순간은 짧아도 돌아서서 남는 포근함의 여운이 꽤나 길었다. 지금도 그랬다. 포옹은 아니었지만 전해져 온 포근함은 깊은 포옹 못지않았다. 아무래도 포옹을 하고 싶은 육신의 욕망이 뿜어낸 환상작용이 더해진 때문이라고 스테노는 생각했다.

아파트는 스테노의 말대로 학교 입구에서 그리 멀지 않은 길가에 자리 잡고 있었다. 매니저에게 키를 받아 3층으로 올라갔다. 방은 킹사이즈의 베드와 작은 키친과 욕실이 달린 아담한 크기의 방이었다. 1인용 소파도 TV 앞에 놓여 있었다. 베란다 쪽으로는 모두 유리창이어서 방이 환했다. 블라인드가 열려 있어서 더 그랬다. 스테노는 해를 좀 가려야겠다며 블라인드의 손잡이를 돌려 적당히 그늘을 지웠다. 혜란이 왜 방까지 따라 왔는지 자신도 모르게 그렇게 되었다. 스테노가 잡아끈 것도 아니고 같이 들어가자고 재촉한 것도 아니었다. 방이 어떻게 생겼을까 궁금해 했는데 그 궁금증이 앞서서, 스테노는 혜란에게 자신이 묵을 방 안을 보여주고 싶은 마음이 앞서서 두 사람은 서로 의향을 확인할 겨를도 없이 이심전심으로 자연스레 그렇게 된 것 같았다. 혜란은 레인지 밑에 장착된 냉장고를 열어보고 급한 대로 물이라도 사갖고 오는 건데 미처 그런 생각을 하지 못한 자신의 둔감함에 순간 무안해졌다. 아파트에 당도해서 주변에 베이커리와 작은 마트가 있는 것을 보기는 했다. 이제라도 내려가 간단히 장을 좀 봐다 줄까 생각해 방을 나서려는데 스테노가 먼저 입을 열었다.

"잠깐 마트에 내려갔다 올 테니 혜란 씨는 소파에 앉아서 좀 쉬고 있어요."

"아니에요. 같이 갔다 오지요."

스테노도 혜란과 같은 생각을 한 모양이다. 하지만 스테노의 제안대로 혼자 방을 지키고 있기도 그렇고 해서 혜란은 스테노를 따라 나섰다. 마트는 겉에서는 작아 보였는데 안에 들어와 보니 웬만했다. 식료품도 어지간한 건 다 있는 것 같았다. 스테노는 생수와 우유, 치즈를 샀다. 빵은 옆집 베이커리에서 사면 될 것 같았는데 스테노는 가져온 빵이 좀 있다며 다음에 살 거라고 했다. 혜란은 실험실로 돌아가야 할 것 같아 내일 보자고 작별 인사를 건네고 먼저 마트를 나와 학교로 통하는 길목으로 걸어갔다. 다시 함께 제 방으로 올라갈 줄 알았던 스테노는 약간 실망한 듯했으나 뒤따라 나와 혜란을 향해 손을 흔들어 보였다. 그리고 큰 소리로 말했다.

"혜란 씨! 오늘 고마웠어요. 내일 봐요."

11

스테노가 풀타임으로 실험에 임해 주니 실험은 일사천리로 진행되었다. 두 사람은 서로 친해지고 격의가 없어져 농담도 잘 하고 몸을 부딪쳐 가며 장난도 치는 사이가 되었다. 크레프트 교수도 가끔 두 사람의 협력에 감동해 밥을 사기도 하며 우호적인 분위기를 거들었다. 블랭카 교수를 통해 스테노의 마음을 알고 있는지 혜란 앞에서 스테노를 칭찬하는 말을 자주 했다. 크레프트 교수는 이미 혜란에게도 후한 점수를 주고 있었다. 유창한 영어 구사, 완벽한 실험테크닉, 논리 정연한 이론적 배경, 싹싹한 매너 어디 하나 흠잡을 데가 없었다. 혜란은 기숙사와 실험실을 오가는 생활에 전념하다 보니 외모를 치장하는 데 그다지 신경을 쓰지 않았다. 그래도 수수한 그 상태가 오히려 더 혜란의 여성미를 발산하는 것인지 크레프트에게도 혜란이 제자이기 이전에 먼저 아름다운 여인으로 느껴질 때가 종종 있었다. 스테노가 혜란에게 품는 연정이 이해가 되었다. 사실 크레프트는 블랭카 교수에게서 넌지시 암시를 받았다. 스테노에게서 혜란이 류블랴냐대 크레프트 교수 밑으로 박사과정을 옮길지도 모른다는 얘기를 듣고 크레프트 교수에게 전화를 걸어 정말인지 확인을 했었다. 크레프트 교수가 혜란을 박사과정 학생으로 받을 의향을 확인한 블랭카는 혜란의 뮌헨대 지도교수인 젤러에게 통화를 해 협조를 구하려던 계획을 취소하였다. 혜란이 학교를 옮기면 크레프트에게 부탁하면 될 일이었고 크레프트라면 자기 부탁을 흔쾌히 들어 줄 것으로 믿었기 때문이다. 크레프트는 블랭카보다 열 살 위이지만 류블랴냐대학의 같은 과 남자선배로서, 일찍이 메밀연구를 같이 해오며 서로 신망과 우애가 두터운 사이다.

크레프트도 스테노의 실험결과에 흥미를 느끼고 있던 터라 혜란의 숙련도도 체크할 겸 스테노의 체류 일정이 다 가기 전에 랩미팅(lab meeting)의 필요성을 느꼈다. 어느 날 크레프트 연구실로 혜란과 스테노를 불렀다. 스테노와 혜란의 설명을 연이어 들은 크레프트는 만족을 표시하며 그들을 격려했다. 한 가지 아쉬운 대목을 보충실험 하도록 제안하고 그날 시내에 나가서 저녁식사를 같이 하자며 스테노에게 예약을 부탁했다. 다음날이면 스테노도 마리보로 돌아가야 할 날이어서 송별회가 되는 셈이었다. 스테노는 시내 중심가 대로변의 한 식당을 예약했다. 젊은 사람들이 많이 가는 식당이라 전에도 혜란과 한 번 같이 갔던 곳이다. 혜란이 튜나샐러드를 맛있게 먹어 내심 다음에 또 데리고 갈 생각을 했었다. 퇴근을 서둘러 학교를 빠져나온 세 사람은 'SOBA'라는 레스토랑에 들어갔다. 긴 식탁의 중간쯤에 자리를 잡았다. 식당이 큰 만큼 메뉴도 무척 다양하다는 걸 새삼 느꼈다. 각자 취향대로 음식을 주문하고 슬로베니아 맥주인 라스코(Lasko) 맥주도 한 잔씩 주문했다. 오늘의 호스트인 크레프트 교수가 먼저 말문을 열었다.

"스테노! 1주일 동안 수고가 많았네. 실험결과에 만족하지?"

"예, 교수님! 모두가 교수님께서 배려해 주시고 혜란 씨가 도와준 덕분입니다. 감사합니다."

"자네도 며칠 밤을 실험실에서 새우다시피 했다고 들었네. 자네의 열정도 수훈갑이지."

"정말이에요. 교수님! 어려운 실험이었는데 스테노가 지치지도 않고 끈질기게 물고 늘어진 결과지요."

혜란이 크레프트 교수의 말이 채 끝나기도 전에 동의를 하고 나섰다.

"혜란 씨! 고마워요. 혜란 씨가 아니었으면 아예 생각조차 못했을 건데 이만큼 진전되어 블랭카 교수님도 흡족해 하실 거예요. 보충실험을 위한 재료를 준비해서 다시 오지요."

"그러세요. 나도 시약이며 부족한 소모품 몇 가지를 더 주문해 놓지요. 고생 많았어요."

혜란의 응답 끝에 크레프트 교수의 건배 제의가 있었다. 모두 맥주잔을 들어 서로 부딪치며 "위하여!"라고 한국식 건배를 하고 반쯤 남은 맥주를 들이켰다. 보충실험을 하고 데이터를 정리하면 대충 다음 달 중순경에는 모든 실험이 마무리될 것이라는 혜란의 말에 모두들 수긍을 하며 자리를 파했다. 함께 버스를 타고 학교 근처에 내려 서로 가볍게 작별인사를 나눈 후 크레프트와 혜란은 학교로 가고 스테노는 아파트로 갔다.

12

혜란은 해가 중천인데도 침대에서 일어나지 못하고 이불을 휘감은 채 잠에 취해 있었다. 꿈결인가 싶었는데 핸드폰에서 벨소리가 끊임없이 울렸다. 어젯밤 실험실에서 늦게 돌아와 씻지도 못하고 곯아떨어졌었다. 스테노의 실험으로 며칠 밤을 새우다시피해 쌓인 피로 때문이었다. 정신을 차리고 전화를 받았더니 스테노였다. 가기 전에 혜란에게 할 말이 있어서 지금 기숙사 앞에 와 있다는 것이다. 안 만나려면 몰라도 만날 거면 스테노를 방으로 들이거나 혜란이 나가는 수밖에 없었다. 지금 상황에 남자를 방으로 들일 수는 없으니 근처 카페에서 기다리라고 했다. 일어나 부리나케 씻고 대충 찍어 바르고 거울을 봤다. 부스스한 머리만 빼고는 평소와 크게 달라 보이지 않았다. 드라이어와 빗질로 머리카락을 정돈한 다음 손에 잡히는 대로 외투를 걸치고 나갔다. 예보는 없었던 것 같은데 눈발이 날리고 있었다. 류블랴냐에는 올 겨울 눈이 몇 차례 오지 않았다. 예년에 비하면 거의 오지 않은 셈이다. 눈발이 내리는 하늘을 쳐다보며 땅을 보며 하다가 카페에 이르렀다. 창으로 스테노가 미소를 머금고 손짓하는 모습이 보였다. 손을 들어 답례하며 문을 열고 안으로 들어갔다. 스테노는 바깥이 잘 보이는 창가에 앉아 있었다. 이미 혜란이 앉을 의자는 앉기 좋게 이만큼 빼어져 있었다.

"숙녀의 단잠을 깨웠으니 보상을 하세요?"

혜란이가 앉으면서 농을 던졌다.

"지금이 몇 시인데 웬 숙녀가 그리 잠이 많아요?"

보상을 하겠다고 답할 줄 알았던 스테노가 예상외의 응수를 해왔다.

"이건 뭐지?"

순간 혜란은 범상치 않은 조짐을 느꼈다. 스테노의 저런 저돌적인 언행은 처음이었다. 무슨 복선이 깔린 게 틀림없다고 혜란은 생각했다.

"기숙사로 쳐들어가려다가 전화를 한 거예요."

점입가경. 점점 더 세게 나오는 스테노의 저의를 의심하면서도 딱히 싫지는 않았다. 그동안 못 느꼈던 야성미라고나 할까. 그런 수컷다움이 스테노에게 있다는 건 환영할 일이지 대놓고 기분 나빠 할 일은 아니라고 생각한 혜란은 스테노의 다음 수가 기대되어 한 마디 톡 쏘아 붙였다.

"뭐라구요? 어디를 쳐들어와요? 쳐들어오면 내가 가만둘 줄 알아요?"

"어떻게 할 건데요?"

"스테노! 내가 한국의 그 무시무시한 태권도 유단자라는 걸 모르지요? 내가 사진을 안 보여줬나?"

"뭐! 혜란이 태권도 플레이어? 알아요. 태권도. 빈(Wein)에 사는 내 친구한테 얘기 들었어요."

"태권도에는 여러 급이 있는데 가장 높은 급이 검은 띠 예요. 내가 검은 띠라니까요."

혜란은 앉은 채로 두 주먹을 내질러 보여 주었다. 무단 침입자는 이렇게 한 방 먹이겠다는 투로 말한 것인데 스테노가 제대로 알아들었는지 혜란도 알 수는 없지만 그렇게 무력시위를 한 번 했다.

"그런데 스테노! 왜 갑자기 보자고 한 거예요? 오전에 마리보 가는 기차 타는 것 아니었어요?"

혜란이 궁금해 물었다. 스테노는 태권도 얘기를 더 할 것으로 기대했다가 혜란이 본론을 묻자 자세를 고쳐 앉으며 일견 비장함을 보였다.

"혜란 씨! 이런 얘기한다고 화내는 것 아니지요?"

스테노가 일단 방어막부터 치는 게 혜란의 궁금증을 더 증폭시켰다.

"혜란이도 느꼈는지 모르지만 사실 나 혜란이를 많이 좋아해요. 사귀고 싶어요. 진즉에 고백하고 싶었지만 혜란이가 어떻게 생각할지 몰라 망설였던 거예요. 그런데 오늘은 그냥 떠나려니 도저히 발걸음이 떨어지지 않아 고백하기로 결심을 하고 왔어요."

혜란은 혹시나 그런 것 아닐까 전혀 짐작을 못한 것 아니

지만 막상 면전에서 저를 좋아한다는 고백을 들으니 당황스
럽고 한편으론 마음이 들뜨기도 했다. 먼저 고백할까도 생
각했던 적이 있었으니 답하는 데 무어 그리 시간 끌 게 있을
까 싶어 혜란은 쿨하게 대답했다.

"슈어!"

슈어(sure)가 이럴 때 적합한 단어인지는 모르겠으나 첫 응
답은 그렇게 튀어나왔다. 그리고 이어서 단김에 관계를 규정
하는 질문을 스테노에게 던졌다.

"친구로? 연인으로?"

스테노는 조마조마한 마음으로 운을 떼었다가 의외로 혜
란이 화끈하게 나오자 마음이 놓인 듯 왼손을 들어 네 번째
손가락을 가리켰다. 그것은 결혼반지를 끼는 손, 연인을 의
미하는 제스처였다. 여기서는 어떨지 모르지만 언젠가 한국
의 풍습을 얘기하다가 혜란이 들려준 것을 스테노가 기억했
다가 써먹는 모습이 귀엽기도 했다. 스테노의 공세에 항복을
했으니 이제 스테노와 연인이 되는 것인가? 혜란은 탁자에
놓인 물을 들이키며 녹음테이프 되돌리듯 자신의 감정을 되
짚어 본다. 흔한 시쳇말로 동정인가, 우정인가, 연민인가, 사
랑인가? 다트놀이가 연상되었다. 내가 어디를 향해 다트를
던진 것인지? 내 다트가 맞은 데가 과연 사랑이 맞는지? 그

것도 내가 오랫동안 꿈꿔온 사랑인지? 이 선택에 스스로 무한 책임을 질 수 있는지? 만감이 교차하는 가운데 물 한 컵을 다 비웠다. 스테노가 재빨리 웨이터에게 물 한 컵을 더 주문했다. 이럴 때 스테노가 취할 행동은 혜란에게도 매우 흥미로웠다. 자리를 옮겨와 목을 감고 키스 세례라도 할 것인지? 그 자리에서 무릎이라도 꿇고 두 손을 모아 감사를 표할 것인지? 정답이 없는 것이기는 하나 스테노의 카드는 무엇일지 궁금했다. 스테노도 긴장이 되었는지 물컵을 들어 몇 모금 물을 들이키고는 일어나 혜란에게로 다가왔다. 혜란을 일으켜 세우고는 "사랑해!"라고 말하며 앞으로 잡아당겨 힘껏 껴안았다. 엉겁결에 스테노의 가슴에 얼굴을 묻은 혜란도 순간 긴장이 되었으나 곧 진정하고 두 팔을 올려 스테노를 가볍게 안아 주었다. 그렇게 두 사람은 껴안은 채 서서 잠시 말을 잃었다. 웨이터가 쟁반에 물컵을 들고 와 눈치를 살피자 겸연쩍은 듯 서로 껴안았던 팔을 풀고 자리에 앉았다.

"고마워요. 혜란 씨! 내 마음을 받아줘서……."

"……."

혜란은 딱히 할 말이 없었다.

"우리 잘 사귀어 봐요. 멋지게 사랑해요."

혜란의 답을 재촉하듯 스테노는 말을 이어갔다. 혜란은

고개를 끄덕이는 것으로 대답을 대신했다.

스테노는 한결 가볍고 기쁜 마음으로 마리보로 돌아갈 수 있게 된 것을 생애에 흔치 않을 축복으로 느꼈다. 가서 연락하겠다는 말을 남기고 캐리어를 끌고 카페를 나섰다. 기차 출발 시간이 얼마 남지 않았으므로 더 머뭇거리지 않고 날아오르듯 버스에 올랐다. 그런 뒷모습을 창을 통해 물끄러미 바라보던 혜란은 머리에서는 일어나라고 하는데 몸은 움직여지지 않았다. 아직도 잠에서 덜 깬 듯, 마치 꿈이라도 꾼 듯 정신이 몽롱했다. 조금 전까지 호기심에서 스테노의 일거수일투족을 시험하듯 할 때만 해도 멀쩡하던 혜란이 스테노가 가고 긴장이 풀린 탓인지 전신에 맥이 풀리는 듯 했다. 스테노와 레몬에이드를 시켜 마시긴 했지만 좀 더 앉아 있을 생각으로 커피 한 잔을 더 주문했다. 기왕에 늦은 것 실험실에는 오후에 나가야겠다고 생각하고 폰을 찾아 문자를 몇 자 써 보냈다. 크레프트에게 찾지 말라는 메시지를 보낸 것이다. 혜란에게 아직 포옹의 여운이 가시지 않고 스테노의 체취도 느껴졌다. 첫사랑 이후 떨림으로 받았던 사랑 고백은 이번이 처음이었다. 한국과 독일에서 이런저런 구애를 받기도 했지만 전혀 감정이 동하지 않았었다. "괜찮은데 왜 그러냐?"고 친구들로부터 핀잔도 꽤나 들었었다. 그때는

아무나 사랑할 수 없게 만든 신에게 감사했다. 오늘은 오직
한 사람을 사랑할 수 있게 해준 신이 고마울 뿐이다. 헤란은
커피를 조금 남기고 몸을 추슬러 일어섰다. 기숙사로 돌아
가 제대로 씻고 새로운 기분에 화장도 멋지게 하고 싶었다.

13

블랭카는 신년 휴가를 더블린에서 보내고 돌아왔다. 아일
랜드의 깊은 겨울 속에서도 더블린은 또 다른 매력이 있었
다. 대부분 추울 때는 온난한 해변을 찾는데 블랭카는 이번
에도 더블린의 매력에 끌려 몇 년 전 들렀던 데를 다시 다녀
온 것이다. 밀린 사무를 정리하고 강의실과 실험실을 한 바
퀴 돌았다. 학생들도 휴가 중 있었던 일들을 서로 나누느라
삼삼오오 모여 시끌벅적했다. 그런데 정작 스테노는 보이지
않았다. "류블라냐에서 아직 안 돌아왔나?" 그렇게 생각하
며 학생들과 먼발치서 인사를 나누고 연구실로 돌아왔다.
스테노가 연구실 문 앞에서 기다리고 있었다는 듯이 화들
짝 반기며 낭랑한 목소리로 인사를 했다.
"교수님! 휴가 잘 다녀오셨어요?"

"오! 스테노! 여기 있었구먼. 강의실에서 안 보인다 했더니."

"예, 엊저녁에 왔습니다. 실험도 잘 되었어요. 교수님 시간 되실 때 보고 드리겠습니다."

"그래! 잘 되었다니 다행이네. 천천히 들어 보세. 혜란 송 도 잘 있고?"

"예, 교수님! 혜란이 교수님께도 안부 여쭤달라고 했어요."

스테노는 혜란이 얘기를 하면서 연실 싱글벙글했다. 블랭 카는 직감적으로 스테노에게 좋은 일이 있음을 느꼈다. 그것 도 혜란과의 일이 잘 풀린 게 아닌가 짐작하며 한 손으로 스 테노의 등을 떠밀며 함께 연구실로 들어섰다.

"그래, 언제 실험결과를 들어 볼까?"

블랭카는 의자를 향해 걸으며 천천히 들어보자고 했던 실 험결과 얘기부터 꺼냈다. 아무래도 새해 벽두부터 제자의 러 브스토리를 연구실에서 화제로 삼기에는 마땅치 않을 것 같 았다. 스테노는 크레프트 교수가 보충실험 제안을 한 이야기 와 보충실험에 대한 계획을 설명하고 그 주간 금요일에 실험 결과를 프린트해 다시 만나기로 일정을 잡은 후 블랭카의 연 구실을 나왔다. 3일이 금세 가고 약속된 금요일이 되었다. 보고를 받은 블랭카는 실험결과에 흡족해 했다. 크레프트의 보충실험 제안도 스테노의 논문에 완성도를 더해 줄 것으로 확신하는 코멘트를 했다.

"스테노! 보고는 이게 다인가? 더 보고 할 것은 없나?"

블랭카가 웃음 지으며 말하는 것으로 보아 이것은 틀림없이 혜란과의 일을 묻는 것이라고 스테노는 생각했다. 더 감출 것도 없고 블랭카의 도움도 컸으므로 그동안의 일을 솔직히 말씀드렸다. 블랭카는 한 손으로 무릎을 치며 말했다.

"거 봐! 내 잘 될 줄 알았다니까. 스테노! 축하하네."

연구실이라 톤만 낮았지 환성이나 다름없는 엑센트로 블랭카는 스테노를 진심으로 축하했다.

"스테노의 논문 실험도 잘 됐고 원하던 애인도 생겼으니 참 잘됐네!"

"모두 교수님 덕분입니다. 감사합니다."

스테노도 거듭 블랭카에게 감사를 표했다.

블랭카가 스테노의 사생활까지도 관심을 보이게 된 데는 나름대로 이유가 있었다. 스테노는 직업대학에 들어오기 전, 실업고교 시절에도 이미 유명세를 타던 학생이었다. 제빵기술이 남달라 유럽제빵경진대회에서 고교생임에도 불구하고 골드메달을 땄다. 졸업 후 바로 블랭카가 속한 대학으로 들어왔으면 하고 기대를 했으나 스테노는 베이커리에 바로 취업을 했었다. 블랭카는 같은 고교를 다니며 스테노를 흠모

했던 제시카로부터 스테노에 대해 더 자세히 들을 수 있었다, 제시카는 대학에 들어와 제과를 전공한 블랭카의 제자였다. 제시카에 의하면 스테노는 내성적이면서도 외유내강한 성격이었다. 외아들이었음에도 어렸을 적에 가출한 아버지의 사랑을 받지는 못했지만 성격적으로 그늘지거나 편협한 데는 없었다. 매사 적극적이었고 리더십과 책임감이 강해 추진하는 일마다 성과도 좋았다. 그런 모습에 제시카도 반했었다. 그런데 이성에 대해서만은 결벽증을 의심할 만큼 쉽게 마음을 열지 않았다. 아마도 가정을 내팽개치고 홀로 유랑하다시피 한 아버지의 무책임에 대한 반작용이 아니었을까 스테노의 가정사를 조금은 아는 제시카도 그렇게 짐작만 할 뿐 정확한 이유는 알 수 없었다. 스테노 자신도 누구에게 그런 자신의 생각이나 입장을 토로한 적이 없었다. 수십 년 교직 경험을 하면서 특유의 안목을 갖게 된 블랭카에게 스테노는 관심과 흥미의 대상이 되는 존재로서 조금도 손색이 없었다. 그를 이끌어주고 싶은 욕심이 생겼다. 그래서 비록 스테노가 자신의 학생은 아니었지만 현장과 연계한 산학협력프로그램에 그를 외부 전문가로 위촉하기로 했다. 블랭카의 위촉 제안을 받은 스테노는 자신이 처할 위치가 아니라고 생각해 처음에는 고사했으나 블랭카의 간곡한 요청에 못 이겨 마침내 수락을 했다. 현장 전문가로서 학생들의 실습 및 창업지도에 스테노는 많은 기여를 했다. 아무래도 현장감이 상대적으로 취약한 교수의 부족한 면을 채워주는 역할이다 보니 블랭카에게는 이루 말할 수 없이 고마운 스테노였다. 그런 스테노가 2년 전 대학에 들어와 학생의 신분으로 블랭카와 다시 인연을 맺게 되었으니 두 사람의 관계가 각별할 수밖에 없었다. 스테노를 잘 이해하고 사랑해 줄 동반자와 함께 스테노가 인생을 아름답게 살아가기를 바라는 마음은 스승으로서 당연한 것이라고 블랭카는 생각했다.

14

스테노가 류블랴냐를 다시 찾은 것은 한 달쯤 지난 뒤였다. 보충실험을 위한 재료 준비가 생각보다 쉽지 않아 2주면 될 줄 알았던 것이 한 주가 더 걸렸다. 그동안 혜란과는 하루도 빠짐없이 통화를 하며 사랑을 키워갔다. 서로 사귀기로 하였으니 대화도 편하고 자연스러워진데다 전화상으로 서로 애정 표현도 서슴지 않았다. 하루 빨리 만나고 싶은 마음으로 가슴앓이를 한 것은 서로 비등해 견줄 바가 못 되었다. 가슴에 끓는 연정은 몸의 세포로도 신호를 보내 스테노는 몇 번인가 잠결에 몽정을 했다. 혜란도 극도의 외로움과 그리움이 겹쳐 밤잠을 못 이루는 일이 잦았다. 그때마다 몸을 뒤척이며 뜨거워지는 육신을 주체하기 힘들어 했다. 혜란이 스테노보다 한 살을 더 먹었지만 두 사람 모두 20대 후반의 혈기 왕성한 심신이었으니 욕구 불만의 세포가 반란을 일으킬 만도 했다.

어김없이 역으로 마중을 나온 혜란을 보자마자 스테노는 와락 혜란을 끌어안고 격렬히 입을 맞추었다. 혜란은 주위의 시선이 의식되어 잠시 몸을 빼려다가 스테노가 하는 대로 따라주었다. 달콤한 입맞춤이었다. 두 사람에게 이성과의 입맞춤이 처음은 아니었으나 사랑의 감정이 교차하며 나눈 입맞춤은 처음이었다. 30년 가까이 독립적인 개체로 살아온 몸의 일부가 어느 곳에선가 합일을 이룬다는 것은 신비한 일이었다. 이 본능적인 교합이 신의 선물일 것이라고 느끼며 스테노가 기차에서 내린 사람들이 모두 플랫홈을 빠져 나갈 때까지 두 사람은 부둥켜안은 채 꽤 오래 키스를 했다. 포옹을 풀고 서로 얼굴을 마주보기가 민망하기도 했지만 혜란이 센스를 발휘해 손이 시럽다고 하며 왼손을 재빨리 벌어져 있는 스테노의 외투주머니 속으로 밀어 넣었다. 자연스레 스테노는 주머니에 손을 넣어 혜란의 손을 잡고 지하로 이어진 계단을 걸어 내려갔다. 아직 저녁 식사 시간으로는 조금 이른 듯했으나 스테노는 허기를 느꼈다. 혜란도 그럴 것 같았다. 신경을 곤두세워 누군가 종일 기다린다는 것은 에너지 소모가 많은 일임을 스테노 자신이 이미 숱하게 경험하였기에 물어보나 마나라고 생각했다. 시내 중심가까지는 버스로 불과 몇 분 거리에 불과했지만 버스를 기다리고 타고 내리고 하는 시간조차 아까운 것 같아 스테노는 혜란과 함께 택시를 탔다. 하필 모처럼 잡아탄 택시가 무척이나 노후한 것이어서 스테노는 혜란에게 미안한 마음이 들었다. 스테노가 갑자기 택시 안에서 "쏘리!"라고 해 혜란은 옆자리의 스테노를 빤히 올려다보았다. 스테노는 기사의 의자 뒤로 엄지손가락을 아래로 내리 가리키며 '택시가 너무 낡은 게 아니냐?'고 동의를 구하는 눈치였다. 혜란은 상관없다는 투로 스테노의 손을 감싸 쥐었다. 백미러로 기사가 보면 어떻게 하느냐고 하는 일말의 불안감도 혜란에게는 없지 않아 있었다. 그보다는 혜란을 위하는 마음이 앞서서 평상심을 잃는 스테노의 모습이 싫었다. 혜란에게 스테노는 신사다운 신사, 매너 있는 남자여야 했다. 하찮은 일로 허접해지는 남자들을 수없이 보았다. 그때마다 내 남자는 그렇지 않을 거라고,

그렇지 않아야 한다고 주문을 걸었었다. 류블랴냐 도심의 그린(green) 칼라처럼 마음도 생각도 행동도 모두 신선하고 생동감 있는 스테노이기를 바란다. 그린(green)이 삶에 활력을 주는 에너지가 되는 것처럼 내가 사랑하는 사람이 무성한 푸른 잎으로 좋은 그늘을 만들어 주는 나무 같은 사람이었으면 좋겠다고 늘 생각해 왔었다. 중심가에서 택시를 내린 두 사람은 혜란의 선택으로 최근 오픈한 한국식당에 들어섰다. 말만 들었지 혜란도 처음이었다. 최근 한국 관광객이 부쩍 늘어나다 보니 누군가 한국 식당을 개업했다. 주방장은 안 보였고 서빙은 이 나라의 젊은 아가씨가 하고 있었다. 메뉴에 분식이라는 영문 표기가 있었는데 한국의 분식집을 의미하는 것 같았다. 자세히 읽어 보니 아닌 게 아니라 김밥, 떡볶이, 라면, 볶음밥, 비빔밥 등을 주 메뉴로 하는 분식집이었다. 스테노는 무엇을 시켜야 할지 황망해 했으나 혜란은 모처럼 고향의 맛을 즐길 수 있을 것 같아 주문도 하기 전에 입안에 침이 고였다. 혜란이 전권을 위임 받아 두 사람이 먹을 만한 메뉴를 골라 끼니가 될 만큼 주문했다. 스테노에게 골고루 맛을 보일 필요도 있을 것 같아 사람 수 보다 훨씬 더 많은 음식을 주문했다. 음식을 기다리는데 스테노에게 전화가 걸려왔다. 게스트하우스에서 체크인을 확인하는 전화였다. 스테노가 이번에는 류블랴냐에 그리 오래 머물 수가 없어서 혜란이 실험재료만 받아 혜란이 혼자 결과를 내어 스테노에게 전해 주는 것으로 되어 있었다. 그래서 지난번처럼 굳이 학교 근처 아파트를 빌릴 것까지는 없었으므로 스테노는 시내 게스트하우스에서 하룻밤을 묵기로 했다. 택시에서 내려 식당으로 오는 도중에 길가에 있는 '걸리버'라는 작은 게스트하우스에 방을 예약하고 왔다. 류블랴냐성 아래 골목길에 접한 게스트하우스였다.

주문한 화이트 와인이 먼저 나왔다. 와인을 잘 아는 스테노가 이 지방 와인으로 한 병을 시켰다. 먼저 혜란의 잔에 와인을 따라 주고 자기 잔에도 따른 후 잔을 들어 건배를 했다. 거창한 건배사는 없었어도 이심전심 두 사람에게는 사랑을 기약하는 건배였다. 뒤이어 나온 한국음식은 혜란이 설명을 하고 접시를 더 가져다 종류별로 조금씩 덜어 시식부터 했다. 입맛도 다르고 개중에는 매운 것도 있어서 모든 음식을 다 똑같이 반분해서 먹을 수는 없었다. 혜란은 모처럼 먹어보는 떡볶이 맛에 입맛이 돌고 향수마저 달래지는 것 같았다. 와인까지 곁들이니 금상첨화였다. 슬로베니아 음식에도 매운 소스가 있고 마늘도 많이 쓰는 음식이 있다며 매운 것에 도전장을 낸 스테노도 떡볶이의 매운맛에는 그야말로 매워서 혀를 내둘렀다. 김밥은 좋다고 하며 자기가 즐겨 만드는 롤케이크와 견주면서 혜란에게 레시피를 물었다. 혜란은 조만간 말보다 직접 만들어 맛을 보여주겠노라고 큰소리를 치며 대충 레시피를 설명해 주었다. 스테노가 그중 가장 큰 관심을 보인 것은 비빔밥이었다. 혜란은 나물류와 쌀밥을 한데 섞고 고추장을 넣고 참기름을 두르거나 고추장 없이 참기름만 두르고 숟가락으로 비벼 먹는 시범을 보이고 고추장을 넣은 것과 넣지 않은 것 두 가지로 나누어 썩썩 비벼서 두 종류의 비빔밥을 스테노에게 한 숟가락씩 맛보게 했다. 스테노는 두 가지 다 맛있다고 했다. 맛도 맛이지만 스테노에게 더 흥미를 끈 것은 나물과 밥을 한데 섞어 먹는 방식이었다. 자신의 주특기인 제빵에도 반죽에 다른 재료를 섞어 구워내는 것이 있고 롤케이크처럼 섞는 재료로 일정한 문양을 내기도 하지만 거의 동등한 양의 서로 다른 재료를 모두 완전히 섞는 방식은 없다. 그런 방식을 제빵에 적용할 수는 없을까? 스테노는 음식은 먹는 둥 마는 둥 머릿속에 갖가지 새로운 제빵 레시피가 필름처럼 끊임없이 돌아갔다. 양념한 비빔밥을 빵 반죽 속에 넣고 굽거나 반대로 참깨나 양귀비씨를 거죽에 뿌려 만든 빵처럼 비빔밥을 먼저 살짝 구워 빵 거죽에 붙게 해 다시 구워내면 어떤 맛일까? 비빔밥으로 패티(patty)를 만들어 햄버거처럼 빵 사이에 넣어 먹어도 괜찮을 것 같았다. 비빔밥의 구성 재료에 따라, 또 볶거나 굽는 방식에 따라 맛이 다른 빵이 될 것도 같았다. 스테노는 혜란에게 자신의 비빔밥빵 레시피를 설명했다. 혜란도 어떻게 그런 생각을 했느냐고 놀라며 좋은 생각이라고, 한번 시도해 보라고 격려해주었다.

"스테노! 역시 제빵 전문가는 다르군요. 감각과 안목이 남다르고 완벽한 상상력이에요. 문외한이라 잘은 모르지만 마케팅에 관한 사업성은 미지수라도 신제품으로서의 개발 가능성은 충분해 보여요. 한국 빵 중에 '고로케'라는 빵에 야채와 고기 같은 재료가 들어 있긴 하지만 겉은 말랑말랑하게 기름에 튀긴 것이고 오븐에 구운 것은 아니지요. 또 어떤 로컬 빵집에는 속에 팥을 넣고 구운 빵을 다시 기름에 튀겨 잘 팔리는 빵이 있지요."

혜란은 남은 와인을 마저 마시며 스테노가 생각하는 '혼합(mix)의 미학'을 적극 응원하고 나섰다. 전문가의 입장에서 비빔밥빵에 대한 시시비비는 얼마든지 있을 수 있을 것이다. 그러나 그런 문제를 지금 예단해 스테노를 기죽일 이유는 없었다. 혜란에게 뿐만 아니라 글로벌 제빵업계에 거목 같은 존재가 될지도 모르는 스테노이기 때문이다. 식사를 마친 스테노는 혜란이 골라주는 스위트(후식)를 맛있게 먹고 류블랴냐 강변을 걷자고 했다. 혜란도 모처럼 택한 한식이라 좀 과하게 먹은 듯해 기분 나쁜 포만감이 싫었다. 그래서 스테노의 제의대로 걸어서 소화를 빨리 시키고 싶었다. 겨울이라 여름보다는 관광객이 뜸하고 강을 오르내리는 유람선의 운행도 한산해 보였다. 기온이 그렇게 낮은 것도 아닌데다 외투를 알맞게 껴입어 걷기에도 좋았다. 광장을 지나 강변길로 접어들면서 스테노가 혜란의 손을 잡았다. 손을 잡고 걷기보다는 차라리 팔짱을 끼는 게 걷기에도 편해서 혜란이 자세를 고쳐 잡고 스테노의 왼팔을 들어 팔짱을 끼었다. 강물 흐르는 소리가 나지막이 들리고 간혹 교회의 종소리도 들리는 듯했다. 서로 말이 없었으므로 작은 소리도 잘 들렸다.

"스테노는 지금 무슨 생각을 하고 있을까?"

혜란은 궁금했다.

"스테노! 지금 무슨 생각을 하고 있는지 맞춰 볼까요?"

혜란이 장난기가 발동한 듯 도전적으로 묻고 이내 대답도 대신했다.

"머릿속으로 비빔밥빵 만들고 있지요? 벌써 한 백 개는 만들었을 것 같은데요?"

스테노는 파안대소 하며 반은 맞고 반은 틀리다고 했다.

"혜란 씨! 뇌에 대해 잘은 모르지만 경험적으로는 뇌의 동시다발적 작용을 믿는 편이지요."

"갑자기 웬 뇌?"

"몇 초 단위로라도 한 가지 생각만 하지 않는다는 뜻이지요. 혜란 씨도 그럴 거라고 생각하는데……."

"그럴 수도 있겠지만 난 아닌 것 같아요. 짧은 시간 안에 방향이 다른 생각이 많다가는 제대로 연구가 안 될 거예요. 연구자들은 대부분 한 가지 생각에 골몰하는 게 아닐까요?"

"듣고 보니 그럴 것 같네요. 나는 연구자가 아니어서 그런가 생각이 수시로 왔다 갔다 하네요. 빵 생각하다가 혜란 씨 생각하다가 그렇게……."

"스테노가 왜 연구자가 아니에요? 개발은 연구 없이 되는 게 아니잖아요?"

스스로 연구자임을 부인하는 스테노의 말이 거슬려 혜란은 정색을 하고 되물었다.

"……."

"스테노야말로 훌륭한 연구자예요. 아까도 남이 생각하지 못하는 새로운 레시피를 금방 개발해냈잖아요. 이제 실험과 실습과 시제품을 통해 연구결과를 확인하는 과정만 남은 것이지요."

"연구자에게 순간순간 연구 주제 이외의 다른 생각에 치우치는 것은 잡념으로 중심을 잃는 것이겠지요. 그렇지만 지금은 혜란 씨나 나나 연구하는 시간이 아니니까 좋은 생각을 많이 하는 게 좋을 것 같아요. 나는 혜란 씨 생각 많이 하고 혜란 씨도 내 생각 많이 하고. 안 그래요?"

스테노는 동의를 재촉하듯 혜란을 돌아보며 말했다. 혜란은 저도 모르게 웃음이 나오는 걸 억지로 참았다. 뇌 얘기를 꺼낸 게 결국은 혜란의 마음을 떠보기 위한 계산된 발언 같아 '이 남자 나 때문에 꽤 고생하는구나.' 싶었던 것이다. 그러나 한편으로는 그렇게 애쓰는 스테노의 모습이 믿음직하기도 했다. 본업에 차질을 빚지 않으면서 수초에 한 번씩 혜란을 생각해 주는 일이 스테노에게 가능한 일이라면 혜란으로서는 감사해야 할 일이지 문제 삼을 일인가 싶었다. 연구한답시고 그러지 못할 거라고 미리 방어선을 치는 혜란이 자신이 스테노에게는 더 야속할 수도 있겠구나 하는 생각이 미치자 웃으려고 했던 자신이 경솔한 것 같아 스테노에게 미안한 마음이 들었다.

두 사람은 청룡다리를 건너 반대편 강변길을 거슬러 올라갔다. 해가 짧아져 사방에 어둠이 내리 깔리기 시작했다. 거리의 상점을 밝히는 불빛도 더 휘황찬란해 보인다. 모처럼 데이트를 즐긴 두 사람의 마음도 환하게 서로를 비추고 있었다. 혜란도 기숙사로 돌아가야 할 시간이 되었고 스테노도 약속한 게스트하우스의 체크인 시간이 가까워 왔다. 스테노는 가져온 보충실험 재료를 다음날 실험실로 가져다주기로 하고 혜란이 버스를 타는 정류장까지 와서 두 사람은 아쉬움을 접고 헤어졌다. 떠나는 버스 안에서 혜란은 스테노가 보이지 않을 때까지 스테노를 향해 손을 흔들어 주었다.

15

크레프트 교수가 이탈리아로 출장을 갔다가 학교에 돌아왔을 때는 혜란에게 맡겨진 스테노의 보충실험도 거의 끝나갈 무렵이었다. 실험실에 들러 혜란을 마주친 크레프트는 보충실험의 진행 상황을 보고받고 결과가 정리되는 대로 블랭카 교수에게 상세히 설명도 해야 하니 혜란이 마리보에 다녀오는 게 좋겠다고 했다. 크레프트는 스테노의 실험결과를 스테노와 혜란 그리고 블랭카와 네 사람을 공저로 해 유럽학회지에 발표할 구상을 가지고 있었다. 언제 어떤 학회가 어디서 열리는지 알아보라는 지시를 이탈리아로 떠나면서 혜란에게 했었다. 학회에 가서 구두발표를 하고 학회지에 게재하는 것이 일반적인 관례였으므로 미리 준비를 하려는 것이었다. 학회지에 실리기 위해서는 까다로운 심사과정을 거쳐야 하므로 실험결과에 대한 다각적인 분석과 다자간 토의가 필요했다. 혜란이 실험을 주도적으로 했으므로 크레프트와의 토의를 마치고 블랭카 하고도 토의를 해 논문의 완성도를 높이는 수순은 너무나 당연한 것이어서 혜란도 어느 정도는 그런 일정에 대해 예감을 하고 있던 참이었다. 혜란이 알아본 바로는 유럽생화학회가 9월에 빈에서 열리는데 그 학회에 참석하게 될지는 아직 모를 일이다. 혜란은 스테노와 함께 그 학회에 참가했으면 하고 내심 기대하고 있었다. 크레프트의 제안에 따라 혜란은 데이터 파일을 챙겨 마리보로 갔다. 사전에 일정과 숙소 등 협의가 다 되어 특별히 어려움은 없었다. 게다가 마리보는 처음이 아닌데다 스테노가 기다리고 있는 곳이어서 설레는 마음으로 기차에서 내렸다. 보름 만에 보는 스테노는 친구에게 부탁해 빨간 자동차를 대기시켜 놓고 있었다. 스테노의 안내로 운전석에 있는 친구와 가볍게 인사를 나누고 뒷자리에 탔다. 스테노는 혜란의 백팩을 안고 운전석 옆에 탔다.

"혜란 씨! 웰컴 투 마리보!"

스테노는 마치 친구에게 혜란을 사랑이라도 하듯 평소와
는 다르게 과장된 너스레를 떨었다.

"픽업 나와 줘서 고마워요."

운전을 하는 친구에게 혜란은 고마움을 표했다. 친구는
"잇츠 마이 플레져!"라고 시원스레 대답했다. 그리고 스테노
에게서 얘기를 많이 들었다느니, 혜란이 스테노를 구한 의인
이라느니, 자기한테도 한국 아가씨를 소개해 달라느니 하며
능청을 떨었다. 초면에 말이 많은 듯했지만 풍기는 이미지로
는 순수하고 착해 보였다. 이곳 청년들은 나이를 가늠하기
힘들지만 스테노가 늦게 대학생활을 하게 된 것을 감안하면
스테노보다 서너 살 아래로 보였다. 친구의 수다에 적당히
응해주다 보니 어느덧 혜란이 묵을 유스호스텔에 도착했다.
하룻밤 묵으니 캐리어를 끌고 올까 하다가 귀찮아서 백팩에
가득 소지품을 챙겼더니 스테노가 안고 내린 백팩이 보기
민망할 정도로 빵빵했다. 두 남자를 밖에서 기다리게 하고
혜란은 2층 리셉션에 올라가 체크인을 하고 같은 층의 제 방
에 들어가 백을 다시 정리했다. 옷가지는 빼놓고 다시 백을
메고 아래층으로 내려왔다. 차 안에서 스테노가 친구와 얼
핏 스키장 얘기를 했던 걸로 보아 아마도 혜란을 스키장으

로 데려갈 모양이었다. 혜란은 스키를 배우지 못했지만 독일에 있을 때 지도교수와 동료 대학원생들과 어울려 몇 번 스키장에 간 적이 있었다. 다들 신나게 스키를 즐기며 스트레스를 푸는데 혼자 스키도 못 타고 구경만 하자니 되레 스트레스가 쌓이는 기분이었다. 그래서 언젠가 자신도 스키를 배워 남들처럼 멋지게 활강을 해보이리라 마음먹었지만 여태 실행을 못하고 스키장 얘기만 나오면 주눅이 들었다. 오늘도 그런 상황이 아닐까 내심 우려를 하면서 다시 차를 타고 이끌려갔다. 다행히 스테노도 스키를 탈 생각은 아예 없었고 혜란이 겨울에 마리보에 왔으니 단지 스키장을 구경시켜 주고 싶은 마음에서 친구의 차를 이용해 스키장에 온 것임을 알고 혜란은 긴장을 풀고 안도했다. 스키를 신고 리프트를 타고 가는 사람과 막 스키를 타고 내려온 사람으로 스키장의 풍경은 여느 스키장과 다를 바 없었다. 그런데도 왠지 마리보의 스키장이 근사해 보였다. 마리보의 아름다운 시가지가 내려다보일 것을 상상해서 그런지, 스테노가 있는 곳이고 지금 스테노가 옆에 있어서 그런지, 아마 둘 다 이유가 될 것 같았다.

스키장 감상에 만족하고 스테노의 재촉으로 다시 올드브릿지를 건너 시내로 나왔다. 비나그(VINAG) 와인 셀라 앞에

차를 세워 내려주고 친구는 약속이 있다고 하며 휭하니 가 버렸다. 비나그는 슬로베니아는 물론 유럽에서도 유서가 깊은 와인 명소라고 스테노가 말했다. 안으로 들어서자 연이어 들고나는 사람들로 북적여 이곳이 스테노의 말처럼 관광객들이 꼭 찾는 핫플레이스(hot place)를 알 수 있었다. 처음 마리보에 온 지난해 여름에는 이런 데가 있는지도 몰랐는데 이번에는 스테노가 특별히 마음을 쓴 것 같았다. 스테노가 어느새 입장권을 구매했는지 투어시간이 되자 다른 관광객들과 함께 안내자를 따라 지하로 내려갔다. 블랭카 교수와의 랩미팅은 다음날 아침에 갖기로 해서 스테노가 스키장에 이어 와인셀라까지 첫날 마리보 투어를 계획한 것 같았다. 와인셀라를 가득 채운 오래되고 큰 오크통이 관광객들을 압도했다. 와인 맛을 보기 전이라 품질은 알 수 없지만 오래전부터 마리보 시내 한복판 지하에 이런 큰 와인 저장시설이 있다는 사실은 놀라웠다. 와인셀라 내의 천정과 벽에는 검은 곰팡이가 사방에 몽글몽글 피어 있었다. 하나같이 곰팡내를 풍기지 않고 길이도 짧은 균사총이 천정과 벽면에 착 달라붙어 있는데 안내자의 설명에 의하면 그게 좋은 곰팡이라며 그런 종류의 곰팡이로 와인셀라의 우수성이 입증되는 것이라고 했다. 수십 년을 한 곳에서 같은 형태와 같은 부피로 존재한다는 것은 그곳의 온도와 습도 등 환경의 불변을 의미하는 것이기도 해 와인산업에 천혜의 조건임을 알 수 있었다. 혜란은 자신이 과학을 하는 입장인데도 현대의 첨단 냉난방 공정기술로 그렇게 정교하게 장기간에 걸친 온·습도 관리가 가능할 것인지 의구심이 드는 것은 어쩔 수 없었다. 시음장에 나와 드라이한 맛과 스위트한 맛의 와인을 번갈아 시음하고 비나그를 나온 두 사람은 블랭카가 저녁을 내기로 한 레스토랑을 찾아 바삐 움직였다.

16

"어서 와요? 혜란 송!"

블랭카는 식당에 먼저 와 자리를 잡고 있었다. 혜란은 작년에 심포지엄 발표장과 간친회장에서 뵌 적이 있는 구면이라 금방 블랭카를 알아보고 인사를 했다.

"교수님! 그간 안녕하셨어요? 더 멋있어지셨어요."

혜란이 보기에 블랭카는 헤어스타일은 그대로인데 더 날씬해진 모습이었다.

"그런가? 아무튼 이 늙은이를 예쁘게 봐주니 고맙네. 혜란 송도 활짝 피었는데?"

"어머! 별 말씀을……. 실험실에 박혀 사는데 필 사이가 있겠어요?"

혜란은 곰팡이가 피지 않으면 다행이라고 말을 하려다가 교수님 앞에서 경박한 언행 같아서 그만 두었다. 두 사람이 대화를 나누는 동안 스테노는 하릴없이 서 있었다.

"스테노! 자네도 앉지? 혜란 송은 이쪽으로 오고."

블랭카가 이끄는 대로 테이블을 좌로 돌아 혜란은 자리에 앉았다. 앉고 보니 스테노의 옆자리였다. 블랭카가 만면에 희색을 띠며 말했다.

"두 사람이 나란히 앉으니 그림이 너무 좋은데. 명화야 명화! 이런 장면을 안 찍을 수가 없지. 혜란 송! 내가 찍어줘도 되겠지?"

블랭카는 사실상 촬영을 강제하는 것이지만 양해를 구하는 뉘앙스라 빼는 게 적절치 않다고 생각한 혜란은 되레 더 적극적으로 말했다.

"교수님! 예쁘게 잘 찍어 주세요."

혜란은 윗몸을 살짝 스테노에게 기울이며 '우리는 연인'이라고 말하듯 애교를 보였다. 블랭카는 셔터를 거푸 서너 번 눌렀다. 그러고는 마지막 찍힌 컷을 두 사람에게 보여

주었다.

"잘 어울리네. 두 사람에게 메일로 보내줄 테니 잘 간직하게."

그러고 보니 블랭카는 이미 혜란의 메일주소를 갖고 있었다. 작년 심포지엄 때 혜란의 발표논문 원고를 메일로 받았었다. 혜란의 메일 계정은 학교 것이 아니고 지메일이었으므로 여전히 유효한 것이었다. 식사는 선택의 여지가 없었다. 메밀연구자이신 블랭카 교수님이 송어구이에 타타리메밀쌀을 삶아 마늘소스와 함께 먹는 요리를 이미 주문해 놓은 터였다. 송어는 혜란의 고향인 춘천에서도 자주 즐기던 음식이다. 양식에 성공해 외곽의 여러 곳에 양어장이 있고 그곳에서 직영하는 송어횟집이 있어서 가족들과 몇 번 간 적이 있었다. 그런 얘기를 들은 블랭카는 이 집 송어는 자연산이라고 하며 계곡이 꽁꽁 얼지 않으면 겨울에도 잡힌다고 했다. 포크를 갖다 대기 전에 사진부터 한 장 찍고 맛본 요리는 과연 일품이었다. 고향의 송어 맛을 이에 비할 바가 못 되었다. 맛있는 음식을 먹으니 분위기도 더 정겹고 따뜻했다. 가족 같은 분위기였다. 스테노도 그런 느낌이 들었는지 음식을 먹는 손놀림이 경쾌하고 가끔 던지는 유머도 자연스럽고 재미있었다. 식사를 마치고 각자 입맛대로 후식을 주문해 먹는

데 블랭카가 진지한 어조로 말했다.

"두 사람의 사생활에 끼어드는 것 같아 미안한데 오해 없이 들어주게. 이미 스테노에게서 들은 바도 있고 두 사람의 분위기를 봐서도 짐작하네만 특별히 그렇게 되지 말아야 할 이유가 있다면 모를까 그렇지 않다면 두 사람이 좋은 관계로 발전하기를 바라네. 두 사람은 이미 내게도 소중한 사람이기에 이런 당부를 하는 것이네. 스테노는 오래전부터 알아 왔고 혜란 송은 직접 많이 겪어 보지는 않았지만 좋은 사람임에 틀림없는 것 같네. 무엇보다도 두 사람이 서로 좋은 감정으로 이해하고 사랑하는 것 같아 보기도 좋고 두 사람 모두에게 하느님이 주시는 축복인 것 같네."

스테노와 혜란은 감사하다는 말밖에는 달리 할 말이 없었다. 블랭카가 항상 응원하는 마음으로 지켜볼 테니 어려운 일이 있으면 언제든지 얘기하라는 말을 했을 때는 두 사람 모두 눈시울이 뜨거워졌다. '권위', '가식', '위선' 그런 말과는 전혀 상관없는 '너무나 인간적인 분'의 진솔한 배려와 격려가 진정한 '제자사랑'이 아니고 무엇이겠는가 하는 생각이 들었고 어쩌면 가족보다 더 끈끈한 이 유대감의 원천이 스테노의 삶이라고 생각하니 혜란은 행복감이 느껴지기도 했다. 블랭카와 헤어진 두 사람은 유스호스텔을 향해 걸었다. 유

스호스텔은 대학에서 도보로 5분 거리에 있었고 스테노의
자취방도 대학 근처의 반지하 원룸이었다. 내일 아침은 일찌
감치 블랭카와 미팅이 있는 날이다. 저녁식사 자리가 예기
치 않게 길어서 내일 미팅을 위해 각자 돌아가 쉬는 편이 좋
겠다고 생각했다. 유스호스텔 앞의 큰 나무 밑에서 두 사람
은 포옹과 키스를 하고 나서 각자의 거처로 발길을 돌렸다.

17

이튿날 혜란은 블랭카의 연구실에서 브리핑과 토의를 잘
끝내고 크레프트와 상의해 9월에 빈에서 열리는 유럽생화학
회에 스테노와 함께 보내주겠다는 블랭카의 선물도 받았다.
그리고 스테노는 6월에 디플로마를 받는 졸업식을 하게 된
다는 소식도 들었다. 졸업 후 스테노의 거취는 아직 미정이
라고 했다. 하지만 여기저기 알아보고 있으니 걱정하지 말라
고 했다. 혜란도 이제 자신의 학위논문 실험에 보다 집중할
수 있게 되어 홀가분한 기분이다. 스테노의 실험을 도우면서
혜란에게도 쓸 만한 데이터가 없지는 않았다. 그래도 혜란
에게는 아직 해야 할 많은 실험이 남아 있다. 박사과정을 이

제 막 시작했으니 논문이 잘 돼도 최소한 2년은 학생으로서 과정에 충실해야 한다. 류블랴냐 도시의 지리도 웬만큼 익숙해졌고 학교생활도 무난하다. 유일한 애로사항이 스테노와의 '관계'이다. 미적지근한 것은 딱 질색이다. '하면 하고 말면 말고' 하는 성미라 연애를 한국의 주말부부처럼 할 것도 아니고 이제 마음을 연 것을 지리적 문제로 걷어치울 수도 없는 문제다. 그런 고민은 스테노에게도 마찬가지였다. 혜란의 마음을 열게 해놓고 그 마음을 흔들어 힘들게 하는 것은 스테노의 자존심도 허락하지 않는 것이다. 이 난국을 타개할 묘책은 없을까? 그래서 혜란이 마리보에 오기 전부터 스테노는 블랭카에게 졸업식 때까지 기다릴 것도 없이 류블랴냐에 일자리를 알아봐 달라고 부탁을 해 둔 상태였다. 당분간이라도 류블랴냐에 자리를 잡게 되면 혜란도 안정이 되고 스테노 자신도 경제적으로나 사회적으로 혜란에게 더 당당해질 수 있어서 좋을 것 같았다. 블랭카 교수가 걱정하지 말라고 하니 일단은 희망을 가져보는데 아직은 실체가 오리무중이라 갑갑한 심정이었다. 혜란은 그런 스테노의 심정을 헤아려 마리보에서 하루를 더 묵기로 했다. 자기가 빵을 만드는 실습실을 보여주겠다는 스테노의 제안도 혜란의 체류를 연장하는 데 한몫을 했다. 마침 실습하는 학생들이 있어서 교수의 양해를 얻어 제빵실습을 참관하게 되었다. 학생들은 그렇게 많지가 않았다. 아마도 조를 나누어 실습을 하는 듯 했다. 그다지 넓다고 할 수 없는 실습실에는 가운데 반죽용 테이블이 두 개가 맞붙여 놓여 있다. 한쪽에는 용량이 큰 두 대의 발효기와 한 대의 오븐이 자리를 차지하고 있다. 한국에서처럼 이삼십 명이 한꺼번에 실습을 할 수도 없을 것 같아 조별 실습이 틀림없어 보였다. 지도하는 교수나 실습하는 학생들 모두 흰 가운에 제빵사 모자를 쓰고 있어 제빵공장을 방불케 했다. 스테노는 작은 목소리로 제빵실습의 과정을 설명해 주었다. 혜란은 여고시절 가정시간에 팥으로 소를 만들어 찜통에 찐빵을 쪄본 적은 있었다. 그때도 조금 차진 듯이 반죽된 밀가루 도우를 아기 주먹만 하게 뜯어 동그랗게 둥글리고 속을 헤집어 소를 넣는 작업이 재미있었다. 솜씨가 없어 찜통에서 쪄진 못 생긴 찐빵을 들고 선생님께 검사를 맡던 기억이 떠올라 피식 웃음이 났다. 오븐에 빵을 구워 본 일은 없고 동네 빵집에서 빵을 사면서 빵집아저씨가 열고 닫고 하는 오븐에서 노랗게 구워진 빵이 나오는 것을 본 적이 있을 뿐이다. 오늘은 시간 상 오븐에서 빵이 구워져 나오는 것은 못 볼 것이라고 미리 스테노에게 들었다. 학생들의 손에서 갖가지 모양으로 변신한 도우들로 테이블이 꽉 차 가고 있었다. 스테노의 설명에 의하면 저 예비 빵들이 발효기에 들어갔다가 나와 오븐에서 구워지면 빵이 완성되는 것이라고 했다. 발효기가 두 대인 것은 하나는 고온(40도), 다른 하나는 저온(0에서 5도)에서 발효시키기 위한 것으로 빵에 따라 그 두 가지 발효과정을 연속적으로 거치는 게 있다고 했다. 얼핏 전에 어디선가 비슷한 얘기를 들은 것도 같았다. 아마 작년 심포지엄 간친회 때 스테노가 빵을 설명하면서 해준 얘기였던 것으로 기억된다. 제빵실습실을 나와 스테노는 실험동과 등을 맞대고 대로변을 향해 자리 잡은 카페로 혜란을 안내했다. 커피를 비롯한 음료와 제빵실에서 만든 빵과 아이스크림을 파는 대학의 부속시설이었다. 학교에 이런 시설이 있어서 좋겠다는 생각을 하면서 스테노를 따라 구석진 빈자리에 앉았다. 스테노는 앉지 않고 서서 혜란에게 마실 음료를 주문 받고는 계산대로 갔다. 아이스크림도 먹겠느냐고 해서 그것은 사양했다. 스테노가 혜란의 앞자리에 와서 앉고 곧 이어 유니폼을 차려 입은 아가씨가 주문한 음료와 주문하지 않은 빵바구니를 가져왔다. 아마 스테노가 빵맛을 보여주려고 빵도 따로 주문한 것 같았다. 바구니에 몇 가지 종류의 빵이 섞여 있었는데 작년 간친회 때 먹어 본 그 빵이었다. 그중 스테노가 슬라이스한 빵 한

조각을 집어 혜란의 눈앞에 바짝 들이대며 새로 만든 것이라고 했다. 자세히 들여다보니 군데군데 푸르스름한 이물질이 비쳤다. 혜란이 물어볼 사이도 없이 스테노는 그것이 호박씨라고 했다. 그리고 블랭카의 제안을 바탕으로 자기가 처음 만들었다고 했다. 비빔밥빵을 생각했던 스테노에게 그 정도는 식은 죽 먹기였을 거라고 혜란은 생각했다. 그러나 품평하는 것 같은 각설은 자제하고 바구니에서 호박씨빵을 집어 먹고 맛있다고 했다. 그리고 남자들에게 좋을 거라고 했다. 얼마 전 호박씨가 남자들의 전립선에 좋은 식품이라는 것을 인터넷에서 본 적이 있었는데 퍼뜩 그 생각이 났던 것이다. 간간이 커피를 들이키며 한참 빵을 먹고 있는데 파리한 마리가 빵바구니에 앉았다. 스테노가 팔을 휘둘러 쫓아보았지만 파리는 쫓겨났다가 다시 날아들기를 반복했다.

"그냥 둬요!"

혜란은 스테노의 파리 쫓기를 만류했다. 식품 위생적으로는 말이 안 될 얘기지만 혜란에게 파리는 해충이 아니고 익충일 수도 있다는 생각을 하게 된 연유가 있어 쫓지 말고 그만 봐주자고 한 것이다. 혜란이 학부 3학년이었을 때 학과내규에 따라 학부 졸업논문을 준비했었다. 마침 8월 말에 세계메밀학회가 춘천 두산리조트에서 열리게 되어 있어 혜란도 박교수로부터 단메밀(일반메밀)을 논문주제로 받아 한국의 재래종 메밀과 캐나다 품종 간의 잡종 세대를 진전시키는 실험을 하게 되었다. 박교수가 대학원생을 캐나다 메밀연구소에 보내 잡종 1세대를 만들어 왔는데 후대를 몇 대 더 진전시키며 생육특성을 검정해야 하는 과정이 필요했던 것이다. 겉보기에도 한국의 재래종 메밀은 알이 작고 캐나다에서 재배해 일본에 수출하는 품종은 알이 굵어 그 두 품종을 교배해 재래종 메밀이 알이 좀 더 굵어지게 해보려는 계획이었다. 하지만 메밀은 꽃이 작고 암술과 수술이 육안으로는 잘 보이지 않는 데다 긴 암술(장주화)과 짧은 암술(단주화)이 있어서 긴 암술은 짧은 암술이 있는 꽃의 수술과 수분이 되고 반대로 짧은 암술은 긴 암술이 있는 꽃의 수술과 수분이 되어야만(적법수분) 종자가 맺히는 독특한 식물(이형예식물)이므로 손으로 수분을 시키는 것이 여간 어려운 일이 아니다. 그래서 대개 유전적 순도를 유지하고자 할 때나 잡종세대의 진전을 목적으로 할 때는 메밀밭에 광목이나 세사(細絲)로 된 망을 덮어씌우고 그 안에 벌을 방사해 수분을 시킨다. 혜란은 화분에 잡종 1세대 식물을 심고 각목으로 나무틀을 만들어 망을 씌운 망박스에 막 꽃이 피기 시작한 메밀화분을 교배시키고자 하는 화분끼리 짝을 지어 넣었다.

그리고 그 안에 벌을 잡아넣었다. 또한, 메밀밭에서 자주 파리가 날아다니는 것을 보았기에 파리도 잡아넣었다. 차츰 피는 꽃수도 많아지고 잡아넣은 벌과 파리도 수가 늘어나면서 예상대로 수분이 잘 되어 메밀종자가 주렁주렁 맺혔다. 그런데 이상하게도 벌은 망 안에서 며칠 살지 못하고 죽었다. 반면에 파리는 오래 살면서 메밀의 수분매개자로서 제 역할을 다했다. 혜란은 지금도 그 이유를 과학적으로 설명을 못하지만 그 현상을 직접 목도한 당사자로서 파리가 인간에게 해를 끼치기만 하는 것은 아니라는 확신을 갖게 된 것이다. 이런 얘기를 들은 스테노도 망 안에서의 벌과 파리가 어떤 차이가 있을까 궁금해 혜란에게 물었다. 벌이라 하면 빵 재료로 쓰기 위한 목적으로 채밀을 하려고 직업대학의 실험동 옥상에도 양봉통을 몇 통 갖다 둔 게 있어서 스테노에게 전혀 생소한 것은 아니었으나 파리에 대한 혜란의 긍휼한 마음은 금방 이해가 되지 않았다.

"혜란 씨는 망 안이라는 특수한 상황에서 벌과 파리가 어떤 차이가 있는 것 같아요?"

"그때 망 안의 바닥에 떨어진 죽은 벌을 보면서 이런 생각이 들었어요. 벌은 성미가 급하고 멀리 날아다니며 마음껏 꿀을 따와야 속이 시원한데 좁은 망 안에 갇혀서 얼마 되지 않는 꽃으로 연명을 하자니 울화통이 치밀어 화병에 죽은 것 같아요. 반면에 똥밭에 흔한 파리이지만 그레도 똥보다는 꽃이 좋고 갇혔다고 애타해 할 것도 없는 파리는 느긋하게 꽃을 오가며 망 안의 생활을 즐길 수 있었던 것 같아요. 주어진 운명에 순응한다고나 할까? 그런데 과학적으로 맞는 얘기인지는 잘 모르겠어요."

"혜란 씨의 해석이 아주 그럴 듯하게 들리는데요. 정말 그럴 것 같아요. 사람도 제 성질을 못 이겨 화병 나 죽는 사람이 있다고 들었어요."

정확한 병명은 알 수 없지만 정신의학서에서 읽은 적이 있다고 스테노는 혜란의 해석을 적극 지지했다.

18

파리 얘기를 장황하게 주고받는 사이에 어느덧 퇴근 시간도 지났다. 바깥을 보니 주차장도 휑하다. 블랑카와 오전에 미팅을 끝내고 셋이서 학교 근처의 일식집에서 점심도 푸짐히 먹은 데다 카페에서 연실 빵을 집어 먹어서 혜란은 아예 저녁 생각이 없어졌다. 어젯밤 묵었던 유스호스텔에 가서 방을 잡아 놓고 근처 공원 산책이라도 해야겠다는 생각이 들어 혜란이 먼저 자리를 털고 일어났다.

"혜란 씨!"

학교를 막 벗어나 마을로 들어서려는데 스테노가 불렀다. 건널목을 건너느라 스테노가 오른손으로 혜란의 허리춤을 살짝 앞으로 밀면서 목이 잠긴 듯 헛기침을 몇 번 하고서는 말을 이어갔다.

"어젯밤 숙소는 어땠어요? 잠은 잘 잤어요?"

꽤 늦은 인사였다. 잠을 잘 잤느냐고 묻는 인사는 아침인사인데 지금 하는 것은 오늘밤도 거기서 잘 잘 수 있겠느냐고 묻는 말에 다름 아니라고 혜란은 생각했다. 사실 유스호스텔은 깨끗하고 저렴한 가격에 조식까지 포함돼 괜찮은 편이었다. 다만 얇은 벽에 방음이 안 되어 옆방과 트여있는 것과 다름없는 것이 흠이었다. 어젯밤에도 옆방에서 들리는 교성으로 잠을 설쳤었다. 가뜩이나 스테노와의 짧은 만남으로 왠지 가슴 한쪽이 허전하던 참이었는데 젊은 남녀의 사랑행각을 가까이에서 듣게 되니 혜란에겐 고문과도 같은 밤이었다. 오늘밤도 그럴지 모른다고 생각하니 숙소를 시내 호텔로 옮겨볼까 생각하던 참에 스테노의 질문을 받은 것이다. 스테노도 유스호스텔의 분위기를 알고 하는 얘기 같았다. 학교 근처에 마땅히 다른 숙소는 없었으므로 블랭카나 스테노 모두 혜란을 위해 그 유스호스텔을 예약해 두는 것을 당연히 여겼던 것 같다. 그래도 스테노는 좀 걱정이 되긴 했었다. 한국에서도 그렇듯이 젊은 대학생들의 개방된 성의식과 그에 편승한 상업주의가 대학가의 모텔산업을 성행하게 하는 것은 어제 오늘의 일이 아님을 혜란도 이렇게 저렇게 들어 잘 알고 있었다. 여기라고 크게 다를 바 없다는 걸 어젯밤 느꼈다. 물론 어젯밤 옆방의 주인공들이 학생이라는 보장은 없는데도 혜란은 그렇게 믿었다. 여고시절에 미군에게 방을 세준 이모네 집에서 이상한 소리를 여러 번 들었지만 성적으로 미숙했던 혜란은 어젯밤처럼 크게 동요하지는 않았다. 성적 경험이 없어도 성에 대한 인지가 높아지고 영화나 소설 같은 매체를 통한 간접 경험으로도 몸의 성적 감각이 예민해진다는 것은 전에는 상상하지 못했던 일이다. 어른이 되어 가는 과정은 어쩔 수 없이 그렇게 심신의 변화를 수반하는 것이라고 이성적으로 수긍을 하면서도 당장 잠을 못 이루는 괴로움 앞에서는 감정 조절에 약한 여자일 수밖에 없는 자신이 두렵기조차 했다. 그렇다고 자신이 감당 못할 무슨 일이 일어나지는 않을 거라고 애써 자위하며 스테노가 물었던 말을 기억하고 입을 열었다.

"사실 소음 때문에 잠을 잘 못 잤어요. 맑은 정신으로 블랭카 교수님께 브리핑을 해야 하는데 잠을 설쳐서 은근히 걱정도 됐지요."

혜란은 담담하게, 그러나 소음의 원인에 대해서는 구체적으로 말하지 않았다.

"내 방으로 갈까요?"

혜란은 잘못 들은 게 아닌가 싶을 정도로 스테노의 기습적인 제안에 놀랐으면서도 '이건 또 뭐지?' 하는 생각에 장난기도 발동했다. 또 한 번 스테노의 다음 수가 궁금해졌다. 한국말로 홀아비가 어떻게 사는지도 궁금했었다. 방 구경만 하고 나올 거라는 말로 동의를 표했다. 스테노는 저만치 유스호스텔을 두고 골목길로 접어들어 앞장서 걸었다. 전형적인 유럽풍의 단층집 앞에서 걸음을 멈춘 스테노는 엄지손가락을 젖히며 혜란을 향해 이 집이라는 신호를 보냈다. 집은 좀 오래되고 낡아 보였으나 주변 정돈은 말끔하게 잘 되어 있었다. 스테노가 마당에 심겨진 자작나무 비슷한 나무 뒤를 돌아 여기저기 페인트가 벗겨진 문을 열고 들어갔다. 스테노가 간 길을 그대로 따라가 안으로 들어서니 다시 계단을 서너 칸쯤 내려서게 되었다. 스테노의 방은 반지하방이었다. '베이스먼트에 룸메이트와의 합방'이 대개 가난한 학생들의 전형적인 주거형태 가운데 하나인데 다행인지, 불행인지 룸메이트는 없었다. 깨끗하게 정돈된 책상과 그 위에 올려진 노트북이 가장 먼저 눈에 띄었다. 구겨진 셔츠가 몇 벌 걸려 있는 옷걸이 위로 혜란이 선물한 밤색 머플러가 마치 목에 둘러진 것처럼 걸려 있었다. 반지하층이었지만 계단 쪽으로 창이 하나 나 있어 불을 켜지 않고도 계단을 제대로 디딜 수가 있었다. 어젯밤 묵은 유스호스텔 2층 방에서 대각선 방향으로 불과 50여 미터밖에 안 떨어진 아주 가까운 곳이다. 중간에 나무만 없으면 혜란이 묵은 방에 불이 켜져 있는지 꺼져 있는지도 창을 통해 보일 것 같았다. 어젯밤 스테노는 혜란의 방에 불이 꺼지는 것을 보았을지도 모른다는 생각을 하는데 "혜란 씨! 앉아요." 하고 계속 주변만 두리번거리는 혜란에게 의자를 끌어다 주며 앉으라고 했다. 혜란은 한 남자의 그늘지거나 반짝이는 영혼과 뼛속 깊이 박힌 사상과 인습으로 상징되는 공간에 자신이 들어와 있다는 생각을 했다. 어쩌면 어딘가에 절망과 고독이 희망과 행복의 손을 잡고 숨어 있을지도 모르는 방 안에 앉아 있는 자신이 낯설면서도 한편으로는 대견하기도 했다. 대학 일학년 때 이모네 집에서 낯선 미군으로부터 강제 추행을 당하고 하마터면 순결을 잃을 뻔했던 그날 이후로 남자의 방을 경계해 온

혜란이었기 때문이다. 그날 세 든 친구집에 놀러온 미군의
꾐에 빠져 따라 들어갔다가 육중한 몸에 깔려 치마가 찢기
고 팬티가 벗겨지려는 순간 영어회화를 가르쳐주던 미군이
들어와 혜란을 구해 주었었다. 그날의 트라우마가 꽤 오래
지속되었고 아직까지도 상흔이 있는 줄 알았는데 오늘 혜란
은 스스로 생각해도 전혀 그런 나쁜 기억이 있는 여자 같지
가 않았다.

"탄산수 마실래요?"

스테노는 마땅히 줄 게 없다며 냉장고에서 초록의 탄산수
병을 꺼내 뚜껑을 돌려 컵에 탄산수를 따랐다. 혜란의 목을
타고 넘어가는 탄산수의 짜릿한 느낌이 있는 둥 없는 둥 했
다. 탄산수의 맛을 못 느낄 정도로 혜란도 자신이 긴장하고
있다는 것을 알았다. 어색한 분위기를 먼저 깬 것은 스테노
였다. 혜란에게 가족사진을 보여주고 싶다며 스테노가 작은
앨범을 서랍 속에서 꺼냈다. 혜란도 참으로 오래간만에 보
는 접착형 구식 앨범이었다. 가족사진이라고 해야 주로 어머
니와 외가 친척들과 찍은 사진이어서 불우했던 가정사를 엿
보게 하는 것이었다. 빛바랜 남자사진 한 장이 스테노와 흡
사했는데 혜란의 짐작대로 스테노의 아버지가 맞았다. 캐나
다에서 돌아오지 않은 아버지. 살아 있는 망부석으로 살아

온 어머니. 스테노란 한 남자의 근원이 앨범 속에서 해후하고 피를 나누고 있었다. 혜란의 눈에 촉촉이 젖은 스테노의 눈빛이 비쳤다. 혜란은 앨범을 덮고 스테노를 끌어안았다. 혜란의 젖가슴을 스테노의 이마가 짓누르다시피 했다. 스테노가 머리를 들어 혜란을 올려다보며 사랑한다고 말했다. 혜란은 상체를 숙여 그의 입술을 찾았다. 이번에는 스테노가 반사적으로 몸을 일으켜 혜란의 목을 뒤로 젖히고 혜란의 입술에 그의 입술을 포갰다. 혜란의 입에서 신음이 새어 나왔고 스테노는 격렬히 혜란의 입술과 목 주위에 연거푸 입을 맞추고 얼굴까지 맞대고 부비기 시작했다. 스테노가 혜란을 안아 들어 올리려고 할 때 혜란은 그만 하라고 스테노를 저지했다. 흥분한 스테노가 말을 듣지 않고 혜란을 침대에 눕히려고 했다. 혜란은 필사적으로 힘을 내 스테노를 벗어났다. 그리고 달래듯 말했다.

"스테노! 그 마음 알아요. 진정해요. 더는 안돼요. 오늘은 여기까지만."

혜란은 책상에 내려놓은 백팩을 들고 방을 나섰다. 이런 상태, 이런 기분으로 이 밤을 스테노의 방에서 보낼 수는 없었다. 혜란은 연민으로 시작해 욕정으로 끝나는 그렇고 그런 섹스를 받아들일 수는 없었다. 혜란이 품어 온 첫 경험에 대한 이상은 사랑에 대한 확신과 절정감에서 육체적인 교합을 이루는 것이었다. 지금은 그럴 상황이 아니라는 것을 혜란은 잘 알고 있다. 그래서 단호히 스테노를 거부하고, 달래고 했던 것이다. 분위기 전환을 위해 뒤따라 나오는 스테노를 향해 소리쳤다.

"스테노! 와인 한잔 사줄래요?"

스테노도 진정이 되었는지 "와이 낫?" 하며 잽싸게 달려와 혜란의 손을 잡고 걸었다. 유스호스텔을 예약하지는 않았으므로 스테노에게 시내 호텔까지 데려다 달라고 했다. 겨울밤인데도 한기가 느껴지지 않고 비 내린 가을저녁처럼 상쾌했다. 자전거에 부딪치지 않으려고 앞서거니 뒤서거니 하며 걷는 두 남녀의 긴 그림자가 올드브릿지를 가로지르는 또 하나의 다리가 되고 있었다.

19

혜란과의 미팅이 있던 날 오후에 블랭카는 다른 손님을 또 맞았다. 류블라냐에서 식품회사를 경영하는 CEO였다. 블랭카가 개발한 기술을 이전 받아 신제품을 개발하려는 것이다. 이 계획이 성사되면 블랭키는 스데노의 일자리를 부탁할 계신을 하고 있었다. 그래서 오전에 스테노와 혜란에게 걱정하지 말라고 했던 것이다. 협의는 잘 돼 계약을 하기로 합의했다. 스테노의 팀장급 포지션도 긍정적으로 검토하겠다는 약속을 받아냈다. 이튿날, 혜란을 기차 태워 보내고 블랭카를 찾은 스테노는 류블라냐로 갈 수 있을 것 같다는 블랭카의 언질을 받고 고대하던 일이 성사될 조짐이 보여 기뻤다. 아직 류블라냐에 당도하지 않았을 혜란에게 문자를 보내 이 소식을 전했다. 혜란에게서 이내 일이 잘 된 것을 축하한다는 답신이 왔다. 입사가 확정되면 류블라냐에 거처를 마련하고 이사를 해 혜란과의 사랑을 키워갈 생각에 어젯밤의 해프닝이 혜란의 참을성으로 그 정도에서 정리된 게 차라리 잘 된 일 같았다. 혜란에게 마음에 상처를 주거나 신뢰를 져버리거나 하는, 원치 않는 결과로 이어진 게 아닌 것만은 분명한 것 같았고 이제 류블라냐로 가면 자주 만나면서 자연스럽게 성인으로서의 육체적 만남도 기대가 되었기 때문이다. 사람이 하루 앞을 못 내다보는데 혜란에게 선견지명이 있어서 오늘처럼 스테노의 마음에 찜찜한 구석을 전혀 남기지 않고 온전한 기쁨을 만끽하게 한 것이라고 스테노는 생각했다. 그런 지각과 영감과 순정을 품은 혜란이 인생의 반려

자가 되어 해로하면 무척 행복할 것 같았다. 동·서양의 문명 차이가 개인의 의식과 가치관 및 습관과 기호의 차이로 이어져 아무런 갈등이나 불편 없이 같이 산다는 게 쉬운 일이 아닐 거라고 애당초 혜란을 마음에 품으면서 생각하지 않았던 것은 아니었다. 그러나 '사람'이기에 힘들 수도 있지만 또 '사람'이기에 어떠한 장애도 극복할 수 있을 것 같았다. '선한 의지'보다 몇 백 배 더 강한 진정한 사랑을 하게 된다면 두려울 게 없을 거라고 생각했다. 디플로마를 위한 논문 제출을 빨리 마무리하고 서서히 이곳에서의 생활을 정리하는 일만 남은 것 같아 스테노는 딱히 누구라 할 것 없이 모두에게 감사하고 싶었다.

20

혜란도 일상으로 돌아가 바쁘게 학위논문을 위한 여러 가지 실험을 이어갔다. 선물 같이 약속 받은 9월의 학회도 혜란의 사정으로 갈지 말지다. 스테노가 류블랴냐로 오기 전에 욕심 같아서는 학위논문 작성에 필요한 실험결과를 절반쯤 확보해 두고 싶었다. 쉽지 않은 것을 알면서도 스테노와 공유할 시간을 생각하면 '보험'과 같이 필요할 때 꺼내 쓸 수 있는 데이터를 미리 쌓아 놓으면 좋겠다는 생각이 들었다. 사실 데이터가 많다고 다 좋은 것은 아니라는 걸 혜란도 잘 안다. 과학에서는 누가 하지 않은 독창적인 결과라면, 그리고 그것이 학문적 가치가 매우 높은 것이라면 단 몇 페이지로도 박사논문이 된 사례가 있다고 들었다. 하지만 혜란의 지금 수준에서는 언감생심. 열심히 많은 데이터를 내고 그중에서 키질해서 쭉정이는 다 날리고 마지막 남은 가장 충실한 알갱이 같은 데이터가 혜란의 학위논문의 결정체가 될 것이다. 그것을 위해 혜란은 이역만리 타지에서 외로움과 싸우면서, 그리움에 애태우면서 하루하루를 힘들게 보내고 있는 것이다. 혜란이 철인이 아닌 만큼 견디기 힘들 때 가끔 '공부는 해서 뭐하고, 학위는 받아 뭐하나?' 싶을 때도 있었다. 대학에 입학했을 때 아빠가 말씀하셨다. "우리 혜란이 박사까지 따야지?" 아빠의 그 말이 유언처럼 되어 버려 유학을 결심하기도 했지만 지금 아빠의 그 말에 매어 역경을 참아내는 것은 아니다. 페미니스트는 아니어도 특히 한국 사회의 학문의 세계에서도 실재하는 여성에 대한 편견에 저항하는 마음도 있으나 무엇보다 가장 정확한 이유는 연구 생활이 자신의 적성에 잘 맞고 가설을 세우고 실험적으로 검정해 어

마어마한 거장들이 판치는 학회지에 자신의 이름으로 새로운 주장을 펴는 일이 무척 다이내믹하고 창의적이어서 도전할만한 일이라고 느꼈다. 한 마디로 좋아서 하는 일이라고 혜란은 자신을 세뇌시켜 왔다. 사실, 혜란의 성격이 하기 싫은 일은 죽어도 못하고 좋아하는 일에는 물불 안 가리고 뛰어드는 편이다. 그런 혜란의 성격을 엄마는 불나방 같다고 했다. 제 몸 타죽는 줄 모르고 불빛만 보고 뛰어드는 불나방에 비유하는 엄마의 시각이 전혀 틀린 것은 아니라고 혜란도 가끔 동의를 했다. 하지만 갈 길은 아직도 멀고 넘어야할 불빛이 눈앞에서 이글거린다. 고깃덩어리를 앞에 둔 굶은 맹수의 거침없는 식욕 같은 학문적 욕심이 혜란에게도 있다. 아직 국제학술지에 발표한 논문은 겨우 두 편에 불과하지만 박사학위를 받을 때까지 10편을 다 채우는 것이 혜란의 목표다. 이제 류블라냐에 온지 8개월에 불과하지만 크레프트 교수의 역량도 크고 자신의 훈련된 실험스킬도 경쟁력이 있다고 믿기에 혜란은 목표를 달성할 수 있을 것으로 확신한다. 더구나 혜란이 느끼기에 류블라냐는 연구에 전념하기에 딱 좋은 환경이다. 혜란이 연구하는 캠퍼스 주변의 숲이 너무 좋다. 혜란도 여느 교수와 학생들처럼 가끔 자전거를 타고 숲 사이로 난 자전거 길을 달려 기분전환도 하고 체력도 키운다. 시간적인 여유가 있을 때는 시내까지 걸어서 갔다 올 때도 있다. 거리 주변 곳곳에 아름드리나무가 즐비한 공원과 주택가 주변의 울창한 숲이 류블랴냐의 허파 구실을 단단히 하고 있어 류블랴냐에서는 어디를 가도 힐링이 되는 기분이다. 혜란의 고향인 강원도가 80%가 넘게 산지가 많은 곳이라고는 하나 여기처럼 산이 아닌 도심에서 숲의 이로움을 피부로 느끼는 것과는 질이 많이 다르다는 느낌을 받는다. 도 전역까지는 못되어도 춘천만이라도 도시를 류블랴냐처럼 그린(green) 도시로 가꾸면 일류 도시가 될 것 같은데 아파트만 늘어가는 고향의 마땅치 않은 변화가 혜란은 여기 와서 더 안타깝게 느껴졌다. 류블랴냐를 유럽의 그린 캐피탈(green capital, 녹색 수도)이라고 하며 시민의 자긍심을 키워가는 이곳 사람들의 푸른 마음이 혜란은 부럽기만 하다. 생각난 김에 자전거를 타고 캠퍼스 주변의 숲길을 한 바퀴 돌고 올까 하는데 전화벨 소리가 울렸다. 스테노였다. 입사가 확정되어 내달부터 근무를 하게 되었다는 말과 그래서 류블랴냐에 방을 구하러 가게 되었다는 말을 흥분된 어조로 숨을 몰아쉬듯 말했다. 책상 위에 놓인 달력을 짚어 보니 내달이라야 불과 일주일 앞이었다. 혜란은 축하한다고 덩달아 흥분된 감정을 그대로 폰에 실려 보냈다. 혜란이 언제 올

거냐고 묻기도 전에 스테노는 혜란이 편할 것 같은 주말로 일정을 잡을 테니 같이 좀 돌아보자고 했다. 혜란은 즉각 동의를 하고 이틀 뒤인 토요일에 다시 통화를 하기로 하고 폰을 접었다. 혜란은 생활에 뭔가 큰 변화가 예감되는 조짐이 스물 스물 피어오르는 것을 느끼며 아래층의 자전거 거치대로 내려갔다.

21

오늘은 스테노가 방을 구하러 류블랴냐에 오는 날이다. 전화를 걸어 도착 시간을 확인한 혜란은 역에서 만나기로 하고 좀 일찍 시내에 나가 헤어살롱에 들러 머리를 손질해야겠다고 생각했다. 이곳에 와서 미용실은 처음이다. 현지어를 잘 못하는 혜란이 헤어디자이너들과 의사소통이 잘 되지 않을 것 같아 몇 번 미용실을 지나치기만 했다. 오늘은 꼭 커트를 하리라 마음먹고 한 여름이라 청색 반팔 티에 진바지를 꺼내 입었다. 등에는 백팩을 들춰 메고 방문 앞에서 습관적으로 전신 거울을 보긴 했으나 캐주얼웨어라 그냥 패스하다시피 했다. 머리와 얼굴화장은 미용실에서 다시 손질할 것이므로 신경 쓰지 않았다. 입은 티의 목 부위가 좀 깊게 파진 듯해서 브래지어 끈이 티 밖으로 삐져나올까 신경이 쓰였지만 이내 헤어스타일에 신경을 썼다. 생각해 보니 이곳 젊은 여자들에게서는 파마한 머리를 거의 못 본 것 같다. 적당히 커트해 단정히 빗거나 아니면 뒤로 당겨 묶거나 하는 정도의 헤어스타일이 자주 눈에 띈다. 버스 정류장에서 버스를 기다리는 중년 여인의 파마머리를 보면서 파마는 어디를 가나 중·장년 여인들이 선호하는 스타일인 듯 했다. 오늘 파마를 하고 나가면 스테노의 표정이 어떨까 궁금해 하며 혼자 피식 웃었다.

다행히 주말인데도 문을 연 곳이 한 곳 있었다. 미용기술을 알 수 없으나 파마 같은 비교적 고도의 기술을 요하는 머리는 피하는 게 좋을 것 같아 혜란은 숏커트만 하기로 했다. 그동안 대충 혼자서 머리를 앞으로 잡아당겨 손질을 한 데다 그나마 바빠서 자주 못했더니 머리가 꽤 길었다. 삭둑삭둑 머리카락 잘려 나가는 소리가 리드미컬하게 들린다. 참으로 오래간만에 들어보는 소리다. 불현듯 찬형이 생각났다. 여고 때 학원에서 만난 찬형은 당시 한창 인기를 끌던 아이돌 가수를 닮아 또래 사이에서 인기가 높았다. 공부는 썩 잘하지 않았으나 쾌활한 성격에 장난기가 많고 한시도 가만히 있지를 못했다. 그렇다고 정서불안이거나 '날라리'과는 아니었다. 그냥 노는 걸 좋아하는 아이 정도였다. 찬형과 가까워지게 된 것은 참 우연한 해프닝 때문이었다. 그날도 학원에서 야자(야간자율학습)를 마치고 학원차를 타고 학원 앞 도로변에서 내릴 때였다. 혜란은 차안에서 마시던 자판기 커피를 손에 들고 내리다 몸의 균형을 잃고 남은 커피를 쏟게 되었다. 하필 그때 다른 차로 먼저 와 그 앞을 지나던 찬형의 무릎으로 커피가 쏟아졌다. 혜란이 커피가 든 종이컵을 버리면서 차문을 잡아 넘어지지는 않았으나 찬형이 졸지에 커피 세례를 받은 것이다. 혜란은 찬형에게 사과하며 손수건을 꺼내 바지에 묻은 커피를 닦아냈다. 하지만 커피는 금방 옷에 스며들어 잘 닦이지 않았다. 그 자리에서 바지를 벗겨 빨아줄 수도 없고 찬형에게 백 번 사죄하는 수밖에 없었다. 찬형은 됐다고 하면서 되레 다친 데는 없냐고 혜란을 걱정했다. 그날 혜란은 도무지 공부가 안 되었다. 찬형에게 미안한 마음과 찬형의 넓은 이해심에 대한 이끌림이 교차해 수업시간 내내 그에 대한 생각만 했다. 다행히 같은 반인데다 대각선으로 마주 보이는 곳에 그의 모습이 보여서 힐끔힐끔 쳐다보곤 했다. 그날 이후 찬형은 혜란을 "커피!"라고 부르며 혜란에게 자주 말도 걸고 친한 사이처럼 장난도 걸어왔다.

그런 찬형의 말과 장난을 몇 차례 받아주다 보니 자연스레 친해지게 되었다. 잠자리에 누워서 잠들기 전이나 아침에 잠에서 깼을 때 그를 떠올리고 있는 자신을 발견하고 "첫사랑인가?" 싶었다. 그렇다고 둘이 정식으로 교제를 하는 사이는 아니었다. 혜란은 자신이 그를 짝사랑하는 것으로 규정하고 언젠가 그에게 고백을 하리라 마음먹으며 찬형도 자기를 좋아해 주었으면 좋겠다는 바람을 품었다. 처음 커피를 쏟게 되었을 때는 몰랐는데 찬형과 친해지면서 그가 실고 뷰티과 학생이라는 것을 알게 되었다. 그 자신은 헤어디자이너가 꿈인데 공무원인 부모님이 "공무원 돼라!"고 성화여서 학원에 등록을 한 것이라고 했다. 그 후 찬형은 타지로 실습을 나가면서 중간에 학원을 그만두어 혜란에게도 이별 아닌 이별이 되고 말았다. 혜란이 대학에 진학하고 나서 같이 학원을 다니던 친구들로부터 찬형이 군에 입대했다는 소식만 들었을 뿐이었다.

"찬형은 지금 자기의 꿈을 펼치고 있을까?"

혜란은 거울을 통해 예쁘게 커트된 머리를 보면서 동시에 어디선가 헤어스타일리스트로서 실력 발휘를 하고 있을 것만 같은 찬형이 혜란의 뒤에 서서 웃고 있는 환영을 보았다.

22

상쾌한 기분으로 미용실을 나선 혜란은 기차역으로 향했
다. 역까지는 거리가 그리 멀지 않아 걸어서 갔다. 토요일이
라 거리는 비교적 한산했다. 관광객으로 보이는 동양인들이
작은 깃발을 든 가이드를 따라 골목길로 접어든다. 일본 사
람들 같았다. 몇 가족이 섞인 듯 연령층은 다양해 보였다.
혜란도 언젠가 저렇게 패키지로 가족여행을 할 때가 있을 거
라는 생각을 하면서 스테노의 얼굴을 떠올렸다. 패키지여행
보다는 그가 운전하는 차를 타고 크로아티아로, 스위스로,
스페인으로 전 유럽을 누비고 비행기를 타고는 멀리 캐나다
로, 남미로 가서 곳곳을 둘러보는 상상을 했다. 물론 뒷좌석
에는 아들과 딸이 한 명씩 있다. 한국에서도 자가용으로,
기차로, 배로 금수강산을 가족들과 누비는 상상을 빼놓지
않았다. 통일은 안 되어도 금강산과 묘향산, 두만강과 백두
산도 자가용을 타고 가 볼 수 있다면 더욱 좋을 것 같았다.
머릿속에 그리는 그림이 채 걷히기도 전에 불쑥 스테노가 혜
란의 앞에 섰다. 숏커트를 한 혜란이 더 매력적이었다. 바뀐
헤어스타일에 대해 멋지다고 말하면서 스테노는 혜란을 껴
안고 입을 맞췄다. 아직 미용실에서 뿌린 스프레이가 남아

있는 혜란의 머리카락을 스테노가 왼손을 들어 쓰다듬으며 오른손 엄지를 혜란의 얼굴 앞으로 쳐들어 보았다. 그러고는 땅에서 올라오는 더운 열기를 피해 근처 팝(pub)으로 들어갔다. 똑같이 시원한 라스코 맥주를 시켜 목부터 축였다. 혜란은 걸으면서 쌓인 갈증이 맥주의 포말에 녹아 사라지고 뱃속까지 냉기가 파고드는 것을 느꼈다. 스테노는 한 잔으로 부족했는지 웨이터를 향해 한 잔을 더 주문한다는 신호를 보냈다. 혜란이 맥주잔을 내려놓으며 먼저 물었다.

"스테노! 구하려는 방은 어디쯤이에요?"

미리 위치와 시세 등을 대강 조사한 정보를 가지고 왔으리라 믿고 그렇게 물은 것이다. 혜란의 짐작대로 스테노는 폰에 찍어 온 메모를 보이며 몇 군데 거리명을 말했지만 그곳이 어디쯤인지 혜란은 알 수 없었다. 하지만 알아들은 듯 같이 가보자고 했다. 모두 다 아파트이었으므로 스테노가 관리를 하는 매니저와 연락은 했는지를 확인하는 것도 잊지 않았다. 스테노는 그렇다고 대답을 하며 혜란이 이것저것 챙기는 모습이 믿음직해 기분이 좋았다. 언제나 혼자서 고민하고 결정하다가 자신의 일상을 함께 의논하고 결정할 수 있다는 게 스테노는 좋았던 것이다. 새로운 변화이고 도전이어서 승부욕도 생겼다. 새로운 시도가 늘 달콤한 성공으로 귀결된 것은 아니었지만 이번의 도전은 스테노에게 결코 실패할 수 없는 것이었다. 혜란과 같이 하는 일은 그것이 무엇이든 멋있게 해내고 싶었다. 물건을 사든, 음식을 먹든, 방을 구하든, 이다음에 결혼해서 가정을 꾸미든 어느 것 하나 후회하거나 실패하는 일은 스테노에게 상상조차 허락되지 않았다. 혜란과 함께 하는 것은 신의 축복이라고 믿었기에 스테노에게는 자기신념에 대한 확신과 일과 관계의 성공에 대한 자신감도 넘쳤다. 한 여자를 사랑하게 되면서 자신도 모르게 자기애와 자존감이 부쩍 커지는 것을 일찍이 경험하지 못했었다. 사랑의 놀라운 힘에 스테노는 속으로 경탄하고 혜란과 신에게 감사했다. 몇 군데 돌아본 끝에 혜란과 함께 최종 낙점한 아파트는 시내 중심가에서 그리 멀지 않은 곳이었다. 중심가라 방세는 좀 세기는 했지만 버스 환승이 용이하고 혜란의 왕래도 쉬울 것 같아 그곳으로 정했다. 물론 방 안의 구조, 창의 방향과 크기, 키친의 청결함과 키친에 달린 것들, 욕실 등 시설의 노후 여부, 출입문과 창문의 잠금장치 등 혜란의 꼼꼼한 심사를 모두 통과한 것임은 말할 것도 없다. 침대도 필요하면 새로 장만해도 좋다고 매니저는 말했지만 침대에 앉아 엉덩이를 들썩이며 쿠션을 점검한 스테노는 그냥 쓰기로 했다. 혜란이 시트를 자기가 갈아주겠다고 해서 더욱 쉽게 결정을 했다. 매니저에게 입주 날짜를 이틀 전에 통보해 주기로 하고 계약서를 쓰고 나왔다. 이제 방은 구했으니 자신의 류블라냐 생활이 사실상 시작된 것이나 다름 없다고 생각한 스테노는 자신의 새로운 생활에 대한 설계를 혜란에게 펼쳐 보일 필요를 느꼈다. 그래서 스테노의 인도로 두 사람은 늦은 점심도 먹을 겸 근처 레스토랑으로 들어갔다. 각자 음료와 음식을 주문한 후 스테노가 말했다. 입사하게 된 식품회사 연구개발부에서 신제품개발에 부매니저로 참여한다는 것과 업무 특성상 자기도 계속 공부를 해야 한다고 했다. 석사와 박사 같은 정규 학위과정을 의미하는 것이 아니라 현장실무에 필요한 최신 정보를 신속하게 입수하고 이해하고 제품 개발에 응용하는 노력을 의미했다. 혜란도 십분 이해가 되는 일이었다. 전문 영역은 아니지만 혜란이 도울 일이 있으면 돕겠다고 했다. 스테노도 혜란이 도움이 많이 될 거라고 하며 믿고 의지하는 눈치였다. 스테노는 그러면서도 자신이 혜란에게는 어떤 역할을 할 수 있을지, 혜란으로부터 일방적으로 도움만 받게 되는 것은 아닌지 염려하는, 약간 그늘진 얼굴빛을 감추지 못했다. 혜란과는 전공도 방향도 완전히 달라 일로서는 쉽게 접점을 찾기가 마땅치 않다는 것을 느꼈기 때문이다. 이럴 땐 솔직한 것이 정도라고 스테노는 믿었다. 공연히 허세를 부렸다가는 혜란의 날카로운 이지의 촉에 걸려 되레 옹색한 밑바닥을 드러내게 될지도 모를 일이었다. 스테노가 무겁게 다시 입을 열었다.

"그런데 나는 혜란에게 무엇을 해준다?"

"해줄까?" 하고 혜란에게 묻는 것이 아니고 스테노 자신에게 묻는 말로 들렸다. "안 해줘도 돼요. 필요한 도움이 있으면 그때마다 내가 청할 거예요?" 그렇게 말을 해주려다가 맞는 말이지만 좋은 대답은 아닌 것 같아 잠시 망설인 끝에 말했다.

"있어요. 스테노가 나를 위해 꼭 해줘야 할 게. 그리고 스테노는 반드시 할 수 있는 일이지요."

"그게 뭔데?"

스테노는 정말 궁금했다. 자신이 생각하지 못하는, 자신이 할 수 있는 일이라는 게 무엇일지? 혜란에게 자신의 존재 가치를 드러낼 그 묘안을 혜란이 갖고 있다는데 그게 대체 무엇일까? 혜란의 입이 떨어지기만을 기다리는데 마침 그때 아가씨가 주문한 음식을 가져왔다. 음식이 왔으니 일단 먹고 보자는 듯이 혜란은 입을 다문 채 열심히 칼질만 했다. 스테노도 빵을 한 입 베어 물으며 혜란의 눈치를 살폈다. 혜란은 구운 감자와 카레가 부어진 닭고기를 먹기 좋게 조각을 낸 후 감자와 닭고기를 번갈아 가며 먹었다. 식음 삼매경에 빠져 있는지, 생각에 골몰하는지 알 수 없는 혜란의 침묵에 스테노는 먹는 게 입으로 가는지, 코로 가는지 모를 지경이었다. 속으로 먹지만 말고 말 좀 해보라고 소리를 질렀다. 속으로 한 외침인데 혜란이 들은 듯이 혜란이 입언저리를 닦으며 말했다.

"스테노! 내가 지금 먹고 있는 게 뭔지 알지요?"

"웬 음식 얘기를?"

스테노는 의아해 하면서도 감자와 닭고기라고 선생님의 질문에 손을 들고 답하는 초등학생처럼 또박또박 힘을 주어 말했다.

"맞아요. 이 감자는 밭에서 자라 구워져 여기까지 왔고, 닭고기는 어느 양계장에서 키워지고 죽은 몸으로 여기 와서 카레를 뒤집어 쓴 것이지요."

"이 둘 중에 하나는 나고, 하나는 스테노이지요."

"내가 감자일 수도 있고 닭고기일 수도 있겠고, 스테노가 감자이고 닭고기일 수도 있겠네요."

혜란은 거침없이 강의하듯 말을 이어나갔다. "너 감자 할래? 닭고기 할래?" 하며 소꿉장난을 치는 것도 같아 스테노는 웃음이 나올 뻔 했다.

"이 둘이 각각 다른 접시에 따로 있는 것과 이처럼 한 접시에 같이 있는 것의 차이가 뭐 같아요?"

정말 심오한 주제의 세미나 같은 무게감을 느끼며 스테노
는 "조화!"라고 짧게 답했다. 혜란이 말하고자 하는 정곡을
알아맞힌 스테노에게 혜란은 미소를 지으며 "빙고!"라고 나
지막이 응수했다.

"맞아요. 조화. 하모니. 생각해 보면 세상의 이치나 만물
의 존재가 '조화'를 이루고 있고 인간의 삶도 '조화'를 위한
과정인 것 같다는 생각이 들어요."

대학에서 교양 철학을 빼고 제대로 철학서를 읽은 적이 없
는데 철학담론 같은 얘기를 스테노 앞에서 술술 하는 자신
이 혜란에게도 낯설었다. 막상 정답을 말하긴 했지만 스테노
에게도 쉬운 얘기는 아니었다. 혜란도 더 깊이 빠져 들어갔
다가는 자신도 밑천이 드러날 것 같아 결코 녹록치 않았
다. 한마디로 결론부터 말하는 게 이 상황에서 최선일 것
같았다.

"무슨 말인지 얼른 이해가 안 되지요?"

혜란은 스테노를 혼란스럽게 한 것 같은 미안함을 그렇게
흘리면서 결론 삼아 하려던 얘기를 두어 마디로 쉽게 정리
했다.

"스테노가 내게 의도적으로 도움이 되려고 애쓰지 않았으

면 좋겠어요. 스테노의 존재 자체가 내 영혼과 사랑과 자유를 지키는 데 큰 힘이 되니까요."

"……."

스테노는 감동했다. 역시 혜란이라고 생각했다. 그것이 혜란이 중요하게 생각하는 '조화'라는 것을 혜란이 입으로 장황하게 말하지 않았어도 이해가 되었다. 누구에게나 자기 길이 있고 자기 영역이 있는데 그런 개체적인 것들이 조화를 이루어 세상과 우주를 이루는 것이고 한 사람 또는 한 영역이 온 세상을 이루는 모든 것들을 대체할 수 없는 것임을 스테노도 다시금 깨닫게 되었다. 그래서 남녀 간에도 가진 것이나 지위나 그런 것에 속박되지 않고 존재 자체로 만나 충만해질 수 있어야 하는 것이 진정한 음양의 조화라는 생각이 들었다. 그리고 그것은 타인에 의해 강제되기보다는 자유의지에 의해 그렇게 되어야 한다는 것을 혜란이 강조하는 것이라고 스테노는 이해했던 것이다.

다시 스테노는 마리보로 돌아가 이사 준비를 해야 했고 혜란도 기숙사에 가서 세탁이며 청소도 해야 해서 서로 반대 방향의 버스정류장으로 가 버스를 기다리다가 혜란이 먼저 버스를 타고 떠나게 돼 서로를 향해 손 인사를 나누고 헤어졌다.

23

스테노가 회사에 정식 출근을 하는 첫날, 아침 일찍 혜란은 스테노의 아파트로 갔다. 방문 앞에서 벨을 누르는 혜란의 손에는 전날 사둔 빨간 넥타이가 들려 있었다. 문을 열어준 스테노와 반갑게 아침 인사를 나누고 첫 출근하는 스테노의 옷매무새를 고쳐주며 들고 간 넥타이를 매주었다. 혜란이 보기에 빨간 넥타이는 연한 황토색 정장에 잘 어울렸다. 스테노의 옷색을 미리 물어보고 사흘 전 성당에 다녀오는 길에 쇼핑센터에 들러 고르고 골라 산 넥타이였다. 버스 정류장까지 같이 걸어 나와 저녁에 다시 보기로 하고 혜란은 곧장 학교로 가고 스테노는 중간에 환승을 한 번 더해 회사에 도착했다. 입구에서 회사간부들의 환영을 받고 사장실에서 다함께 차를 나누어 마신 후 부서를 돌며 신입사원임을 신고하는 예를 갖추었다. 스테노가 일할 사무실에는 스테노의 명찰이 달린 근무복이 책상 위에 놓여 있었다. 그 자리에서 상의만 근무복으로 갈아입고 책상에 앉았다. 고교를 졸업하고 첫 직장인 베이커리에 가서 일할 때와는 사뭇 다른 분위기와 환경이었다. 명찰도 얇은 은색 금속에 금색으로 글씨를 새긴 앙증맞은 것이었다. 누가 디자인을 참 잘 했다고 느꼈다. 이제 이 명찰과 함께 스테노의 이름과 명예는 물론 블랭카와 혜란의 명예까지도 함께 걸고 이 회사에서 최선을 다해야 할 것이라고 다짐하며 또 한 번 이 순간을 있게 해준 신에게 감사했다. 스테노가 여러 번 감사한 신은 예수, 지저스 크라이스트이다. 어릴 때 어머니에게 이끌려 성당에 열심히 다녔으나 마리보에 나가 학교를 다니면서 냉담을 하기 시작했다. 성호를 긋는 일도 잊고 살다가 힘들거나 어떤 예기치 않은 일에 봉착했을 때 습관적으로 성호를 긋곤 했었다. 혜란이 성당을 다녀왔다는 말에 혜란도 가톨릭 신자라는 것을 알고 내심 반가웠다. 하지만 스테노는 신앙적으로 나태해져 있는 자신을 드러내기가 쉽지 않아 한동안 모른 척 했다. 혜란이 스테노에게 종교가 무엇이냐고 묻지도 않았다. 스테노는 자신에게 가톨릭 신앙의 의미가 무엇인지 심각하게 고민해 본 적도 없는 것 같았다. 하느님의 존엄과 성모 마리아의 사랑을 어렴풋이 느꼈다. 영성체를 한 지가 오래 되었지만 고해를 하고 성체를 다시 영(迎)할 것을 늘 염두에 두긴 했었다. 이런저런 구실로 실행을 미뤄왔던 것이다. 이제 취업도 하고 어느 정도 안정이 되어 가니 혜란과 함께 미사 참례를 거르지 말아야 하겠다고 생각한 스테노는 잠시 묵상에 잠겼다.

24

혜란은 오후 들어 서둘러 실험을 마치고 평소보다 일찍 실험실을 나왔다. 식료품 마트에 들러 파스타와 소스 및 샐러드용 야채를 사고 티본도 샀다. 후추, 소금 등 양념도 챙겨서 손에 들고 갈만큼 가벼운 장을 봤다. 아침에 스테노의 방에 들러 대충 키친에 있는 물건들을 살펴보았으므로 이 정도면 스테노와 한 끼 저녁을 손수 지어 나눌 수 있겠다는 생각이 들었다. 레드 와인도 이것저것 고르다가 눈에 익은 브랜드로 한 병 샀다. 혜란은 스테노의 첫 출근을 기념하는 축하 만찬을 스테노의 방에서 할 생각을 아침부터 했던 것이다. 스테노에게는 비밀로 했다. 취업 기념으로 '서프라이즈 (깜짝 쇼)'를 스테노에게 선물할 생각으로 스테노와 함께 방을 구하러 다닐 때부터 머릿속으로 구상하고 있던 이벤트인데 드디어 오늘 개봉하게 된 것이다. 미리 나눠 가진 키로 스테노의 방에 들어선 혜란은 앞치마도 없이 바로 저녁식사 준비를 했다. 신물이 날 정도로 자취에 익숙해 빠른 손놀림으로 머릿속에 그려진 식단대로 척척 음식을 만들어냈다. 혜란이 자신이 아닌 누군가를 위해 식단을 짜고 음식을 만드는 일은 한국을 떠나온 이래로 처음이었다. 한국에 있을 때는 엄마 대신 가끔 저녁을 지어 엄마와 즐거운 식사를 종종 했었다. 엄마가 제대로 가르쳐 주지도 않은 요리를 등 너머로 배운 혜란의 눈썰미에 감탄한 엄마가 "시집가도 되겠다." 고 했었다.

퇴근을 하고 아파트에 들어선 스테노는 방문 앞에서 나는 구수한 음식 냄새를 의아해 하며 방문을 열려다가 이미 열려져 있는 문을 그대로 밀고 들어왔다. 키친에 서서 무언가 열심히 만들고 있는 혜란이 고개를 돌려 "어서 와요!" 하고 미소를 지으며 말했다.

"혜란 씨! 어떻게 된 일이예요? 이 시간에 혜란 씨가 어떻게 여길……."

"보시다시피 저녁 준비하는 거예요. 이제 거의 다 됐어요. 어서 씻고 오세요."

혜란이 키를 하나 달라고 해서 준 기억이 있으나 이렇게 빨리 기습적인 방문이 있을 줄은 전혀 예상하지 못했었다. 키를 달라고 할 때부터 혜란의 속셈이 있었던 것이다.

"그걸 알아채지 못하다니……."

키를 내줄 때는 이미 이런 상황을 충분히 예상할 수 있는 것인데 일부러 둔한 척 하거나 아니면 오히려 은근히 바란 것인지도 모른다는 생각을 혜란이 하고 있지는 않을까 싶어 스테노는 욕실에서 손을 씻고 나오며 혜란의 눈치를 살폈다. 혜란에겐 전혀 그런 기색이 보이지 않았다. 평온한 얼굴로 오로지 저녁 밥상 차림에 열중할 뿐이었다. 스테노가 식탁에 앉으며 말했다.

"이거 티본 바비큐네요. 그릴도 없는데 어떻게 이런 걸 다……."

"호일 깔고 이렇게 저렇게 해보긴 했는데 제대로 됐는지 모르겠네요."

"보기에도 쉐프 수준인데 뭘……. 혜란 씨도 같이 먹어요."

"샐러드와 파스타도 드시고. 자! 여기 소스와 후추, 소금 있어요."

두 사람은 음식을 사이에 두고 정답게 대화를 이어갔다. 누가 보면 신접살림 차린 신혼부부라고 해도 손색이 없을 것 같았다. 혜란도 막상 생각한 대로 밥상을 차리고는 있지만 묘한 기분이 들었다. 자신의 이런 행동이 우정의 발로인지, 그 이상의 감정에 충실한 것인지, 외로워서인지, 정말 저 남자를 사랑해서인지 식탁에 마주 앉으면서 혜란은 자기감정에 먼저 나이프를 대 보았다. 티본 위에 소스를 두르고 나이프로 자르면서 그것이 감정의 해부인 양 '생각'이 베어지는 것을 느꼈다. 먼저 '외로움'을 베어내고 '우정'도 베어냈다. 베어지지 않는 생각은 앞에서 고기를 씹고 있는 스테노에 대한 사랑뿐이었다. "왜 저 사람이 좋은 걸까?"

혜란은 고기저름을 씹으면서 삼켜지는 육즙의 고소함을 느끼면서 사랑도 그런 것이라고 생각했다. 씹을수록 침과 어울려 맛이 더해지는 육즙이야말로 조리한 사람에 따라 미세한 맛의 차이가 있느니만큼 맛을 느끼는 그 순간부터 맛의 근원은 잊게 되는 경험으로부터 혜란은 굳이 감정의 실체를 따질 필요를 느끼지 못했다. 베어낸 어떤 생각 하나가 도깨비 얼굴을 하고 전체를 끌어온 형국이 분명히 아닌 것은 맞는 것 같으니 그만 됐다고 생각했다. 그런 생각은 매우 순간적이어서 스테노도 전혀 눈치를 채지 못했다. 혜란은 누군가가 시샘하여 자신의 감정을 흔들어 보려고 했으나 꾐에 넘어가지 않은 자신을 당당해 하며 스테노를 의식해 대화를 이끌기 시작했다.

"축하해요. 스테노! 오늘 입사 첫날 어땠어요? 회사 사람들은 잘 해 주던가요? 회사 분위기는 마음에 들어요?"

스테노가 미처 대답할 틈도 없이 혜란은 한꺼번에 질문을 쏟아냈다. 스테노는 칼질을 멈추고 낮에 회사에서 겪고 느꼈던 것들을 차분히 얘기했다. 미뤘던 신앙고백과 각오까지 말할 때는 결연한 의지가 엿보이기도 했다. 혜란은 스테노가 같이 미사에 참례하고 싶다는 심경을 토로했을 때 마음속으로 "찬미 예수님!" 하고 감사와 환희의 기도를 드렸다. 모태신앙은 아니었지만 혜란은 성당이 좋았다. 엄마가 한 번도 가라고 등 떠민 적이 없을 만큼 주일학교도 스스로 열심히 다녔다. 교중미사 때는 성가대를 하는 부모님을 따라 성가대의 앞자리에 앉아 보기도 했다. 학년이 올라가면서 중·고등부 청년부도 빠짐없이 거쳤다. 가끔 독서와 해설을 했고 복사는 고등학교 때 일 년 가까이 했다. 어린 나이에 한때 수녀원에 들어가 수도자가 될까도 생각한 적이 있었다. 교회의 이력으로만 보면 혜란 자신도 자부심을 가질 만큼 최선을 다했고 그 과정에서 자신도 모르게 어느 정도 신앙에 깊이가 생겼고 어디를 가나 매주 주일에 미사는 안 빠지려고 노력하는 하느님의 자녀, 송혜란 소피아로 살아온 것이다. 그런 혜란을 며느릿감으로 탐내는 성당의 어른들이 꽤 많았다. 혜란이 대학에 입학한 이후 자모회 때부터 친분을 이어온 엄마의 지인들과 성가대원 중에 아들을 혜란이와 엮어 주고 싶어 하는 분들의 이런저런 구실로 전개되는 공세로 혜란은 난처할 때가 한두 번이 아니었다. 그럴 때마다 혜란을 지켜 주신 분은 성모님이라고 혜란은 믿었다. 성모님께 '인연'보다는 '일'을 간구했고 그 길을 성모님께서 열어 주셨다고 믿었기 때문이다.

　그런데 이제 혜란이 마음을 준 한 남자의 방에서 같은 신
앙에의 결의를 듣는 혜란의 마음은 이제 성모님께서 '인연'
도 주시는 것일지도 모른다는 생각에 가슴 깊은 곳에서 조
용한 파문이 일었다. 그리고 그것이 하느님의 뜻이라면 소중
히 받아야 하지 않을까 하는 생각도 조심스레 해보게 되었
다. 그렇다고 밥을 먹다가 호들갑을 떨며 스테노의 결심을
반길 일도 아닌 것 같아 조용히 고개를 끄덕여 주었다. 언젠
가 지금의 이 절제된 환희를 스테노에게 가감 없이 표현해
줄 때가 있을 것 같은 생각에 혜란은 스테노를 향해 회심의
미소를 지어 보였다. 먹은 자리를 정리하고 설거지를 한 후
혜란은 스테노에게 커피를 부탁했다. 아직 커피메이커를 준
비하지 못한 그는 인스턴트도 괜찮겠냐고 해 혜란은 동의했
다. 은은한 커피 향에 달콤한 맛. 오래간만에 인스턴트 커피
를 맛보니 마실만했다. 스테노가 정성스럽게 타 준 것이니
더욱 감미로운 듯했다. 이곳 사람들의 식사에 빠지지 않는
'스위트(sweets)'로 인스턴트 커피도 좋겠다는 생각이 들었다.
잔뜩 먹고도 아이스크림 큰 콘 하나를 다 먹는 이곳 젊은이
들을 보면서 잘 이해가 되지 않았었다. 스위트를 겸해 커피
도 마셨으니 이제 혜란은 일어나 기숙사로 돌아가야 한다.

가방에서 칫솔을 꺼내 들고 욕실에 들어갔다가 나온 혜란은 칫솔을 두고 간다고 했다. 그대로 둘 테니 다음에 와서 또 쓰라고 스테노가 대답했다. 그 말에 대답을 하는 둥 마는 둥 하고 혜란은 백팩을 메고 문 앞으로 걸어갔다. 뒤따라 일어서 혜란을 막아선 스테노가 오늘의 축하만찬에 감사한다며 혜란을 꺼안았다. 그리고 혜란의 등허리를 휘감은 두 팔에 힘을 주며 혜란의 입술에 그의 입술을 덮쳐 왔다. 한참 격렬히 키스를 하고 나서 "사랑해! 사랑해! 사랑해!"를 몇 번인지 모르게 되풀이 했다. 혜란도 사랑한다고 답해 주었다. 스테노의 오른손이 혜란의 앞가슴을 더듬으며 셔츠의 첫 단추를 찾았다. 단추를 못 찾고 셔츠 안으로 들어온 스테노의 손끝이 혜란의 젖무덤 가까운 맨살에 닿았다. 혜란은 순간 전기에 감전된 듯 오그라드는 느낌이 들었다. 혜란은 이대로 자신을 스테노에게 맡길 수는 없다는 생각이 머리를 스쳤다. 어디까지 갈지, 뒷감당은 할 수 있을지 불안을 느낀 혜란은 정신을 가다듬고 왼손으로 스테노의 오른손을 잡아 내렸다. 그리고 두 팔로 스테노의 허리를 감고 말했다.

"스테노! 서두르지 말아요. 그 마음 알아요. 하지만 오늘은 아니에요."

혜란의 저지에 스테노는 실망하는 빛이 역력했으나 격렬

한 감정의 표출도, 완력도 자제하려는 듯 긴 한숨을 몰아쉬었다. 혜란을 갖고 싶어 히는 눈빛이 너무나 강렬하여 혜란은 차마 스테노를 똑바로 쳐다보지 못한 채 이번에는 혜란이 먼저 스테노에게 뜨거운 키스를 퍼부었다. 그렇게 문에 기대어 한참을 씨름을 한 끝에 혜란이 먼저 옷매무새와 흩어진 머리카락을 가다듬고 돌아서 문을 열고 나왔다. 문을 사이에 두고 거의 동시에 서로 "굿 나잇!"을 말하고 혜란은 정류장을 향해 뛰었고 스테노는 문 앞에 장승처럼 서서 혜란의 뒷모습을 씁쓸하게 바라보았다.

25

그날 이후 혜란은 자주 스테노의 방을 찾아 밥도 해먹고 음악도 듣고 하면서 같이 있는 시간이 많아졌으나 번번이 스킨십에 이은 섹스 문제로 신경전은 물론 육탄전을 벌이기 일쑤였다. 스테노는 혜란과의 섹스를 간절히 원했고 혜란은 아직 그것만은 허락할 수 없었던 것이다. 차츰 스테노의 공격을 위한 완력과 노림수가 노골화 되면서 혜란도 버텨내기가 점점 힘들었다. 특히 혜란의 성감대를 무차별적으로 자극해 올 때는 금방 무너질 것 같아 괴로웠다. 방어를 했어도 절망하고 화까지 내는 스테노를 달래야 하는 이중고를 혜란도 점점 감당하기에 벅찼다. 그렇다고 몸이 원하는 대로 무작정 끌려갈 수도 없는 노릇이었다. 남자는 한 번 사정하는 것으로 욕정이 삭여지고 또 일어난 욕정이 다시 사정으로 삭여지는 것을 반복할 뿐이지만 그것을 받아내는 과정에서 여자의 몸은 수태라는 엄청난 부담을 피할 수 없는 것이 혜란에게는 늘 불만이고 걱정이 되었다. 물론 현대성의학으로 완벽하다는 피임 방법이 여럿 있지만 정식 부부로 살기 전에 그런 피임 기술을 실제로 적용하면서 성생활을 즐긴다는 것은 혜란에게 결코 쉬운 일이 아니었다. 물리적인 어려움 못지않게 큰 심리적인 걸림돌도 만만치 않았기 때문이다. 신앙을 가진 사람으로서 부대끼는 양심과 도덕의 문제도 있지만 잘못 대처해 원하지 않는 임신이 되고 낙태를 고민해야 하는 상황을 가정할 때 정신적으로 정말 감당하기 힘들 것 같았다. 그런 힘든 상황을 피하려면 섹스를 즐기기 전에 이런 문제에 대해 상대방과 완전한 합의를 보는 것이 현명할 것이라는 생각을 혜란은 줄곧 해왔다. 그러나 그것은 생각처럼 쉬운 일은 아니었다. 여성에게 정숙과 순결을 지고의 가치로 알고 살아온 한국사회에서 성장한 혜란으로서 성장

배경과 가치관이 다른 남자와 본능에 압도되어 일이 터진 후 사후 수습하는 차원이 아닌 사전에 정교한 플렌으로 섹스 문제와 그로부터 파생될 수 있는 성의학 문제를 논의한 다는 것은 지극히 이상적이나 현실적으로는 불가능에 가깝다는 데 혜란도 동의를 하는 입장이었다. 그런 어려운 문제가 남의 것이 아니고 내 문제가 되고 있는 이 마당에 혜란이 선택할 수 있는 것은 별로 없었다. 스테노가 원하는 만큼 혜란도 무조건 받아주거나 아니면 불가능에 가까운 사전협의에 도전해보거나 하는 양자택일의 갈림길에 있음을 깨달은 혜란은 일단 후자를 모색해 보기로 마음먹었다. 그동안 몇 번 성당에 같이 가서 나란히 앉아 미사도 참례하였으니 말로 통할 수 있는 여지가 있을 것도 같았기 때문이다. 어느 날 스테노의 방에서 식탁에 마주 앉았다.

"스테노! 나는 이 방에서 스테노와 함께 있는 시간이 좋아요."

자기도 그렇다며 말을 가로 채려는 스테노에게 혜란이 들어보라며 계속 말을 이어갔다.

"그런데 나를 원하는 스테노와 몸싸움을 하는 것도 이젠 더 못하겠어요. 너무 힘들고 지쳐요. 그러다가 당신이 미워질 것도 같아 두렵기도 해요."

스테노는 혜란이 자기를 미워할지도 모른다는 말에 화들짝 놀라며 대꾸했다.

"그러면 안돼요. 미워하지 말아요. 나도 어떻게 하면 좋을지 모르겠어요. 혜란을 꽃병에 꽂은 꽃처럼 예쁘다고 쳐다보고만 있을 수 없어요. 난 식물이 아니에요."

스테노의 대꾸가 간단치 않았다. 감정을 주체하지 못하고 울부짖듯 하였다. 혜란도 애처로운 느낌이 들었다. 그러나 혜란이 복잡한 마음을 가라앉히며 차분히 말했다.

"그래서 하는 말인데…… 우리 같이 살아요."

혜란의 입에서 동거를 제의하는 말이 튀어나왔다. 스테노는 눈이 휘둥그레지며 그게 정말이냐는 듯 되물었다.

"혜란 씨! 지금 동거를 말하는 거예요?"

"그래요. 결혼을 안 하고 커플로 사는 방법은 정식으로 동거하는 수밖에 없잖아요? 원하는데 계속 피할 수도 없고. 우리가 서로 진실로 사랑한다면 마음도 몸도 한 공간에서 하나가 되는 시간이 소중할 것 같아요. 스테노가 동의하면 내가 기숙사를 나와 이곳으로 오겠어요."

혜란은 위급한 순간에 위기를 면하기 위해 그냥 불쑥 던지듯이 한 말이 아니었다. 스테노와 언젠가 섹스를 하게 될 것을 예감하고 성적 문제에 대한 공감대로 정면 돌파할 방법을 고민했었다. 단순히 동물적 본능의 충족을 위해서 하는 동거는 아니다. 혜란에게 그런 동거는 애초부터 고려의 대상이 못 되었다. 스테노에게서 느끼는 정신적 합일에서 오는 사랑의 충만감을 육체적 합일로 완성하는 의미의 동거다. 흔히 말하는 동거에 의한 생활경제의 효용성도 혜란에게는 관심거리가 되지 못한다. 스테노는 혜란의 본심을 꿰뚫어 본 듯 흔쾌히 혜란의 동거 제의를 좋다고 했다. 혜란은 스테노의 수용 의사를 확인하고 조건이 있다고 했다. 정식으로 동거를 한다는 것은 쌍방이 지켜야 하는 계약을 의미하는 것이라는 것을 부연해서 설명했다. 스테노는 계약조건을 들어보기도 전에 무조건 이행을 다짐하고 나섰다.

"혜란 씨! 조건을 말해 봐요. 나는 무조건 지킬 거예요. 하느님께 맹세를 하지요."

스테노는 하느님까지 제 편으로 만들면서 혜란이 요구하는 조건을 무엇이든 받아들일 태세였다. 혜란은 간략하나 무거운 조건을 딱 세 가지를 스테노에게 제시했다. 첫째, 몸과 마음을 다해 서로 사랑한다. 둘째, 함께 원하지 않는 임신과 낙태는 없다. 셋째, 배신은 곧 이별이다. 첫 번째 조건은 혜란이 몸을 허락하겠으니 사랑 없이 몸만 탐하지 말고 심신의 완전한 교합으로 사랑의 충만감을 보장해야 함을 의미하는 것이다. 둘째는 성생활을 통해 생길 수 있는 임신에 대한 부담을 원천 차단하는 피임을 약속하고 임신했을 경우 절대 낙태는 하지 않는다는 것에 동의하라는 것이다. 셋째는 이를 지키지 못하거나 사랑하지 않으면 언제든지 헤어질 줄 알라는 뜻이다. 스테노는 이 세 가지 계약조건을 철석같이 굳게 약속했다. 그의 인격을 믿고 그동안 키워 온 두 사람의 사랑을 믿기에 계약서 같은 요식행위는 처음부터 혜란의 시나리오에는 없었다.

이렇게 해서 스테노의 방에서 두 사람의 동거는 시작됐다. 류블라냐에 온 지 근 일 년 만에 혜란에게 닥친, 그보다는 스스로 자초한 최대의 변화이자 도전이었다. 섹스와 같은 이성으로 제어되기 힘든 육체의 언어를 교과서도 없는 그들만의 이론으로 다스리는 두 사람의 약속이 평범치 않고 괴이하다는 느낌마저 들었으나 혜란은 일단 자신의 선택을 믿기로 했다. 스테노의 강렬한 요구도 요구지만 자신도 성숙하고 건강한 몸 세포의 신호와 감정을 못 이겨 쉽게 생각하고 허용했다가 뒷감당이 안 돼 고통을 겪는 것보다는 이 편이 훨씬 스마트하다고 생각했다. 아직 성에 대한 지식도 별로 없는데다 학위과정을 마치려면 아직도 일 년을 더 실험과 논문에 집중해야 하는 혜란으로서는 당연한 선택이었다. 아무

대책 없이 성적 쾌락에만 빠져 계획이 엉망이 되는 혼란을 자초한다는 것은 자존심 강한 혜란으로서는 생각할 수 없는 일이었다. 그와 같은 퇴행은 자신이 믿는 하느님과 성모님에게도 불경한 일이고 돌아가신 아빠에게도 죄송한 일이다. 혜란이 그것을 퇴행으로 여기는 것은 스테노의 인격이나 자신에게 있는 스테노의 무게감과는 별개의 문제라고 생각했다. 혜란의 영적인 자유를 좀먹고 현실적인 계획의 차질을 가져오게 된다면 그것이 혜란에겐 치욕스런 퇴행이라고 생각한 것이다. 스테노가 약속을 지켜 준다면 동거를 하면서 섹스로 인한 소모적인 에너지의 낭비를 줄이고 신경 쓰이는 성문제로부터 자유로워질 수 있을 것 같았다. 스테노의 성적 욕구 해소와 육체적 사랑의 실현을 동시에 추구하면서 자신도 성을 올바르게 알아가고 건전하게 몸이 원하는 대로 본능적인 쾌락을 탐닉하는 것이야말로 혜란이 추구하는 자유 의지의 실현임을 확신하게 되었다. 이제 좀 더 자유롭게 본능적 감정에 자신의 몸과 마음을 내맡기고 두려움 없이 스테노와의 사랑을 키우고 자신도 더 성숙해지고 싶었다. 그럴 자신감도 생겼다. 스테노도 그럴 것이라고 생각했다. 혜란은 피임에 대한 학습과 준비가 필요했으므로 구두계약을 한 첫 날은 합방하지 않고 기숙사로 돌아갔다. 당분간은 혜란이 기숙사와 스테노의 방 양쪽을 오갈 생각이다. 인터넷을 뒤져 섹스에 대한 지식도 습득하고 스테노에게도 자신을 잘 리드해 갈 수 있도록 필요한 학습을 주문할 것이다. 언젠가 서점에서 발견하고 흠칫 놀라 덮어버린, 포르노가 아닌 제대로 된 섹스교범을 스테노와 함께 준비해야겠다고 생각했다.

26

스테노는 아랫도리가 무거워져 새벽에 잠이 깼다. 페니스가 팬티를 뚫고 나올 것만 같다. 몇 번 만져 본 혜란의 풍만한 젖가슴을 떠올리니 참기가 어렵다. 팬티 속으로 손을 넣어 자위를 할까 하다가 얼른 욕실에 가서 소변을 보았다. 그래도 여전히 발기된 페니스에 신경이 곤두섰다. 옷을 벗고 샤워 부스로 들어갔다. 샤워꼭지를 페니스를 향하도록 잡고 뜨거운 물이 페니스로 쏟아지게 했다. 센 물살이 귀두를 자극하는 느낌이 나쁘지 않았다. 샤워꼭지를 돌려 고환의 주름진 살결에 뜨거운 물살을 세차게 흘렸다. 느낌이 좋았다. 사정할 때와 비슷한 쾌감이 느껴졌다. 스테노는 자신도 모르게 신음을 냈다. 물이 더 뜨거워져 참을 수 없을 때까지 그 쾌감을 즐겼다. 페니스에 비누칠을 하고 수음을 시도해 보았다. 발기된 페니스의 귀두를 손으로 자극하자 쾌감이 좋았다. 잠깐 혜란을 떠올렸다가 신음하며 사정에 이르렀다. 정액이 꽤 많이 쏟아졌다. 자위로 성급한 욕정을 해소하니 한결 정신이 맑아졌다. 맑은 정신으로 혜란과의 성생활을 상상해 보았다. 혜란의 몸과 마음을 갖는다고 생각하니 행복했다. 자신의 여자가 되어 준 혜란이 고마웠고 자신 또한 혜란의 남자로서 신의와 책임을 다해야 한다고 생각했다. 혜란에게 받는 사랑의 몇 곱절로 혜란을 사랑하리라 다짐도 했다. 혜란과의 이 꿈같은 사랑을 지키지 못하면 삶의 의미가 없을 것 같았다. 몸을 씻고 나와 침대에 다시 누웠다. 잠이 달아나 천정을 쳐다보며 혜란을 생각했다. 축하 만찬을 해 주고 돌아가던 날 욕실에 칫솔을 두고 간다는 말이 동거 얘기를 꺼내기 위한 신호였던 것 같았다. 자신이 아는 동양여자, 특히 가톨릭 신자인 한국여자로서 쉽게 할 수 있는 얘기는 아니었을 텐데 그렇게 자신이 애를 태우는 문제까지 해법을 제시해 준 혜란이 무척 고맙고 소중하게 여겨졌다. 혜란이 고민 끝에 결심한 동거의 정당성은 자신이 어떻게 하느냐에 달린 문제라고 생각되었다. 쉽게 만나고 헤어지는 슬로베니아 젊은이들 사이의 혼전동거와는 비교할 수 없는, 사실상의 결혼과 같은 동거가 되기를 바랐다. 그렇게 되려면 누구보다도 스테노 자신이 몸과 마음을 열어준 혜란에게 눈곱만큼도 실망과 상처를 주어서는 안 된다고 생각했다. 그런 점에서 혜란이 동거 카드를 꺼냄으로써 실은 자신이 시험에 든 셈이 되었다고 생각하니 혜란이 여자지만 지략가의 면모도 예사롭지 않음을 느꼈다. 스테노는 혜란의 시험에 든다고 해도 결코 실패하지 않으리라는 의지를 굳게 다졌다. 그래서 언젠가 동거를 통해 쌓은 굳건한 믿음으로 당당하게 청혼을 하리라 마음먹었다.

27

혜란은 모처럼 한국에 있는 엄마와 긴 통화를 했다. 가끔 안부 전화를 하긴 했지만 의례적인 짧은 대화였다. 통화료가 많이 나간다고 목소리 듣고 잘 있는 거 알았으니 됐다고 빨리 끊자고 엄마가 먼저 끊곤 했다. 그때마다 혜란은 그러는 엄마에게 더 진한 모정을 느꼈다. 이번에는 엄마가 먼저 끊지 못하실 것이라고 예단하며 엄마에게 말했다.

"엄마! 놀라지 마세요. 나 동거할 거예요."

"뭐라고? 동거? 누구와?"

다 큰 처녀가 객지에서 동거를 한다는 데 놀라지 않을 엄마가 어디 있을까 생각한 혜란은 엄마의 궁금증을 차분히 풀어드렸다.

"너를 믿지만 그래도……."

엄마는 영 불안한 기색이었다. 아마 덜컥 임신이라도 하면 어떻게 할 거냐를 걱정하시는 게 틀림없었다.

"너무 걱정하지 마세요. 저도 이제 한두 살 먹은 애도 아니고. 엄마가 걱정 안하시게 앞가림 잘할 거예요."

"사람은 믿을 만하냐?"

스테노의 사람됨을 궁금해 하시는 엄마에게 혜란은 우선 스테노도 신자라는 대답으로 안심을 시켜 드렸다.

"좋은 사람이에요. 아빠처럼 부드럽고 자상하고 멋있는 사람이에요. 엄마도 만나보면 마음에 드실 거예요."

혜란은 엄마의 남자인 아빠 수준으로 스테노를 끌어올려 엄마가 아무런 의심 없이 스테노를 딸의 연인으로 인정해 줄 것을 바랐다.

"우리말은 좀 하냐?"

"엄마도 참! 슬로베니아 사람인데 우리말을 어떻게 해요?"

엄마는 스테노와 말이 안 통할 것을 걱정하는 것 같았다. 엄마가 스테노를 예비 사윗감으로 생각하는 게 분명해 보였다. 그도 그럴 것이 이제까지 혜란이 엄마에게 남자친구를 소개한 적이 없었고 어떤 일이든 책임감이 강했던 딸자식이었으므로 허투루 아무에게나 마음을 주고 엄마에게 아닌 척 하는 혜란이 아닌 것을 누구보다도 엄마가 잘 알기 때문이었다.

"조심해라. 상처 받는 일 없게."

엄마는 혜란의 결정을 담담히 받아들이면서도 노파심에서 주의를 환기시키고 전화를 끊었다. 결과적으로 혜란이 엄마에게 스테노와의 동거 사실을 통고하는 식이 되었지만 혜란은 동거에 들어가기 전에 엄마에게는 알려 사실상의 허락을 받고 싶은 심사였다. 혜란에게 그만큼 스테노의 인품은 물론 그와의 사랑에 대한 확신이 있었던 것이고 그것을 다시 한 번 확인하게 된 셈이었다. 전화를 건 김에 혜란은 엄마에게 피임에 대해 물으려다가 그만 두었다. 중3 때 가정 시간에 피임에 대해 처음 들었고 그 무렵 엄마의 화장대 서랍에서 가정 시간에 영상으로 본 콘돔을 보고 엄마도 피임에 신경 쓰는 것을 알았다. 피임법은 순전히 자신의 몫임을 깨닫고 노트북을 열어 구글에 들어가 '여성 피임법'이라고

쳤다.

혜란과 같이 살면서 스테노는 활력이 넘쳤다. 주말에는 혜란과 자전거를 타고 숲길을 달렸다. 마리보도 그렇고 류블랴냐에도 자전거길이 참 잘 마련되어 있는 것을 스테노가 은근히 자랑삼아 혜란에게 말한 적이 있었다. 혜란도 이곳이 열악한 한국의 자전거 도로와 장려 정책에 비해 상대적으로 우위에 있음을 인정했다. 스테노는 자전거로 한 바퀴 숲길을 돌고 나면 확실히 스태미나가 좋아지는 것을 느꼈다. 혜란도 스테노와의 섹스가 잦아지면서 그런 걸 느꼈다. 자신이 섹스의 깊은 맛을 느끼는 것인지 아직 확신은 못하지만 평일에도 헬스장을 찾으며 부쩍 체력 관리에 신경을 쓰는 스테노가 대견하기도 했다. 남자에게 성적으로 여자에 대한 자신감이 넘칠 때가 섹스 자체에 대한 양과 질도 좋아질뿐더러 사랑에 대한 열정도 깊어지는 것이라는 누군가의 성의학 칼럼을 읽은 기억이 났다. 아무리 가정이라도 혜란이 원하는 만큼 성적으로 따라주지 못하는 스테노를 생각하면 끔찍하다. 섹스교범대로 스테노가 강약을 조절하며 충분히 해주는 전희도 좋고 충분히 발기된 페니스를 혜란의 질에 삽입했을 때의 그 충만감과 페니스의 피스톤 작동으로 음핵의 자극을 통해 느껴지는 극도의 오르가즘에는 눈앞이 노래지고 당장 죽어도 좋을 것 같은 절정의 쾌감에 혜란은 전신을 떨었다. 어떤 날은 하룻밤에도 몇 번씩 발기와 삽입을 할 만큼 스테노는 혜란에게 집중했고 그런 스테노의 마음과 몸에서 혜란은 그에 대한 자신의 사랑이 더욱 깊어지는 것을 느꼈다. 물론 피임도 주로 혜란이 완벽하게 대처하고 있었으므로 걱정 없이 스테노에게 몸을 내 맡기고 섹스의 깊고도 오묘한 맛을 느끼게 되어 혜란은 자신의 방식으로 동거를 하길 잘했다는 생각이 들었다. 한국의 정선아리랑 가사 중에 성적으로 부실한 남편을 원망하거나 조롱하는 대목이 종종 나오는 게 이해가 되었다. 어느 시절이나 결혼한 여자에게 성적 만족도는 두 사람의 부부생활을 넘어 가정의 활기에도 직접적인 영향을 주는 요인임을 혜란이 비록 혼전이지만 동거를 통해 몸으로 터득해 가는 과정이기도 했다.

28

그 사이 계절이 몇 번 바뀌고 스테노의 회사 생활도 안정되고 스테노의 역량이 유감없이 발휘돼 성과와 보람도 컸다.

스테노가 중심이 되어 개발한 신제품이 대박이 나 회사의 매출 신장에 크게 기여해 성과급을 받아 왔을 때는 혜란도 기뻤다. 스테노가 자랑스러운 그런 날에는 두 사람의 애정 표현도 더 과감하고 섹스도, 교성도 거침이 없었다. 어느 날, 크레프트가 연구실로 혜란을 불렀다. 스테노와의 동거 사실을 알고 혜란을 이해하고 지지해 주었던 크레프트가 그동안 국제학술지에 발표한 논문도 다섯 편이나 되고 코스워크도 수료를 했으니 박사학위 논문을 쓰고 디펜스(논문심사)를 해야 하지 않겠느냐고 했다. 혜란도 뮌헨에서 3년 여기서 2년에 걸쳐 대학원 생활을 열심히 했으므로 6개월 안에 학위논문을 제출하고 박사과정을 마무리하고 싶었다. 그런 속내를 솔직하게 크레프트 교수에게 털어 놓고 도움을 청했다. 크레프트도 혜란이 해온 연구결과를 속속들이 알고 있는 만큼 그만 하면 학위논문으로서 충분하다는 생각을 가지고 있어 혜란에게 걱정하지 말고 학위논문을 잘 작성할 것을 요구했다. 이미 여기 와서 학술지에 발표한 다섯 편의 논문을 그대로 각 장으로 구성해 하나의 전체 타이틀로 묶어내고 각 장을 통괄하는 종합고찰만 추가로 쓰면 되는 것이어서 그렇게 시간이 걸리는 일은 아니었다. 각 장에 해당하는 논문들이 저명한 학술지에 게재되는 과정에서 해당 분야 전문가의 엄격한 심사를 이미 거쳤기 때문이다. 실험실로 돌아온 혜란은 카운트다운에 돌입하게 된 셈이고 추후 심사 일정이 잡혀 통과만 되면 그날로 꿈꾸어 온 '닥터'가 되는 것이므로 마음이 한결 홀가분해졌다. 기쁜 마음에 스테노에게 문자로 이 사실을 알리고 앞으로의 계획을 구상하던 중 스테노에게서 축하한다는 답 문자가 왔다. 잘은 모르지만 열심히 했으니까 심사도 반드시 통과할 것이라는 말도 덧붙여져 있었다. 몸과 마음으로 의지가 되어 준 스테노가 고마웠고 두 사람의 사랑을 또 다시 확인하게 되는 순간이었다. 학위를 받으면 혜란은 한국으로 돌아갈 것인지, 외국에서 박사 후 과정이나 취업할 자리를 알아보아야 한다. 크레프트 교수 연구실에서 박사 후 과정으로 당분간 더 있을 수도 있을 것 같기도 하나 기왕이면 금의환향 하는 것이 가장 좋은 선택이 될 것 같았다. 그래서 한국의 박교수에게 혜란의 현 상황을 알려드리는 메일을 보냈다. 한국시간으로 업무 중인 시간이었으므로 박교수로부터 금방 답 메일이 왔다. 행정복합(행복)도시인 세종시에 새로 개교한 '행복대학'에서 곧 혜란이 전공한 분야로 교수공채 공고가 날 것 같다는 내용이었다. 마침 아는 교수가 있어 소개를 해줄 테니 프로필과 연구실적 리스트를 메일로 보내라는 말로 끝맺은 메일을 받고 혜란은 흥분되면서 한편으론 우려도 되었다. 스테노가 마음에 걸렸기 때문이다. 집에 돌아온 혜란은 진지하게 자신의 거취에 대해 스테노와 상의를 했다. 스테노는 의외로 담담하게 어떤 선택을 하든 혜란의 결정을 존중하고 따르겠다고 하며 혜란이 가장 행복할 수 있는 길이 열리기를 바란다고 했다. 그렇게 말하는 스테노의 눈빛을 보며 혜란은 참 맑은 눈빛이라고 느꼈다. 그의 말이 사탕발림이 아니고 진심으로 혜란을 위하는 마음에서 나온 것임을 알 수 있었다. 혜란이 한국으로 돌아간다고 해도 두 사람의 사랑에는 전혀 변화가 없을 거라며, 오히려 혜란의 오랜 꿈이 실현되면 두 사람의 사랑도 더 깊어질 거라며 스테노는 '사랑에 대한 강한 믿음'을 보였다. 그 점은 혜란도 마찬가지였다. 그동안 같이 해온 시간과 열정과 사랑을 생각하면 스테노의 믿음은 당연한 것이고 그것은 혜란의 자존심이기도 했다. 그냥 외롭지 않으려고 또 육신의 쾌락을 위해서만 이어온 사랑이 아니기에 환경의 변화가 두 사람의 사랑을 위축시키거나 짐이 될 수는 없었다. 새로운 환경에 함께 적응해 가는 것도 사랑의 징표가 된다고 믿었다. 그런 생각은 스테노의 청혼으로 귀결되었다. 양가 어른들의 허락을 받아 정식으로 결혼을 하면 스테노도 혜란을 따라 어디든 함께 가겠다는 것이었다. 혜란도 생각을 안 해 본 것은 아니지만 막상 스테노가 그렇게 말해 주니 결혼이 당장의 현실적인 문제가 되었고 혜란도 큰 동요 없이 마음이 그쪽으로 쏠리는 것을 느낄 수 있었다.

"스테노! 정말 그럴 수 있겠어요? 내가 한국으로 돌아가도?"

"그래요. 내 마음은 진심이에요. 혜란! 어디든지 같이 가요. 디펜스를 마치면 결혼해요. 우리!"

청혼으로만 치면 참 시시한 청혼이 되고 말았지만 지금 그런 게 문제가 아니라고 생각한 혜란은 며칠 생각해 보자고 했다. 어른들이 하는 말처럼 결혼이야말로 '인륜지대사'인데 신중해야 하는 것은 당연했다. 논문 심사와 교수공채 결정 과정을 보아가며 해도 늦지는 않을 거라는 것이 혜란의 생각이었다. 스테노도 동의했다. 청혼은 유효하나 결정만 유보되는 것임을 재차 확인한 스테노는 혜란을 번쩍 들어 침대로 갔다. 이미 몸을 섞어온 사이에 동거와 결혼의 경계가 모호하지만 의미는 다르다는 데 이심전심 공감을 한 두 사람은 나란히 침대에 누워 대화를 이어갔다.

"혜란! 우리가 사귀기로 하고 함께 해온 시간이 어느 덧 일 년 반이 지났어요. 지혜로운 혜란의 덕분에 언젠가 혜란이 말한 '조화'를 잘 이뤄 온 것 같아요."

스테노의 팔을 베고 그의 품에 안긴 혜란의 머리카락을 어루만지며 스테노가 혜란에게 공을 돌렸다. 혜란도 가만히 듣고만 있을 수가 없었다. 스테노가 혜란의 마음을 헤아리는 데 인색하고 제 욕심만 차리려고 했다면 두 사람의 이런 관계는 불가능했을 거라고 혜란은 말해 주었다. 그런 스테노로 인하여 영육(靈肉)의 자유를 만끽할 수 있어서 감사한다고 덧붙였다. 그렇게 말하고 생각해 보니 혜란에게 가장 은혜로운 조화는 마음(영)과 몸(육)의 조화였던 것 같았다. 그 힘으로 연구에 더 집중할 수 있었고 새로운 가설을 세우고 실험으로 입증하는 데 적지 않은 성과를 낼 수 있었다. 신앙적으로도 스테노와 함께 하면서 이뤄낸 조화를 빼놓을 수 없을 것 같았다. 연인과 함께 부족한 신앙을 채우려는 작은 노력에서부터 하느님과 인간에 대한 사랑을 순간의 감정이 아닌 의지로 실천하려는 좀 더 큰 노력까지 왜 그래야 하는지를 깨닫고 함께 하는 일은 다른 배경에서 살아온 두 사람 사이의 성격과 사고와 목표에 대한 조화 없이는 안 되는 일이었다는 데 두 사람은 생각을 같이 하게 된 것이다. 음악적 취향과 수준도 달랐지만 성프란체스코 성당의 성가대원으로 함께 참여하게 된 것도 그런 조화의 정신에서 가능했던 것이라고 믿었다.

다른 때 같으면 혜란을 품고 욕정을 앞세웠을지 모를 이런 순간에 이렇게 평온하게 깊은 대화를 나눌 수 있다는 게 혜란으로서는 조금은 놀랍기도 했다. 몸을 뒤척이면서 혜란의 허벅지에 와 닿는 스테노의 페니스가 어느새 단단해지고 있었지만 스테노는 혜란을 품기만 했지 섹스를 할 기색을 보이지는 않았다. 혜란도 머릿속 가득 결혼에 대한 상념으로만 가득할 뿐 여느 때처럼 몸이 달아오르거나 하지는 않았다. 이상하다 싶기는 했지만 차라리 잘 되었다 싶었다. 혜란의 인생에서 이 남자의 존재 가치를 자신의 내면에서 거울처럼 들여다 본 적이 근래 없었던 것도 같아 지금이 그럴 수 있는 시간임을 느꼈던 것이다. 스테노에게도 지금은 신호를 보내오는 몸을 제어할 필요가 있었다. 혜란이 한국으로 돌아가면 따라간다고는 했지만 정말 한국까지 따라가 평생을 혜란과 해로할 수 있을 지를 몇 번이고 자신에게 확인을 해봐야 할 문제였다. 한국말은 잘 할 수 있을지, 주변의 한국 사람들과의 소통과 교감이 힘들지는 않을지, 뭘 해서 가족을 먹여 살릴지, 모든 게 불확실하기만 한 지금 말만 앞세워서 될 일인지, 사실 스테노의 머릿속은 혜란보다 더 복잡했으면 복잡했지 덜 하지는 않을 것 같았다. 두 사람은 약속이라도 한 듯이 그런 생각에 골몰하다 잠이 들어 버렸다. 혜란이 잠이 깨어 눈을 뜬 것은 핸드폰의 벨 소리 때문이었다. 옆에 누웠던 스테노가 어느새 일어나 나갔던지 밖에서 전화를 걸었던 것이다. 시계를 보니 8시가 조금 넘은 시간이었다. 그러고 보니 저녁 준비도 안하고 얘기를 시작하게 되었고 깜빡 잠이 들었던 것이었다. 스테노가 먹을 것을 사러 레스토랑에 왔으니 뭘 먹겠는지 얘기를 하라는 전화였다. 사서 포장해 올 요량으로 집 근처의 몰에 갔다고 했다. 머릿속이 복잡한 혜란을 깨워 저녁 준비를 하게 할 스테노가 아니었다. 요의를 느껴 잠이 먼저 깬 스테노가 옆에서 자고 있는 혜란을 물끄러미 내려다보다가 문득 저녁식사 전임을 깨닫고 사다 먹을 생각을 한 것이다. 스테노가 잔뜩 사들고 온 음식을 풀어 놓고 먹으며 두 사람은 잠시 고민을 내려놓은 듯 회사 얘기며 학교 얘기로 환담을 나누느라 시간가는 줄 몰랐다.

29

숲 속의 활엽수들은 갈색 빛으로 물들고 하늘도 한결 높아져 보이는 가을이었다. 크레프트 교수로부터 심사일정을 통보 받은 혜란은 피피티(PPT) 발표자료를 만들고 내용도 발표시간에 맞게 축약해 리허설을 하는 등 며칠을 분주하게 보냈다. 치밀하게 준비한데다 특유의 발표 솜씨로 다섯 명의 심사위원 앞에서 조금도 떨지 않고 심사를 무난히 통과했다. 심사가 끝나고 심사위원 모두 학교 식당에 준비된 오찬장으로 갔다. 공식적인 발표가 끝난 마당이므로 자유로운 분위기에서 가장 먼저 크레프트 교수가 "닥터 송!"이라고 하며 혜란에게 축하를 건넸다. '닥터 송!' 얼마나 듣고 싶던 말인가? 혜란은 가장 먼저 하늘에 계신 아빠를 떠올렸다. 아빠가 살아계셔서 이 소식을 들으면 얼마나 기뻐하실까를 생각하며 혜란은 눈시울을 붉혔다. 오찬을 하면서 크레프트는 심사위원들에게 혜란이 한국의 대학교수직에 지원해서 한국으로 가게 될지도 모른다고 아직 설익은 얘기를 조심스럽게 꺼냈다. 모두들 잘 되기를 바란다며 "굿 락(Good luck)!"이라고 했다. 정말 공채 일이 잘 되어야 할 텐데 그 일은 아직 기대 반 우려 반이었다. 박교수는 매우 희망적이라고 말했지만 사람의 앞일은 모르는 법이라 김칫국부터 마시는 일은 없어야 하겠기에 입조심을 해야 했다. 후보군에 들면 구술시험을 보러 한국에 다녀와야 한다. 거기까지라도 갈 수 있을지 처음 도전하는 일이라 혜란은 확신이 없었다. 심사결과를 궁금해 하는 스테노와 엄마에게는 오찬장으로 오면서 전화로 일리고 축하도 받았다. 스테노가 환성을 지르는 소리가 앞서 걷던 크레프트한테도 들려 크레프트가 고개를 돌려 혜란을 보며 웃어주었다. 엄마는 "애썼다. 기쁘다. 하느님과 성모님께 감사할 일이다." 그런 말로 축하를 대신했다. 혜란도 내친 김에 교수 임용까지 되어 엄마와 스테노를 기쁘게 해드리면 좋겠다고 생각했다. 교수도 좋고 연구원도 좋고 혜란이 학위과정에서 갈고 닦은 지식과 기량으로 좋은 연구만 계속할 수 있다면 부러울 게 없을 것 같았다. 박사학위 라는 것이 학문의 완성을 의미하기보다는 이제부터 혼자서 학문 연구를 할 수 있다는 자격, 일종의 라이선스(면허증) 같은 것이라고 오찬을 끝낸 크레프트가 덕담으로 한 말이다. 혜란은 끝이 아닌 시작을 강조하는 말로 알아들었다. 그날 이후 혜란은 실험실을 정리하거나 아직 발표하지 않은 데이터를 챙기는 데 주력했다. 스테노가 청혼에 대한 답을 애타게 기다리는 눈치였지만 공채 결과까지 보고 결정하리라 마음먹고 여태 확답을 미루고 있었다. 혜란을 놓치지 않으려는 듯 요즘 섹스를 할 땐 스테노가 전보다 힘을 더 쓰는 것 같아 애처롭기도 했다. 그런 스테노의 마음이 느껴질 때마다 그의 청혼을 이미 마음으로 받아들이고 있는 자신을 느꼈다. 사실 따지고 보면 공채 결과와는 상관없는 일을 혜란이 무모한 고집을 쓰는 것 같기도 했다. 공채에 낙방해 당장 한국에 들어가지 않는다고 해서 스테노와의 결혼 문제를 계속 미완으로 남겨 둘 일은 아니라는 생각을 하게 된 혜란은 어느 날 진지하게 스테노의 청혼에 대한 자신의 답을 해주기로 마음먹고 먼저 엄마와 통화를 했다. 엄마는 딸이 상당기간 동거를 한 남자와 결혼을 하는 것은 당연하게 받아들여 혜란에게 스테노와의 결혼을 허락했다. 혜란은 스테노에게도 폰을 넘겨주어 엄마의 승낙에 감사를 표하게 하고 통역을 해주었다. 엄마는 스테노에게 혜란을 많이 사랑해 줄 것을 주문했다. 스테노에게도 혜란의 입으로 청혼을 받아들인다고 말하고 긴 입맞춤으로 백년해로를 약속했다. 그날 밤 혜란은 피임기구를 쓰지 않고 스테노의 남근을 아주 깊고 어느 때보다도 충만하게 받아들였다. 가슴 속 깊이 그에 대한 사랑을 다짐하면서.

30

혜란을 영원히 갖게 된 스테노는 행복했다. 길을 가다가 마주치는 여자들은 모두 혜란과는 비교가 될 수 없었다. 광고 보드에서 웃어주는 미모의 배우들도 저리 가라였다. 혜란이 최고였다. 그런 혜란이 자기 여자라는 게 실감이 나지 않았다. 꿈이라면 깨지 말아야 하고 생시면 확실하게 잡아두어야 한다고 생각했다. 그 길은 결혼식을 빨리 하는 것이라고 생각해 이미 어머니와 의논을 했고 혜란과 상의해 신부님께 혼배성사를 청하기로 했다. 혜란의 입장에서는 한국에서도 결혼식을 정식으로 해야 하므로 양쪽에서 하되 여기서는 두 사람만 신부님 앞에서 혼인서약을 하는 것으로 스테노와 합의했다. 크레프트와 블랑카에게는 혼인 사실을 전화로 알리기만 하고 약속된 어느 날 성당에서 혼인서약을 했다. 그렇게 해서 두 사람은 정식으로 부부가 되었다. 혼인을 한 날은 운 좋게도 경사가 겹쳤다. 혜란이 한국에서 구술시험에 응하라는 통보를 받은 것이다. 한국에 가는 길에 스테노를 동반해 엄마에게 인사를 시켜야 하겠다고 생각한 혜란은 스테노와의 동반을 위해 두 장의 항공권을 예약하고 스테노도 회사에 휴가를 청원하는 절차를 밟게 했다. 구술시험은 신정연휴가 지나고 난 직후였으므로 크리스마스를 한국에서 스테노와 함께 보내는 것으로 여유 있게 일정을 잡았다. 류블랴나에서 인천까지 가는 직항이 없으므로 빈까지 기차로 가서 오스트리아 항공을 이용하는 것으로 모든 준비는 마쳤다. 뮌헨에 있을 때 한 번 집에 다녀온 이후 5년 만의 귀향이었다. 하지만 박사가 되어 돌아가는 금의환향인데다 반려자까지 동반하는 귀향이니 5년 전의 귀향에는 비할바가 못 되었다. 비행기가 활주로를 달려 이륙하면서 혜란은 눈을 감고 깊은 상념에 잠겼다. 스테노도 아내의 모국인 한국에 첫나들이를 하는 여행이라 긴장도 되고 설레기도 해아내를 따라 눈을 감으니 지난 3년간 혜란과 함께 한 시간들이 파노라마로 펼쳐져 입가에 잔잔한 미소가 번졌다.

31

춘천 명동은 크리스마스 분위기로 활기가 넘쳤다. 귀에 익은 캐롤이 쉬지 않고 흘렀고 겨울연가 사진판 앞에서는 청년 두 명이 기타를 치며 버스킹을 했다. 혜란에겐 생소한 포크송이었다. 스테노와 함께 명동 구경을 나온 혜란은 미군이던 제임스와 영어회화를 배우면서 가끔 들렀던 음악다방 앞에 멈춰 섰다. 국화빵을 구워 파는 아줌마에게서 국화빵 네개를 천 원 주고 사서 스테노와 두 개씩 나눠 먹었다. 스테노는 신기해하며 맛있다고 했다. 제임스와는 한 블록 더 가서 붕어빵을 사머었던 기어이 났다. 명동 거리는 크게 변한 게 없있고 변한 것은 혜란의 옆 자리를 제임스 대신 스테노가 차지한 것이었다. 혜란의 회화 선생인 제임스와 혜란의 남편인 스테노와는 지나온 세월만큼이나 간격이 컸다. 제임스도 혜란에게 연정을 품어 혜란이 대학을 졸업하면 같이 미국으로 갔으면 하고 바랐으나 혜란의 마음을 사로잡지는 못했다. 제임스가 지금의 스테노를 조우한다면 무척 질투심을 느낄지도 모르겠다고 혜란은 생각했다. 제임스는 다혈질에 욕심도 많았기 때문에 자기도 좋아한 혜란을 스테노에게 빼앗겼다고 생각되면 제임스가 스테노에게 어떤 행동을 할지 쉽게 상상이 되었다. 스테노에게 제임스 얘기를 하려다가 하등 의미 없는 일로 스테노의 마음을 어지럽히고 싶지 않았다. 지금 스테노는 동거 파트너가 아니고 평생을 약속한 반려자로 혜란의 옆에 있다는 것을 새삼 느꼈기 때문이다. 아무런 말로, 아무런 행동으로 함부로 대해도 좋을 상대가 아니라는 것을, 혜란을 보고 여기까지 따라온 스테노를 혜란이 아니면 누가 존경하고 존중해 줄 수 있는지를 누구보다도 혜란이 헤아려 주어야 했다. 그런 생각이 들자 혜란은 더 이상 스테노와 명동에 있는 것이 싫어졌다. 제임스와 무슨 일이 있었던 것은 아니지만 스테노에 대한 예의가 아니라는 생각을 하게 된 것이다. 서둘러 명동을 벗어나 죽림동성당으로 갔다. 혜란이 어려서부터 부모님을 따라 다니기 시작해 유학가기 전까지 줄곧 다녔던 성당을 보여주고 싶었다. 성당은 새로 회랑을 짓고 입구에 시가지를 향해 팔을 벌리고 선 큰 예수상도 세워 한층 멋있어졌다. 지방문화재로 등록된 본당 건물과 어울려 유럽의 한 성당에 와 있는 듯한 착각도 들었다. 마침 토요일 저녁이라 특전미사가 시작될 무렵이어서 스테노의 손을 이끌고 함께 성당 안으로 들어섰다. 성프란체스코 성당에 비해 내부가 단출하고 아담한 느낌을 받은 스테노는 해설자나 신부님이 하는 말을 알아듣지는 못해도 가톨릭 전례는 어디 가나 비슷하므로 혜란을 잘 따라했다. 슬로베니아 성당에서 혜란이 처했던 상황과 완전히 반대되는 상황을 스테노가 겪고 있는 셈이었다. 두 사람은 주님께 찬미와 감사를 드리고 서로를 위해 기도를 바쳤다. 어쩌면 머지않아 이곳에서 다시 혼례를 올리게 될지도 모른다는 생각이 들어 미사가 끝나고도 두 사람은 성당 안팎을 둘러보게 되었다. 다행히 아는 사람을 만나지는 않아서 혜란이 한동안 성당에 모습을 드러내지 않았던 이유와 스테노에 대해 굳이 설명하지 않아도 되는 것이 편하고 좋았다.

엄마는 요즘 스테노의 식단 때문에 고심이 큰 것 같았다.

처음에는 딸의 방에서 나오는 스테노를 똑바로 쳐다보기도 힘들어 문소리가 나면 얼른 뒤돌아서 다른 일에 집중하는 것처럼 딴청을 하기도 했었다. 그래도 주님이 맺어주신 짝이고 유일한 사위인데 장모로서 사위를 편하게 대해주고 이것저것 잘 챙겨줘야 하겠다는 생각으로 꽉 차있는 엄마가 혜란은 고맙기만 했다. 스테노도 장모님의 그러한 노력이 느껴져 부담이 되면서도 서투른 한국말로 "장모님"이라고 했다가 "어머님"이라고 했다가 그렇게 호칭을 섞어가며 엄마와 친해지려고 애쓰는 모습이 옆에서 혜란이 보기에도 역력했다. 혜란도 다시 슬로베니아에 가면 스테노의 어머니, 곧 시어머니를 찾아뵙고 며느리 노릇을 제대로 해야겠다고 생각했다.

32

공채 과정에서 총장의 최종면접 바로 전 단계가 구술시험이고 그것은 곧 교육능력 평가였다. 박교수의 조언과 리허설 지도를 받아 자칫 연구실적 설명으로 흐르기 쉬운 오류를 미연에 방지하고 순전히 주제에 대한 수업을 제대로 하는지를 백퍼센트 보여주었다. 평가위원들에게 학생으로 간주하고 수업진행을 하겠다고 사전 양해를 구하고 정말 학부생을 대상으로 하는 수업 시연을 한 것이다. 시간대가 달라 경쟁 자인 다른 지원자들은 어떻게 했는지 알 수 없지만 끝나고 나서 박교수가 잘 아는 그 대학 교수로부터 혜란이 제일 잘 했다는 얘기를 듣고 결과에 대한 일말의 기대를 갖게 되었 다. 연구실적과 교육평가의 종합성적이 1위인 지원자가 최종 임용대상자로 선정되어 총장 면접을 하게 되는 것이어서 최 종 결과는 그 다음날 나오고 면접 일정도 동시에 알려준다 는 얘기를 듣고 집에서 대기하는 상황이 되었다. 그런 일정 은 이미 예고되었던 터라 한국에 올 때 스테노도 그런 혜란 의 일정을 감안해 회사로부터 여유 있게 휴가를 받았었다. 최종 면접을 하게 되면 그 다음날 류블라냐로 돌아가게 되 어 있어 두 사람에게 한국 체류는 단 이틀이 남은 셈이었다. 두 사람은 아직 참배를 못한 스테노의 장인인 혜란의 아빠 산소를 찾았다. 신정 때 겸사겸사 가려다가 눈이 내려 미뤘 었다. 산에는 아직도 군데군데 잔설이 있었고 찬바람이 불 어 자주 옷깃을 여미며 산소에 이르렀다. 상단에 십자가 문 양이 새겨져 있고 그 밑에 '송석훈베드로지묘'라고 쓰인 비석 앞에 섰다.

"아빠! 혜란이 왔어요. 아빠 사위도 같이 왔어요. 스테노예요."

"스테노 랑구스! 인사드리겠습니다."

혜란이 꽃을 바치며 귀국인사를 하고 이어서 스테노가 슬
로베니아 말로 인사를 했다. 혜란도 스테노의 성이 랑구스
(Rangus)였음을 잠시 잊고 있었다는 생각을 하며 아빠에게
아직 졸업식은 안 해서 학위기는 다음에 와서 보여드리겠다
고 했다. 대신 스테노의 유럽제빵경진대회 골드 메달을 상석
에 올려놓았다. 두 사람은 약식으로 북어포 한 마리를 올려
놓고 소주를 세 번 따라 삼배를 한 후 또 오겠다는 말을 허
공에 남기고 산을 내려왔다. 집에 돌아오는 길에 혜란은 문
자를 받았다. 임용후보자 선정을 축하한다는 메시지와 총장
의 최종 면접 일정이 찍혀 있었다. 방금 절하고 내려온 아빠
의 선물로 생각되었다. 혜란은 날아갈 듯이 기뻤다. 옆에 있
는 스테노를 부둥켜안고 감격의 눈물을 흘렸다. 스테노도
그것이 무슨 뜻인지 알았으므로 덩달아 눈시울이 붉어졌다.
혜란이 눈물을 주체하지 못하는 사이에 스테노가 혜란의
폰을 눌러 장모님께 "장…… 모…… 님…… 혜란, 프로페서
오케이!"라고 어눌한 한국말로 이 사실을 알렸다. 엄마도 금
방 무슨 소리인지 알아듣고 감격해 "그래! 장하다 우리 딸!"
하는 소리가 혜란의 귀에도 생생하게 들렸다. 이튿날 행복대

학에 가서 총장을 면접하고 임용에 필요한 서류 목록과 일정 및 절차가 적힌 공문서를 받아들고 집으로 돌아왔다. 버스 안에서 크레프트 교수와 박교수에게도 최종 합격 사실을 일단 문자로 알리고 감사를 드렸다. 차창으로 보이는 겨울 풍경이 사라지고 그 자리에 형형색색의 봄꽃이 피어올랐다. 창에 달라붙은 햇살도 유리창을 부수고 뜨겁게 혜란의 살갗을 파고들었다. 혜란의 마음에 이미 봄이 가득했고 인생에서 흔치 않을 귀한 꽃비가 내렸다. 혜란은 성호를 긋고 주님과 성모님께 감사를 드렸다. 집에 도착한 혜란은 샤워를 하고 옷을 갈아입은 후 집 근처의 대학병원으로 갔다. 제출해야 할 임용서류 가운데 건강진단서가 있기 때문이다. 신체검사를 하다가 혜란은 임신한 사실을 알게 돼 깜짝 놀랐다. 결혼을 하고부터는 스테노와 관계를 가지면서 전혀 피임에 신경을 쓰지 않은 탓이었다. 몸에 별다른 변화를 감지하지 못했는데 임신이라니⋯⋯. 혜란은 순간 당황했지만 이내 평정심을 찾고 차라리 잘된 일로 받아들였다. 더 나이 들어 노산을 하게 되는 것보다는 산모와 아이에게 더 좋을 거라는 생각과 어차피 여자로서 감당해야 할 임신과 육아라면 하느님의 섭리로, 선물로 받아들이는 게 옳겠다고 생각했다. 더구나 그렇게 사랑하는 스테노와의 사랑의 결정체가 아닌가.

스테노의 품에 안겨 그의 따뜻한 체온과 달콤한 음성과 부드러운 미소가 전신에 휘감겨 오는 것을 느끼면서 그를 닮은 아이를 낳고 싶다는 생각도 한 적이 있었다. 그렇게 생각하니 가슴 깊은 곳에서부터 환희가 끓어올랐다. 혜란에게 와준 아기가 고마웠고 아기를 보내준 하느님께 감사했다. 이 소식을 스테노와 엄마에게 즉각 알렸다. 스테노는 환성을 질렀고 엄마는 "오! 성모님!"이라고 했다. 엄마는 무슨 좋은 일이 생기면 성모님부터 찾는 습성이 있는데 혜란의 학위논문 통과 때나 교수임용 합격 소식을 전했을 때는 들어보지 못한 "오! 성모님!"을 임신 소식을 전했을 때 듣게 된 혜란은 속으로 "그러면 그렇지!" 하고 감사와 찬미에 가득 찬 엄마표 찬사에 즐거워했다. 집에 돌아온 혜란은 스테노와 깊은 포옹을 하고 긴 입맞춤으로 서로 엄마 아빠가 된 것을 축하했다. 그런 두 사람만의 신성한 예식을 하는 동안 자리를 피했던 엄마도 혜란을 안아주며 "축하한다. 꼭 너 닮은 아기 낳아라. 조심해라!"는 덕담을 해주셨다. 딸을 낳은 엄마로서 그 딸이 또 아이를 낳아 기르며 모성의 유전을 확인하게 되는 여자로서의 간절한 소망을 이루는 기쁨이 엄마에게도 느껴졌던 것 같았다. 성당에서 낙태 반대 서명을 앞장서서 하던 엄마였다. 갖은 고난 속에서도 예수님을 인내와 사랑으로 보살피신 성모님 같이 이 땅의 여성들에게 부여된 온전한 모성이 요즘 같이 험난한 세상에 구원이 되어야 한다는 엄마의 신념은 확고했고 그것은 엄마에게는 종교적 현존임이 분명해 보였다. 혜란을 닮은 아기를 낳으라고 한 엄마의 말을 스테노가 알아들었다면 조금 서운했을지도 모른다는 생각도 들었으나 알아듣지 못했을 거라고 생각해 더 이상 마음이 쓰이지 않았다. 엄마는 아기가 제 딸을 닮기를 바라고 혜란은 스테노를 닮은 아기를 바라는 마음이니 하느님께서 어련히 알아서 반반씩 닮은 아기를 주셨을 거라는 생각도 들었다.

33

출국 하루 전, 류블랴냐로 돌아갈 준비를 다 해놓고 혜란은 스테노와 함께 춘천 근교를 찾았다. MBC방송국이 있는 의암호 주변과 스포츠컴플렉스가 있는 송암동을 돌아보고 의암댐을 경유해 서면과 춘천댐을 돌아오는 코스를 택시를 타고 천천히 돌았다. 혜란이 여대생일 때 친구들과 자전거를 타고 하이킹을 즐기던 코스였다. 고향인 춘천의 비경과 자신의 추억이 깃든 곳을 스테노에게 보여주고 싶었는데 차일피일 미루다가 돌아가기 전 날 드라이브를 하게 된 것이다. 몸 조심을 해야 해서 기사가 운전하는 택시를 타고 매우 느린 속도로 일주했다. 스테노는 삼악산을 배경으로 소양강처녀 상이 있는 소양1교에서 때마침 서산을 넘어가는 석양을 보고 "원더풀! 원더풀!"을 연발했다. 세계 어디에 내놓아도 조금도 손색이 없는 관광명소라고 하며 모국의 블레드섬에 비유하기도 했다. 혜란은 삼악산 정상 방향에 블레드성을, 중도를 블레드섬으로 환치시켜 보며 스테노의 비유가 전혀 터무니없는 것도 아니라는 느낌이 들었다. 소양1교 좌우의 주변 경관을 그린(green)으로 잘 가꾸면 중도를 중심으로 하는 의암호 일대가 한국의 '블레드섬'이 될 수도 있겠다는 생각이 들었다. 의암호변에서 삼악산 정상까지 케이블카를 설치해 운영하고 의암호에는 유람선도 띄울 계획도 춘천시가 추진 중이라는 택시 기사의 설명을 듣고 한국에 살면서 스테노와 함께 고향의 변화를 지켜볼 수 있게 해주신 하느님께 감사를 드렸다.

이튿날 부부는 춘천에서 버스를 타고 인천공항에 내렸다. 엄마가 이것저것 챙겨 주셔서 올 때보다 더 무거워진 여행

가방을 스테노가 카트에 옮겨 싣고 카트를 밀며 앞서 걸었다. 스테노의 뒷모습을 바라보며 어젯밤 혜란의 교수공채 합격과 임신의 겹경사를 축하하는 가족파티를 회상했다. 무엇보다도 스테노가 비장한 결의를 보이던 모습에 혜란도 흐뭇했고 엄마도 안도가 되었다. 스테노가 회사를 사직하고 혜란과 같이 한국에 와서 한국사람으로 살겠다고 한 것이다. 혜란이 전부터 일이 잘 되면 스테노가 그래 주기를 내심 바랐지만 누가 강요한 것도 아닌데 스테노 자신이 먼저 상황에 맞게 결심을 해보인 것이다. 혜란도 혜란이지만 엄마가 더 스테노를 대견해 하며 고맙다고 했다. 더구나 딸이 임신까지 한 상태이니 가장인 스테노가 믿음직한 버팀목이 되어주기를 바라는 엄마의 심정은 절박하기까지 했다. 스테노는 혜란이 자신이 책임져야 할 가족이니 혜란을 혼자 둘 수가 없고 자기가 노력을 해야 하는 것은 당연한 일이라고 했다. 그리고 자신이 잘 할 수 있는 것을 한국에 와서도 잘 할 수 있다는 자신감을 보였다. 성패는 현실에 부딪쳐 봐야 아는 일이지만 그렇게 자신감에 찬 그가 늠름하고 멋있었다. 남편과 아빠로서, 가장으로서 스테노에게 주어진 역할을 스테노가 완벽하게 잘 해 줄 것이라는 믿음이 생겼다. 그의 선택이 짐작이 갔지만 그가 완벽하게 준비해 먼저 말해줄 때를 기다리기로 했다. 출국 수속을 모두 마치고 게이트에서 탑승을 기다리며 혜란은 스테노의 어깨에 기대어 그와 이이폰을 나누어 꽂고 성가대에서 부르며 녹음해 두었던 브람스의 〈Gaudeamus lgitar〉(축복받은 날)을 찾아 들었다. 태교를 의식하기도 했고 이제 류블라냐로 돌아가 짐을 쌀 생각을 하니 서운한 마음도 들어서 음악이 듣고 싶어진 것이다. 특히나 어려운 결정을 하게 돼 느끼고 있을 지도 모를 스테노의 중압감에 다소라도 위안이 되었으면 하는 마음에서 혜란이 일방적으로 취한 돌발행동이었다. 그런데도 스테노는 군말 없이 혜란이 하는 대로 음악을 들어 주었다. 그런데 사실 지금 스테노에게는 음악이 귀에 들어오지 않았다. 혜란과 자신의 목소리가 섞인 노래라 처음 녹음을 했을 때는 화음이 좋다며 수시로 되돌려 듣던 노래였다. 스테노는 혜란의 임신에다 회사를 사직하고 한국에 와서 할 수 있는 새로운 사업 구상으로 머릿속이 복잡할 대로 복잡해 말수도 차츰 적어지고 있던 참이었다. 한국에 와서 한국말부터 배우는 것은 무리가 없는데 사업은 자금이 수반되는 문제라 고민하지 않을 수 없었다. 자신의 수중에 있는 돈으로 한국에서 제대로 사업을 시작할 수 있을지 한국 물정에 무지한 자신의 한계가 스테노에게는 크게 아쉬울 수밖에 없었다. 언젠가 혜란과 상의를 하겠지만 자신의 힘으로 가족을 책임지고자 하는 스테노에게 어떤 해법을 찾아낼 수 있을지가 큰 숙제임에는 틀림이 없었다. 빈 공항에 내려 기다리다가 환승해 류블랴냐 공항에 내릴 때까지 무려 스무 시간을 스테노는 중압감에 시달렸고 그런 그를 보는 혜란은 안타까움에 가슴이 저렸다.

34

회사에 출근해 사장실에서 사장과 마주한 스테노는 그간의 상황과 자신의 입장을 소상히 털어 놓았다. 사직 의사를 밝히고 그렇게 할 수밖에 없는 자신에 대해 양해를 구했다. 사장은 일단 스테노에게 아내의 교수 임용과 임신을 축하한다고 했다. 그리고 사직 문제는 좀 더 생각해 보자고 했다. 스테노의 역량으로 회사의 매출이 늘고 있어서 스테노에 대한 사장의 신뢰는 그야말로 대단했다. 놓치기 아까운 인재라는 생각에 그를 가르치고 추천한 블랭카 교수를 만날 때마다 침이 마르도록 스테노를 칭찬했었다. 스테노의 회사 내 입지가 일취월장함은 물론 그의 후광으로 블랭카의 제자 두 사람이 추가로 입사해 개발부에 합류하기도 했다. 그 두 사람도 스테노의 지도로 자기 몫을 충분히 해내고 있어서 사장으로서는 스테노가 없는 연구개발부를 상상조차 할 수 없었다. 사장은 스테노가 있는 자리에서 여기저기 전화 통화를 하더니 스테노에게 아직 확정된 것은 아님을 전제로 새로운 제안을 했다. 요점은 몇 개의 유럽 회사가 컨소시엄을 구성해 한국 진출을 협의하고 있는데 성사가 되면 스테노가 그중 자기 회사를 대표해 컨소시엄의 현지 책임자로 추천할 테니 한국에 파견되어 한국 및 중국 시장을 겨냥한 연구개발을 담당해 주면 어떻겠느냐는 것이었다. 스테노는 순간 자신에게 드리웠던 검은 그림자가 모두 걷히는 기분이었다. 이보다 좋은 기회가 어디 또 있을까 싶었다. 그렇게만 된다면 그것은 스테노에게 분명히 황금찬스가 될 것이라고, 꼭 그렇게만 되게 해주면 감사하겠다고 바짝 매달렸다. 사장은 자신에게도 인재를 놓치지 않고 새롭게 사업 영역을 확장할 수 있는 일석이조가 될 것으로 판단돼 한번 해보자고 의욕을 보였다. 한국에서 개발된 기술을 필요하면 본사로 가져와 쓰면 될 것이므로 스테노를 한국에 파견하더라도 크게 문제가 될 것은 없다는 것이 사장의 생각이었던 것이다. 사장은 컨소시엄을 구성하고 이사회를 통해 현지 책임자를 선임하게 될 것이라며 지금 상황에서 한국인 아내를 둔 스테노만큼 적임자는 찾기가 힘들 거라는 말도 덧붙였다. 이 대목에서 스테노는 또 한 번 혜란의 위력을 느꼈다. 아무래도 컨소시엄의 한국 진출에는 현지인의 도움이 절대적으로 필요한데 혜란이 슬로베니아인을 남편으로 두었고 교수라는 지위와 전문성도 있는 사람이니 큰 도움이 될 것이라는 사장의 관측은 과히 틀림이 없을 거라고 믿었다. 그런 혜란에 대한 자부심도 느꼈다. 스테노는 사장실을 나오자마자 사직 문제를 궁금하게 여기고 있을 혜란에게 새로운 가능성의 서막을 짧게 문자로 알렸다. 혜란에게서 자세히 듣고 싶다는 답이 와 통화 버튼을 눌러 자초지종을 설명했다. 혜란도 가슴이 설렜다. 스테노에 대한 사장의 신뢰와 파격적 제안이 고마우면서도 한편으론 당연하게 여겨졌다. 남편이라서가 아니라 스테노의 품성과 자질에 대한 안목이 있는 사람이라면 누구라도 그런 결정을 하게 될 것이라는 판단 때문이었다. 혜란이 지난 3년간 직접 경험하고 검증이라면 검증일 수 있는 과정을 통해 얻은 결론에 자신이 한 번도 회의를 하거나 판단을 번복하는 일이 없었기에 더욱 그런 생각을 하게 된 것이다. 혜란은 혼자서 육아를 하게 되면 어쩌나 하는 걱정도 있었기에 아기를 위해서도 스테노의 일이 잘 되기를 마음속으로 기도했다. 그리고 어쩌면 아기가 복을 가져다줄지도 모른다는 생각이 들어 아랫배에 손을 대고 "아빠와 같이 가야시?" 하고 속으로 말했다. 다시 부푼 희망 속에 아기는 물론 스테노도 같이 한국행 비행기를 탈 수 있을 것 같은 예감에 혜란은 스테노에 대한 안타까움을 말끔히 씻고 시어머니를 뵈러 가는 문제로 화제를 돌렸다. 스테노는 어머니와 통화를 해보겠다고 했다. 혜란이 류블라냐에 3년 가까이 있었지만 슬로베니아어로는 아주 기본적인 대화만 겨우 하는 수준이어서 시어머니와의 소통이 극히 제한적일 수밖에 없었다. 그래서 중간에서 스테노가 혜란의 몫까지 대신 할 때가 많았다. 스테노의 전언에 의하면 집으로 찾아가 뵙겠다고 하는 아들의 말에 올 것 없다며 당신이 굳이 류블라냐로 오시겠다는 것이었다. 바쁜 아들 내외의 일상을 감안한 어머니의 배려임에 틀림없었다. 시어머니의 진한 모정을 느끼며 스테노에게 시내 호텔에 방을 잡아 드리자고 했다. 시어머니는 한 번 사진으로만 뵈었고 스테노가 엄마와 그랬던 것처럼 스테노의 통역으로 한 번 전화 인사를 드렸을 뿐이었다. 성당에서의 혼배 때도 참례를 하게 해드리지 못했으니 혜란이 느끼는 시어머니에 대한 죄송한 마음은 이루 말할 수가 없었다. 그래서 지난번 한국에 다녀올 때 엄마와 함께 시어머니께 드릴 예물도 준비해 왔으므로 만나 뵙는 날 예물도 전해 드리고 임신 소식도 알려드리리라 마음먹고 있었던 혜란이었다.

35

회사가 추진하는 한국 진출 계획은 일사천리로 진행되어 새 학기에 맞춰 귀국해야 하는 혜란과의 한국행 동반이 가능해졌음에 안도하며 스테노는 한 달 남은 기간 동안 필요한 준비에 차질이 없도록 체크리스트까지 준비해 하나도 빠짐없이 챙기는 데 만전을 기했다. 한국에 가자마자 한국어반에 등록을 할 생각으로 인터넷을 통해 컨소시엄 건물로 임대가 예정된 오송 근처 세종시의 한 학원을 알아보기도 했다. 마침 세종시에 혜란이 근무하게 될 대학이 소재하고 있어 정말 잘 되었다고 생각했다. 혜란도 한국에 들어가면 바로 강의를 해야 하므로 틈틈이 강의 자료를 챙기고 피피티(PPT) 등 시청각 자료도 만드는 등 여전히 바쁜 일과가 계속되었다. 그러면서도 태교에 신경을 쓰느라 인터넷을 뒤지며 임신과 출산과 육아에 대한 공부도 게을리 하지 않았다. 임신은 예기치 않게 되었지만 엄마로서의 준비는 다른 엄마들처럼 철저히 하고 싶었다. 그것은 본능적 과업이기도 하겠지만 혜란에게는 생명을 주신 하느님께 대한 최소한의 예의며 의무라는 생각도 하게 된 것이다. 이제 여기서 남은 일은 이삿짐을 꾸리는 일과 시어머니와의 만남 그리고 졸업식이다. 이 모든 걸 다 한 달 안에 마무리해야 한다는 생각에 혜란은 좀처럼 여유를 가질 수 없었다. 그나마 출산은 친정 엄마가 계신 한국에 돌아가 하게 돼 다행이었다. 그것도 겨울방학이 시작되는 무렵이어서 여러 가지로 '굿 타이밍'인 것이 좋았다. 혜란이 임신한 몸으로 바쁜 일과 속에 지내는 것이 스테노는 마음이 놓이지 않았다. 그래서 자신이라도 시간을 내어 혜란이 좀 더 자연과 가까이 하며 여유를 가질 수 있게 배려하고 유도해야 하겠다는 생각이 들었다. 아기와 혜란의 건강을 지켜야 하는 아빠로서의 책임과 의무를 다하려는 스테노의 그런 진정성이 눈빛으로, 말과 행동으로 혜란에게 고스란히 전해졌다. 산모들이 임신 초기에는 무척 조심해야 한다는 것을 스테노도 상식으로 알고 있었기에 크고 작은 집안일은 혜란이 손도 대지 못하게 하고 식단도 산모와 아기 위주로 신경을 써서 스테노가 조리를 할 때도 많았다. 혜란의 심적인 부담을 덜어 주려고 시어머니와의 만남도 스테노가 나서서 호텔방에서 며칠 묵어 가시려던 계획을 바꿔 당일 돌아가시는 것으로 했다. 그러나 혜란의 설득으로 식사는 집에 모셔서 같이 하기로 하고 혜란이 몇 가지 음식을 직접 조리해 상을 차리기로 했다. 두 사람이 그런 결정을 하고 나서 한 주일이 지나고 시어머니가 오셨다. 스테노가 터미널로 마중을 나가 모셔왔다. 혜란은 한국식으로 큰 절을 올리고 사근사근 스테노와의 그동안의 만남과 사랑, 그리고 임신, 한국에서의 교수직 취업, 혜란의 가정사 등을 소상히 말씀드렸다. 스테노가 통역을 했는데 혜란이 영어로 꽤 길게 말했는데도 통역은 그보다 짧게 이어져 스테노가 요점만 간추려 말씀드리는 것 같았다. 혜란이 정성껏 포장된 예물을 꺼내 드리고 그 자리에서 그것을 펴본 시어머니는 흡족해 하시며 고맙다고 했다. 한국식으로 언제 입으실 줄은 몰라도 고운 치마저고리와 두루마기를 미리 알아둔 시어머니의 체구에 맞게 맞춰온 것이다. 스테노가 한국에서 결혼식을 할 때 어머니가 입으시게 될 것이라고 거들며 화기 넘치는 분위기를 이어갔다. 혜란이 손수 조리한 한국 요리 몇 가지와 슬로베니아 음식으로 차려진 점심상으로 모처럼 가족의 단란한 오찬이 꽤 오래 지속되었다. 혜란의 뱃속에 자라고 있는 아기도 참여한 네 식구의 오찬이었다. 시어머니는 산모가 잘 먹어야 한다며 혜란 앞으로 이것저것 접시를 바꿔 놓으며 먹기를 권했다. 혜란은 많이 먹지는 않았어도 그런 시어머니의 마음에 회답하는 뜻으로 조금씩 골고루 맛있게 먹었다. 아직 아기의 성별은 몰라 아기의 이름을 짓지 않았지만 태명은 은혜를 의미하는 영어의 '그레이스(grace)'에 해당하는 슬로베니아어 '그라시야(gracija)'라고 했다. 발음도 뜻도 모두 좋다고 시어머니는 교수 며느리답게 잘 지었다고 칭찬을 아끼지 않으셨다. 그리고 "그라시야야! 건강하게 잘 자라 곧 이 할미와 반갑게 만나자!"고 아기에게 하는 인사말도 빼놓지 않으셨다. 예매한 버스 시간에 맞춰 혜란과 스테노는 어머니를 모시고 터미널까지 가 배웅을 해드렸다. 한국에서 결혼식 할 때 다시 만나기로 하고 포옹을 나눈 후 버스가 플랫홈을 빠져 나갈 때까지 아들과 며느리는 손을 흔들며 작별 인사를 드렸다.

36

혜란이 스테노와 함께 귀국을 한 것은 구정이 지난 2월 22일이었다. 엄마에게 부탁드려 세종시에 전세 아파트를 구해 놓았던 터라 귀국하자마자 혜란의 아파트로 갔다. 아파트에는 며칠 전부터 엄마가 와서 청소를 해놓고 가구 등 살림 장만을 어지간히 다 해놓으셔서서 바로 입주할 수 있었다. 새 아파트는 아니지만 단지 입구부터 디자인이 잘 되었다는 느낌이 들었는데 아파트에 들어와서도 살기 좋은 아파트라는 느낌이 들었다. 미리 와 계시던 엄마가 가방을 받아주며 반겼다. 혜란도 엄마를 껴안으며 감사했고 스테노도 장모와 짧은 포옹을 나누며 조금 나아진 한국말로 인사를 했다. 이 집에서 뱃속에 품고 온 그라시야와 스테노와 새롭게 출발한다고 생각하니 감개무량했다. 혜란의 연구실도, 스테노의 사무실도 여기서 그리 멀지 않은 곳에 위치해 제대로 된 신접살림을 살게 된 것이 기뻤다. 아빠가 물려주신 유산도 이 집을 마련하는 데 크게 도움이 되었으니 아빠에게도 무한한 감사를 드리며 짐을 풀어 놓았다. 짐 속에서 크레프트와 블랭카의 선물이 나왔다. 졸업축하와 송별회를 겸해서 류블랴나를 떠나기 이틀 전 시내 중심가의 한 식당에서 조촐한 파티를 했었다. 블랭카 교수도 마리보에서 일부러 와서 참석해 주었다. 특별한 이벤트는 없이 음식을 즐기며 늦게까지 석별의 정을 나누었다. 블랭카는 임신을 축하하고 건강한 출산을 기원한다며 아기 옷을 선물했고 크레프트는 훌륭한 교수가 되라는 덕담과 함께 항상 메고 다니는 배낭에서 인근 지역의 젊은 예술가가 만들었다는 조그만 예술 작품 하나를 꺼내 주었다. 꽃받침 위에 토실하게 여문 메밀씨앗 모양을 주먹만 하게 만들어 나무받침대 위에 올려놓은 조각품이었다. 잿빛 몸통에 뾰족한 끝부분을 황금색으로 장식한 메밀씨앗 조각품을 혜란에게 선물한 크레프트의 뜻을 알 것 같았다. 혜란이 곧 정년을 맞게 되는 자신의 학문적 대를 이어 갔으면 하는 크레프트의 바람일 것이라고 생각했다. 혜란의 박사논문의 내용도 메밀인데다 혜란의 고향도 메밀막국수로 유명하고 세계메밀학회도 열려 크레프트가 몇 차례 다녀간 곳이라 혜란에 대한 지도교수의 염원이 담긴 조각품이어서 혜란은 코끝이 찡했었다. 짐 보따리에서 나온 메밀씨앗조각품은 마치 두 손을 모으고 기도하는 모양 같기도 해 혜란이 메밀연구자로서 한국은 물론 세계의 메밀학계를 이끌어 가는 중심에 있어 주기를 소망하는 크레프트의 진심이 다시 상기되었다. 크레프트 교수는 일찍 교수가 되어 메밀연구에 집중해 오다가 39세에 세계메밀학회를 창립해 이제까지 주도해 온 분이다. 혜란이 그 나이가 되었을 때 지도교수의 역량을 얼마나 닮아 과연 '청출어람(靑出於藍)'의 본을 보여줄 수 있을지 몰라 하면서도 크레프트의 의지를 받들어 열심히 해야 하겠다는 결의를 마음속으로 다졌다. 스테노도 혜란의 짐정리를 도와주고 나서 자신이 따로 방 하나를 쓰게 된 것을 감사해 하며 그 방에 자신의 짐을 풀어 놓았다. 짐이래야 대부분 회사 관련 서류 파일과 연구개발에 활용해온 레시피 북 및 기계매뉴얼 같은 것이었다. 장모가 사위 방에 책상과 책장도 하나씩 들여놓아 주어서 짐정리가 한결 수월했다. 스테노에게는 블랭카 교수의 선물이 각별했다. 직업대학 재학 시절 스테노의 활동사진과 동영상을 모아 음악을 곁들여 편집해 CD로 구운 영상물이었다. 그 자리에서 틀어 보지는 못했지만 블랭카의 구두 설명만으로도 그것의 내용과 의미를 충분히 짐작할 수 있었다. CD를 열어 볼 때마다 마리보에서의 학창시절에 대한 추억과 블랭카에 대한 감사와 그리움에 빠져들 것을 생각하니 벌써부터 목이 메여 왔다.

37

입덧을 할 때가 되었을 것 같은데도 심하지 않아 보이는 딸이 엄마로서는 다행이었다. 혜란을 가졌을 때 자신도 입덧으로 크게 고생하지 않아 남편과 아기 혜란의 효심을 높이 샀던 기억이 났다. 남편이 생존해 옆에 있었더라면 엄마를 닳은 섯을 감사하라며 혜란에게 엄마의 공치사를 한참 했을 것 같은 생각이 들었으나 혜란에게 아빠 얘기를 꺼내 스산하게 하고 싶지는 않았다. 그래도 왠지 자신의 가슴 한쪽에 구멍이 난 듯 허전함이 느껴지는 것은 감출 수 없어 두세 번 헛기침을 했다. 혜란으로부터 '그라시야'라는 아기의 태명을 전해 듣고 제대로 발음하는 지를 사위에게 물어가며 발음을 익힌 엄마는 툭하면 '그라시야'를 불러댔고 혜란을 부를 때도 '그라시야'가 먼저 나와 혜란이 실소를 금치 못했다. 그렇게 귀국 첫 날을 엄마와 함께 하니 적적지도 않고 오랫동안 살아온 집 같아서 좋았다. 스테노도 본가에서는 느껴보지 못한 화목함에다가 이제 머지않아 그라시야와 혜란과 함께 셋이서 이루어 갈 '스위트홈'까지 예감되어 서서히 긴장이 풀어지고 마음이 평온해지는 것을 느꼈다.

개강이 되어 혜란은 몸조심을 하는 가운데 강의와 연구 계획에 집중했고 스테노는 회사 일에 전념하며 한국어 학습에도 열중했다. 메일로 자주 본사에 업무보고를 하고 블랭카에게도 가끔 메일로 안부를 전했다. 안부 메일에서 가끔 혜란에게도 말하지 못하는 한국 생활의 고충을 블랭카에게 털어놓고 조언을 구할 때도 있었다. 그런 두 사람 사이의 밀담이 혜란에게 문제가 되지는 않았다. 두 사람이 공유하는 전문 영역도 있고 민족적인 동질감에 사제지간이기도 하니 혜란이 먼저 무엇이든 어려운 일은 블랭카와 상의를 하는 게 좋겠다고 제안을 했었다. 말로 확약한 것은 아니지만 이심전심 서로의 메일은 열어보지 않기로 하여 실제로 어떤 얘기들이 오가는지는 알 수 없지만 혜란은 누구보다도 두 사람의 인품을 믿기에 굳이 알고 싶어 하지도 않았다. 어쩌다 스테노가 먼저 얘기를 해주면 토를 달거나 끼어들지 않으려고 혜란이 애쓰는 편이었다. 그래도 가정사만큼은 함부로 다른 사람과의 화제에 올리는 일이 없도록 주의를 환기시켜 주었다. 혜란은 "우리집 일이 남의 입에 안줏감이 되는 것은 싫다."라고 얘기하려다가 '안줏감'에 대한 부연 설명을 해야 할 것 같아서 그만두었다.

스테노는 와인과 맥주를 마시기는 하지만 소주와 양주 같은 도수가 높은 술은 잘 못 마시고 마시려고도 하지 않아 혜란은 안도하는 편이었다. 하지만 한국 사회의 술 문화가 갖는 양면성을 감안할 때 비즈니스 목적 상 한국인을 상대해야만 하는 스테노에게 어느 선까지 음주를 수용하게 조언해야 할지 혜란에게도 난감한 일이었다. 체질적으로 어떠한 술도 전혀 받지 못하는 경우라면 차라리 걱정이 안 되겠지만 스테노의 체질은 그렇지도 않아서 걱정이 되었다. 아직은 그런 적이 한 번도 없지만 인사불성이 될 정도로 만취해 들어오는 스테노를 상상만 해도 끔찍했다. 우리말이 서툰데 술에 취하기까지 해서 길을 잃거나 무슨 봉변을 당하기라도 하면 어쩌나 하는 불안도 있지만 무슨 일이 잘 안 풀리거나 인간관계가 힘들 때 문제의 해결도, 정신적 스트레스의 해소도 자칫 술에 의존하는 습성이 생기지나 않을까 하는 것이 혜란에게는 더 큰 걱정이었다. 인간의 본성과 신앙적 의지가 술에 의해 마비되어 낭패를 보는 경우가 비일비재하고 누구도 자신은 그런 일이 없을 거라고 장담할 수 있는 게 못 된다는 것을 여자이지만 혜란도 익히 잘 알고 있기 때문에 그 점에서는 스테노도 물가에 내놓은 아이 같은 존재였다. 엄마도 늘 그런 점이 염려되어 스테노가 술을 잘 못한다는 말을 들었을 때 사윗감으로서 후한 점수를 주었던 것이다. 혜란은 자신이 하는 걱정이 기우이기를 바라면서 배가 더 불러오기 전에 한국에서의 결혼식을 빨리 거행하는 문제를 스테노와 상의했다. 스테노도 고민을 하고 있던 문제라 신부님과도 상의하고 장모님의 의견도 여쭤 봐서 조만간 실행에 옮기기로 했다. 교회식으로는 이미 류블랴나에서 신부님의 집전으로 혼인서약을 했으므로 혼배성사를 두 번 할 수 있는 것인지? 아니면 예식장을 빌려 한국의 일반적인 관례대로 할 것인지 결정을 보아야 했다. 성당에 오래 다니며 딸 결혼만큼은 성당에서 시키고 싶었던 엄마로서는 엄마가 다니는 성당에서 식도 다시 올리고 피로연도 했으면 했다. 그렇다고 식 없이 피로연만 성당에서 할 수도 없고 바깥 예식장에서 일반 양식을 쫓아하기도 그래서 정말 진퇴양난이었다. 엄마도, 혜란도 고민은 오래 가지 않았다. 신부님이 외국에서의 혼인서약을 공인된 성당의 신부님 집전으로 한 것은 혼배성사로 인정되는 것이므로 두 번 할 필요는 없다고 말씀해 주셨기 때문이다. 그렇다고 예식장에서 따로 주례를 모시고 할 것도 아니었다. 그래서 혜란의 아이디어로 대학의 강당을 빌려 토크콘서트 형식으로 혼례를 치르기로 했다. 따로 주례 없이 신랑 신부가 예복을 갖춰 입고 주거니 받거니 하면서 서로 하객들에게 소개도 해주고 이어서 부모님도 소개해 드리고 친구들의 축가와 축하메시지도 듣고 하면 형식은 일반 예식장에서 하는 혼례와 유사하나 내용적으로는 많이 다르고 의미 또한 다를 수 있다고 생각했다. 스테노도 대찬성이었다. 그런데 엄마는 장소가 불만이었다. 신랑 측은 가족이 홀어머니 밖에 안 계시고 하객이라야 주로 한국에서 스테노와 같이 일하거나 거래를 해온 소수의 사람들일 테고 하객의 대부분은 춘천에 사는 엄마의 지인들과 혜란의 친척들뿐

일 테니 세종시에 있는 대학은 너무 멀고 하객들도 극히 제한될 수밖에 없을 것이 아니겠느냐 하는 것이 엄마의 지적이었다. 그 말도 일리가 있어서 혜란은 장소를 춘천에서 다시 찾아보기로 했다. 계절도 5월 초쯤으로 하면 야외도 좋을 것 같았다. 그래서 가족들의 동의를 얻어 봉의산 밑 세종호텔 야외 예식장을 알아보기로 했다. 아무래도 스테노는 한국의 혼례문화를 잘 모르고 한국 물정도 잘 모르니 혜란이 나서서 준비를 해야 했다. 혜란도 그것이 편했다. 하지만 당일 식장에서의 진행에 대해서는 스테노와 심도 있게 상의했다. 스테노는 주한 슬로베니아대사관에 가서 당일 식장에서 슬로베니아를 소개할 자료가 좀 있는지 알아보기로 했다. 미처 혜란이 생각하지 못한 부분을 스테노가 생각해 내 챙기는 것을 보며 과연 한 그루 오래된 포도나무를 관광1번지로 삼은 마리보 출신답다고 느꼈다. 슬로베니아의 아름다운 풍광을 식장 전면에 배경으로 깔고 주변에 'about Slovenia' 사진 판넬을 설치해 스테노의 모국을 소개하고 혜란과 스테노가 걸어온 길에 대한 영상물을 보여주면 식장이 한결 의미 있을 것 같았다. 여기에는 미리 준비된 블랑카의 CD 선물이 한껏 위력을 발휘할 것 같았다. 혜란은 식이 30분 정도 시간이 소요되도록 프로그램을 짜되 하객을 재미있게 해

줄 생각에 재주 좋은 사회자 섭외가 꼭 필요하다는 생각을 했다. 연락만 된다면 사회자는 김광진이 안성맞춤이었다. 그는 혜란의 초등학교 동창생으로 같은 K대학을 다녔고 레크리에이션 동아리에 들어가 레크리에이션 진행은 물론 사회도 일품으로, 알 만한 사람은 다 알아 여기저기서 '콜(call)'을 받는다는 얘기를 들었다. 혜란과는 초등학교 때부터 친했던 사이라 연락처를 알아내 저간의 사정을 말하고 사회를 부탁했다. 광진은 서울에 직장이 있지만 춘천에서 itx 기차로 출퇴근을 해 주말에는 춘천에 있으므로 사회를 봐주겠다고 흔쾌히 수락했다. 세종호텔 야외예식장의 비어 있는 일정에 맞춰 5월 중순 토요일로 날짜를 잡은 혜란과 스테노는 구상한 대로 착착 결혼식 준비를 해나갔다. 시어머니의 방한을 위한 항공권도 준비해 e-티켓을 스테노의 친구 메일로 보내 어머니께 전달해 드렸다. 엄마는 피로연 준비에 만전을 기했다. 모든 준비는 끝났고 뱃속의 그라시야도 바쁜 엄마를 생각해서인지 혜란을 크게 힘들게 하지 않았다. 혜란을 위한 스테노의 한결같은 배려도 큰 힘이 되었다. 반대로 스테노에게는 혜란이 큰 힘이 되어 회사 일도 계획대로 진척이 잘 되어 갔다.

결혼식은 붐비지도 않고 영상물 보기에도 더 나은 일몰

시간의 어스름을 택해 슬로베니아 풍물 소개와 신랑과 신부 및 게스트와의 토크 콘서트 형식으로 진행했다. 준비가 철저했던 만큼 결혼식은 조촐하면서도 특별하고 의미 있게 잘 끝났다. 하객들이 대부분 처음 경험하는 결혼식이 되어 신선하고 좋았다는 호평이 무성했다. 광진의 위트가 넘치는 사회와 학생들의 축가, 음악인 지인의 리코더 연주, 슬로베니아 대사관 직원의 아코디언 연주, 엄마가 속한 성가대의 축가 등 결혼식을 장식한 음악도 콘서트를 방불케 할 정도로 감동적이었다. 크레프트와 블랑카에게도 몇 장의 사진과 동영상을 메일로 보내드리고 축하메시지를 받았다. 혜란이 학기 중인데다 스테노도 본사 임직원의 방한 계획이 있어 허니문은 여름방학으로 미뤘다. 오래도록 명장면으로 남을 결혼식을 마치고 혜란과 스테노는 세종시의 집으로 돌아와 결혼식을 계기로 다시금 확인한 두 사람의 깊은 사랑의 힘을 증폭하며 행복한 일상을 꾸준히 이어갔다. 아가서의 구절처럼 '큰물도 사랑을 끌 수 없고 강물도 휩쓸어가지 못하는' 사랑과 행복이었다.

38

출산예정일이 임박해 혜란의 집에는 엄마가 와 계셨다. 친정에 가서 산후조리를 할까도 생각했지만 스테노의 상황도 배려해 산후조리원을 갖춘 세종시의 개인병원에서 출산과 산후조리를 하기로 했다. 혜란은 예정일 전날 입원해 긴 산고 끝에 그라시야를 낳았다. 다시는 겪고 싶지 않은 엄청난 고통이었지만 혜란은 잘 참고 있는 힘을 다해 핏덩이 아기를 세상 밖으로 보냈다. 간호사가 포대기에 아기를 싸 안고와 혜란의 품에 안겨주었다. 아기와의 첫 상봉에 혜란은 감격의 눈물을 흘렸다. 미리 병원에서 암시를 해준 대로 아기는 딸이었다. 아빠를 더 많이 닮아 오뚝한 콧날이 첫눈에 들어왔다. 이마와 눈 주변은 자신을 닮은 듯했다. 혜란은 갓난아기를 안고 주님께 기도를 바쳤다. 그라시야를 주심에 감사하고 아기의 생에 무한한 축복을 간구했다. 가족실에서 가득 마음을 졸였던 엄마와 스테노도 혜란의 무사한 순산에 안도하며 성호를 그으며 감격의 눈물을 흘렸다. 엄마는 마치 무슨 주문을 외듯 "오! 성모님!"을 거듭 말하며 성모님께도 감사와 찬미를 드렸다. 스테노는 아기가 딸이면 태명을 그대로 본명으로 하기로 혜란과 합의를 하였으므로 "그라시야"를 부르며 기쁨을 감추지 못했다. 어머니에게 보여드리려고 여러 각도로 사진을 찍는 스테노에게 면회실 창 너머에서 혜란이 신호를 보냈다. 복장을 갖추고 안으로 들어간 스테노는 더 가까이에서 아기를 찍고 밖에서는 엄마가 세 사람을 향해 연실 셔터를 눌러 첫 가족사진을 찍어 주었다. 스테노는 혜란에게 "고생했소! 고맙소! 사랑하오!"라고 위로하며 아기를 안고 있는 혜란의 양 어깨를 감싸 안아 주었다.

혜란은 한국에서 안정된 직업을 갖고 있으니 줄곧 한국에서 살게 될 것이므로 그라시야의 성과 이름을 우리말로도 지어서 출생신고를 하면 좋을 것 같았다. 귀화를 하지 않고도 많은 외국인들이 그렇게 했듯이 그라시야의 출생신고를 하는 기회에 스테노도 한국 성과 이름을 짓는 게 좋겠다는 생각이 들었다. 스테노가 법적으로 아직 한국인은 아니지만 한국인으로 살고자 하면 성과 이름부터 동화되어야 한다는 데 스테노도 원칙적으로는 이견이 없었다. 스테노의 성인 '랑구스'와 이름인 '스테노' 중에서 발음이 흡사하면서도 의미를 찾을 수 있는 우리말 성과 이름이 좋겠다는 데 의견이 모아져 랑구스의 유사 발음인 '라구서'로 할 것인지 스테노의 유사발음인 '서태노'로 할 것인지를 놓고 갑론을박을 벌이다가 꼭 그래야 할 이유는 없지만 기왕이면 한자어로 표기 했을 때 크게 노력한다는 의미로도 해석할 수 있는 '서태노'로 결정을 했다. 그라시야는 원어의 뜻을 그대로 살려 '서은혜'라고 지었다. 짓고 보니 아빠나 딸 모두 발음도 뜻도 다 좋아 곧 법적 절차를 밟아야 하겠다고 혜란은 생각했다. 그런데 엄마가 스테노의 입장을 헤아려 집에서는 그냥 종전대로 스테노와 그라시야로 부르는 것이 좋지 않겠느냐고 해 그렇게 하기로 했다. 생각해 보니 고국을 떠나 사는 것도 힘든 일인데 이름까지 못 쓰게 하는 것은 스테노에게 잔인한 일이 될 수도 있겠다는 생각이 혜란도 들었기 때문이다. "갑자기 근본도 모르는 서씨가 되었으니 왜 안 그렇겠는가?"라고 하시며 엄마가 거듭 공감을 표했다. 느닷없이 한국이름을 강요할 것 같던 혜란이 한 발 물러서는 것 같아 스테노에게는 다행이다 싶었다. 아이의 출생신고는 혜란의 뜻에 동의를 하지만 자신의 개명마저 성급하게 몰아 붙이는 데는 불편한 마음이 앞섰기 때문이다. 사실 요즘 스테노는 혜란이 자기 주장이 강하다는 느낌을 받고 있었다. 시류에 휩싸이지 않고 주관적 인생관을 가지고 주체적으로 사는 것과 관계를 위태롭게 하는 강한 자기주장과는 별개의 문제인데 가끔 혜란이 그것이 혼재되어 있는 사람처럼 보일 때가 있었다. 그래서 한국말과 한국인의 정서를 학습하는 데 진도가 더딘 것 같아 자신이 답답하기만 한데 혜란과의 보이지 않는 심리적 갈등이 커져 위기의 촉발로 이어질까 일말의 불안을 느끼던 참이었다. 게다가 두 사람의 소통 수단인 짧은 영어로는 그런 깊이 있는 인식체계를 오해 없이 공유하기란 쉽지 않은 일이어서 스테노는 일단 자신이 느끼는 불안감을 애써 숨겨왔다. 혜란이 금기 시 하는 일이긴 했지만 스테노가 느끼는 그런 혼란과 불안을 블랭카 교수에게는 메일로 상의한 적이 있었다. 혜란의 성격으로 미루어 짐작하건대 개명 문제는 약과이고 앞으로 점점 그라시야의 육아와 교육 문제로 혜란과의 신경전이 만만치 않을 것 같았다. 개명을 거론하던 혜란의 잠재의식 속에는 그라시야가 한국에서 다문화가정의 자녀로 살아야 하는 상황에 대한 일말의 우려가 들어있는 것 같았다. 그럴수록 부부 사이에 소통이 중요한데 향후 어떤 갈등요인이 생기더라도 큰 마찰 없이 대화로 잘 풀어갈 수 있기를 바라는 마음이다. 그렇지만 스테노는 언어의 벽을 생각하면 자신이 한국말에 능통해지기 전에는 어려움이 예상되기도 했다. 당장 혜란에게 스테노의 이주자로서의 존재론적 고민까지 심층적으로 이해할만한 수준의 슬로베니아어를 기대한다거나 두 사람에게 모두 제2외국어일 뿐인 영어를 지금보다 더 수준을 높이는 것도 쉬운 일은 아닌 것을 생각하면 한 풀 기가 꺾이는 기분이 들기도 했다. 그래도 언젠가 혜란과 이런 문제를 허심탄회하게 얘기를 해볼 수 있으리라는 기대를 하며 스테노는 일단 회사 일을 미루고 혜란의 산후조리에 최선을 다해 정성을 쏟았다.

개명을 거론하다가 서류상 이름과 부르는 이름의 양립으로 절충을 본 혜란은 돌연 자신이 없어졌다. 개명 문제가 아니더라도 이제까지 자신이 판단하고 주장해 관철시킨 일들이 그만큼 객관적 타당성이 있는 것인지? 자신만의 편협한 사고에 갇혀 초래된 일방통행은 아니었는지? 그 과정에서 스테노가 상처를 받지는 않았는지? 자신을 돌아보는 계기가 된 혜란은 젖을 물린 그라시야를 내려다보며 동시에 스테노에게도 모정과 모국의 뿌리를 품고 살 자유를 억압해서는 안 되겠다는 생각을 했다. 엄마가 부부 사이에 완충재 역할을 해주어 다행이라는 느낌도 들었다.

혜란은 서른하나에 초산을 했으니 요즘 추세로 늦은 것은 아니었다. 다행히 학위를 마치고 바로 이른 나이에 교수직도 갖게 되어 편안한 마음으로 산가를 받아 육아에 전념할 수 있게 된 것이 무엇보다 행복했다. 하지만 육아는 쉬운 일이 아니었다. 그라시야가 한밤중에 깨어 울며 보챌 때는 견디기 힘들었다. 그럴 때마다 스테노가 피곤한 몸을 일으켜 그라시야를 안고 달래며 잠을 설치기 일쑤였다. 그래도 스테노는 가장의 책임을 다하느라 백빙으로 혜린을 도왔다. 혜란이 법적으로는 3년까지 육아휴직도 가능하나 학교 형편 상 그럴 수가 없어 산가만 쓰고 새 학기에는 출근을 해야 했다. 엄마가 세종에 오셔서 아기를 봐 주시겠다고 해 혜란과 스테노는 큰 무리 없이 가사와 직장 일을 병행할 수 있었다. 혜란이 대학원생처럼 실험에 전념하기는 쉽지 않았으나 두 명의 외국인 대학원생을 받아 공동으로 연구를 이어가는 데는 별 문제가 없었다. 스테노도 가끔 중국을 오가며 컨소시엄에서 하는 일들이 조금씩 성과를 내기 시작해 연일 바쁜 일과 속에 지냈다. 그런 가운데 하루가 다르게 커가는 그라시야의 성장을 지켜보는 것은 두 사람에게 큰 위안이고 즐거움이었다. 사람은 누구나 평생의 효도 중 절반 이상을 유아기 때 하는 것이라는 느낌도 들었다. 시간 맞춰 모유와 분유를 먹이고 자주 기저귀를 갈아주며 힘들 때도 많지만 부모의 노력에 아기들은 무탈하게 잘 커주고 재롱을 떠는 것으로 그때그때 보답을 하는 거라는 생각이 들었다. 그렇게 이미 절반의 보답을 한 아이가 잘 커서 부모가 바라는 대로 훌륭한 사람이 되면 그 아이의 부모는 나머지 절반까지 자식으로부터 완전한 보답을 받는 거라는 생각을 하게 된 스테노는 자신은 어머니에게 어떤 아들인지 돌아보게도 되었다. 그라시야를 헌신적으로 돌봐 주시는 엄마를 옆에서 지켜보는 혜란으로서는 엄마를 힘들게 해 한편으로 죄송하기도 하지만 그라시야 때문에 엄마가 웃을 수 있는 게 그나마 다행이었다. 그렇다고 친정 엄마를 마냥 제 집에 붙잡아 둘 수는 없었다. 주말과 방학에는 춘천에 가서 성당에서 봉사도 하고 친구도 만나게 해 드렸다. 아버지가 계셨더라면 두 분이 힘을 합쳐 외손녀를 더 잘 봐 주며 손녀 재롱에 즐거워하셨을 텐데 그럴 수 없는 현실이 애석할 뿐이다. 엄마가 그나마 건강을 유지할 때 둘째 아이도 낳으라고 말씀하셨지만 학교와 엄마의 사정을 감안하면 그것은 쉽게 결정할 수 있는 문제가 아니었다. 그래서 혜란은 알아서 피임을 계속 하면서 스테노에게도 이해를 시켰다. 한국에서 아내의 친정 엄마들이 딸과 손자 손녀를 위해 헌신하는 모습들을 얘기만 듣다가 직접 자신의 집에서 경험을 하게 된 스테노는 혜란의 입장을 이해하고도 남았다. 또한 자신도 어떻게든 회사 일에 성공해서 심적으로나 물적으로나 장모님께서 사위 걱정을 안 하시게 하는 것이 자신이 장모님의 은혜에 보답하는 길이라고 생각했다. 그런 마음가짐으로 회사도 착실히 이끌어 신제품 출시가 이어졌고 회사의 중국 진출도 가속화 되어 상해에 별도의 법인도 설립하게 되었다. 그 과정에서 혜란이 스테노의 회사 일에 이런저런 도움을 주기도 했다. 혜란의 소개로 대학과 공동 개발한 스테노의 신제품이 시장에서 큰 호응을 얻어 회사의 대박 상품이 되고 대학의 산학협력 실적에도 보탬이 되었다. 연구논문과 산학협력에 두드러진 실적을 내는 혜란에게 대학에서도 우수교직원 표창을 하며 격려했고 성과급에도 좋은 영향을 끼쳤다.

39

바쁜 가운데 자식의 도리를 다하면서 가장의 자리를 지키려고 애쓰는 스테노에게 혜란은 늘 고마움을 느꼈다. 그렇다고 부부의 결혼생활이 언제나 '사랑'과 '평화'의 나날은 아니었다. 중국 법인까지 설립돼 스테노의 출장도 잦고 거래처가 늘어나 만나는 사람도 많아지면서 스테노의 주변에 신경이 쓰였다. 특히 거래처의 여직원들이 이국적인 외모의 스테노에게 보이는 지나친 관심에 남편이 자칫 현혹되지나 않을까 하는 염려가 있었다. 그런 염려가 말로 표출될 때마다 스테노는 "돈 워리!"라고는 하지만 혜란의 마음 한 구석에 스멀거리는 불안감은 떨칠 수 없었다. 혜란이 스테노의 인품을 믿고 그의 사랑에 조금도 의심이 없는데도 때로 집으로 걸려오는 여자들의 전화에는 신경이 거슬렸다. 스테노는 비즈니스라고는 하나 혜란의 입장에서는 단속할 필요가 있어 대놓고 지적을 하긴 했다. 그런데 하루는 퇴근을 하고 집에서 쉬고 있는 저녁시간인데 어디선가 걸려온 전화를 받고 상복을 찾았다. 거래처 여직원의 부친상이라 조문을 다녀와야겠다고 했다. 다음날 가도 되지 않느냐고 해도 굳이 지금 가야 한다고 고집을 부렸다. 불길한 예감이 든 혜란은 같이 가자고 해 옷을 챙겨 입고 따라 나섰다. 스테노는 혜란의 동행이 내키지는 않았으나 극구 말리지는 않았다. 그래서 두 사람은 스테노의 차를 타고 대전에 있는 장례식장으로 갔다. 두 사람은 함께 상주에게 예를 갖추고 조문을 한 다음 상주인 여직원의 안내로 식사 중인 문상객들 틈을 비집고 대여섯 명의 젊은 여자들만 모여 있는 안쪽 구석의 테이블로 갔다. 일어나서 반갑게 인사를 하는 여자들은 모두 혜란에겐 초면인 거래처 여직원들이었다. 스테노가 한 사람씩 소개를 하고 혜란도 정중하게 인사를 나누었다. 좌중에서 오가는 대화의 내용이나 분위기로 보아 서로 친숙한 사이인 것 같았다. 스테노와도 격의 없이 많은 말이 오갔다. 그중에는 혜란이가 듣기에 거북한 사생활 부분도 적지 않았다. 그날 문상 계획도 모임을 주도하는 여자가 단체 조문을 주진하면서 갑자기 이루어졌고 그녀가 스테노에게 전화를 걸어 같이 가자고 한 것이었다. 쉽게 생각하면 충분히 그럴 수 있는 일이었으나 남편이 젊은 여자들에게 휘둘리는 것 같아 혜란은 영 기분이 좋지 않았다. 더구나 있는 줄도 몰랐던 그런 거래처 여직원 모임을 스테노가 주선했다고 하는 데는 기분이 상해서 더 앉아 있을 수가 없었다. 혜란은 더 있고 싶어 하는 스테노를 데리고 집으로 돌아왔다. 혜란은 차 안에서도, 집에 와서도 어떤 말도 할 기분이 아니었다. 스테노가 평소 거래처 여직원들을 어떻게 대했는지 상상이 되는데다 회사 일에 대해 웬만한 얘기는 다 했으면서도 여직원 모임에 대해서는 왜 말을 안했는지 이해할 수 없었다. 스테노도 회사 일을 잘 해보기 위해서 아이디어를 낸 일인데 혜란이 과민하게 반응을 하는 것 같아 심기가 불편했다. 여직원 모임에 대해 말을 안 한 것도 혜란에게 신경 쓰이게 하고 싶지 않아서였는데 자기가 마치 바람이라도 피울 흑심이 있었던 것처럼 혜란이 생각하는 것 같아 스테노는 억울하지만 해명을 할 필요가 있었다. 스테노는 혜란을 티 테이블에 앉게 해 찻잔을 건네며 자초지종을 설명하고 의심하거나 오해할만한 어떤 일도 없었음을 알아달라고 했다. 미리 얘기를 안 한 것은 나름 배려를 한 것인데 잘못 판단한 것 같다고 사과했다. 사실 스테노에게도 혜란이 자기를 이해해 주지 못하고 이런 불편한 상황이 되는 것은 잘 이해가 되지 않았다. 자기가 뭘 잘못했다고 이렇게 구구절절 해명까지 해야 하는지 한편으로 생각하면 화가 나는 일이었다. 그러나 스테노는 자신이 참고 혜란의 이해를 구하는 게 낫겠다고 생각했다. 집에 장모도 계시니 시끄럽게 할 수가 없는 상황도 그렇고 '여자의 마음'을 남자가 헤아려야 하는 게 맞는 것 같았다.

혜란도 상한 기분을 질질 끌며 스테노를 다그쳐 다시는 안 그러겠다고 항복이라도 받아내야 할 일은 아니라는 걸 잘 알았다. 그래서 자신이 느낀 서운하고 께름직한 느낌을 어떻게든 청산할 수 있게 스테노가 사과를 해줄 때 기분을 푸는 게 옳은 일이라고 생각했다. 혜란은 스테노에게 아내가 신경 안 쓰게 하려는 배려는 고맙지만 지나친 배려가 쓸데 없는 오해를 빚을 수도 있으니 가급적 오픈하고 특히 여직원들이 사생활 영역까지 넘나들게 경계를 허무는 일은 없도록 일침을 가하는 선에서 일단락을 지었다. 스테노는 잘 알아들었음을 말과 스킨십으로 확인시켜 주었다. 그렇게 시작된 스테노의 애무는 닫힐뻔한 혜란의 마음과 몸을 열어 그날 밤도 뜨거운 밤이 되었다.

40

그라시야가 네 살이 되어 말도 곧 잘 하고 집 안이나 밖에서 뛰어다니기까지 할 때 혜란의 방학을 이용해 스테노는 장모님을 동반한 가족여행을 추진했다. 슬로베니아 고향에 갔다가 돌아오는 길에 상해 현지 법인을 둘러보고 오는 계획이었다. 혜란도 처음 가는 가족여행이라 스테노의 계획을 적극 지지했다. 자신이 공부하고 연애를 했던 도시를 그라시야를 데리고 슬로베니아는 처음인 엄마와 함께 다시 찾게 되어 가슴이 설렜다. 시어머니뿐만 아니라 크레프트와 블랭카를 만나면 줄 선물을 챙기며 즐거운 마음으로 여행 준비를 했다. 그들에게 그라시야만큼 좋은 선물은 없을 거라는 생각이 들어 그라시야에게도 사진을 보여 주며 미리 얼굴을 익히게 했다. 화상통화가 가능해지고부터는 시어머니와 그라시야가 종종 화상으로 만나 낯을 익히기는 했으나 언어소통은 어려워 말은 몇 마디 나눠보지 못했고 직접 대면은 이번이 처음이었다.

스테노가 가족을 이끌고 류블라냐 공항에 도착했을 때 친구가 스테노의 어머니를 모시고 공항에 마중을 나왔다. 모처럼 스테노의 온 가족이 반가운 해후를 하였고 스테노의 본가로 가 첫 밤을 화목하게 보냈다. 스테노의 어머니는 사돈인 혜란의 엄마를 춘천 결혼식장에서 본 후 두 번째 만남이었지만 처음 슬로베니아를 방문한 사돈을 집에서 맞이하는 데 특별한 의미를 부여하며 정성을 다했다. 그라시야도 말은 안 통해도 혈육의 정이 끌려서인지 처음 만난 할머니를 낯가리지 않고 잘 따랐다. 스테노는 일주일간의 모국 방문 일정을 치밀하게 짜서 스케줄대로 여행길에 올랐다. 7인승 밴을 빌려 양가 모친과 스테노의 가족이 마리보–류블라냐–블레드–포스토이나–피란–라스코를 한 바퀴 도는 일정이었다. 류블라냐에서는 이틀을 묶으며 크레프트 교수와 혜란과 스테노의 친구들을 만났다. 마리보에서도 하루 체류를 하며 블랑카 교수와 친구들을 만나 즐거운 시간을 가졌다. 가는 곳마다 그라시야가 단연 가장 많은 사랑을 받았다. 크레프트와 블랑카는 마치 친손녀처럼 반기고 선물도 듬뿍 안겨 주었다. 혜란의 엄마는 딸을 지도하고 아껴준 교수들에게 정중히 감사 인사를 드리고 준비해간 선물도 드렸다. 교수들은 이구동성으로 혜란과 스테노의 성품과 자질에 대해 칭찬을 아끼지 않으며 이민족 간의 소중한 인연을 경이로워했다. 혜란이 통역한 엄마의 대답도 매번 "하늘이 맺어 준 천생연분"이었다. 슬로베니아에 대한 인상을 묻는 교수들의 질문에 엄마는 사공이 노를 젓는 배로 건너가 본 블레드섬, 꼬마기차를 타고 둘러본 포스토이나 동굴, 환상적이었던 피란해변 등 가는 곳마다 슬로베니아의 자연 경관에 감탄했다고 했다. 한국 같으면 천연기념물 급이 될 만한 우람한 거목들이 도심 곳곳에 즐비한 것과 류블라나 근교의 국립수목원에서 서너 시간 체험하면서 느낀 이곳의 천혜의 생태 환경에 대한 느낌을 제대로 말로 표현할 수 없다고 했다. 사실 혜란도 처음 류블라냐에 왔을 때 같은 느낌을 받았었다. 그만큼 나무도 살기 좋은 환경이니 사람에게는 더할 나위 없을 것 같았다. 식물이 살지 못하는 데는 사람도 못 살고 식물이 잘 사는 데는 사람도 잘 살고 문명도 발달했다는 것을 TV다큐에서 본 적이 있는 엄마도 "사위가 이렇게 아름다운 곳에서 나고 자라 품성이 착하고 이곳 사람들도 인정이 넘친다."는 생각이 든다고 했다. 그러면서 딸도 이곳에서 공부하면서 좋은 기운을 많이 받았겠다는 생각 끝에 혜란의 손을 잡아주며 마음속으로 성모님께 감사하는 기도를 드렸다.

스테노는 가족여행의 마지막 일정을 라스코에서 보내기로

하고 미리 예약해둔 리조트로 가족을 안내했다. 그곳은 며칠씩 숙박을 하며 의료진으로부터 검진도 받고 여러 가지 힐링테라피를 제공받을 수 있는 의료관광 명소였다. 1층에 수영장도 있어서 가족들은 여장을 풀고 곧장 수영장으로 갔다. 양가 할머니들이 그라시야를 튜브에 태우고 즐겁게 물놀이를 했다. 혜란과 스테노도 오래간만에 수영을 즐기며 여행 중에 쌓인 피로를 풀었다. 수영을 마치고 레스토랑에서 저녁식사를 하며 스테노는 근처에 라스코 맥주공장이 있다며 라스코 맥주를 시켜 한 잔씩 따라 주었다. 혜란은 라스코 맥주의 맛을 음미하며 리조트 로비에서 집어온 타블로이드판 신문을 펼쳤다. 처음에는 그것이 지방신문인가 했는데 리조트에서 운영하는 힐링테라피와 각종 건강정보를 담은 정기간행물이었다. 한국에서도 여러 곳의 리조트를 다녀보았지만 이렇게 정기간행물까지 펴내며 힐링으로 특화된 곳은 보지 못했다. 이곳 리조트의 운영방식이 배울 게 많다는 생각이 들어 혜란은 신문을 접어 백에 넣었다.

41

슬로베니아에서의 모든 일정을 마치고 스테노는 어머니와
의 석별을 아쉬워하며 가족을 데리고 빈을 거쳐 회사의 중
국 법인이 있는 상하이로 갔다. 공항에 내리자마자 현지 직
원의 안내로 일행은 법인 사무실부터 찾았다. 법인 사무실
은 동제대학(퉁지대) 캠퍼스 내에 있었다. 스테노는 이곳에 출
장을 몇 번 다녀간 적이 있었지만 혜란과 엄마는 상하이가
처음이었다. 대학 정문을 들어서는데 본관 앞에 큼지막한
모택동의 동상이 우뚝 서 있어 중국에 온 것을 실감나게 했
다. 동제대학(퉁지대)은 1907년 독일 정부 및 상하이에 거주
한 독일인 의사들에 의해 설립되었다. 중국의 대학 중 독일
을 비롯한 유럽 각국의 대학과 가장 활발한 교류활동을 진
행하고 있는 대학인 동제대는 공학 교육에 중점을 두고 있
는 종합대로 중국의 '100대 대학', '30대 명문대' 리스트에
포함된다. 그런 연유에서 캠퍼스의 한 건물에 독일계 회사의
사무실이 다수 입주해 있다. 스테노 회사도 컨소시엄에 참
여한 회사 중에 독일계 회사가 있어서 현지 법인 사무실을
이곳에 두게 된 것이다. 법인의 중국인 직원이 유창한 영어
로 회사 소개를 했다. 설립 초기라 아직 미진한 게 많지만

시장 잠재력과 회사의 경쟁력이 매우 크다고 스테노가 덧붙였다. 혜란은 회사도 회사지만 동제대학에 관심이 많았다. 교류할 수 있는 연구실이 있으면 교류를 하고 싶은 생각에 학과와 교수진을 자세히 알아본 후 다시 찾기로 마음먹고 일단 가족들과 근처의 호텔로 가 여장을 풀었다. 호텔 창으로 내려다보이는 시가지는 대도시의 위용 그대로였다. 정지 신호가 떨어져 교차로 신호등 앞에 멈춰선 수많은 자동차와 오토바이가 뒤섞인 차량 행렬이 혜란의 시선을 끌었다. 스테노는 심화되는 매연을 걱정하며 아는 대로 주변 지리와 상하이에서 보낼 이틀간의 여정에 대해 설명을 했다. 저녁식사는 법인 직원이 안내한 호텔 근처의 중식당에서 고량주를 곁들인 만찬이었다. 그라시야는 처음 보는 회전식탁이 신기한지 연실 테이블을 돌리며 재미있어 했다. 외할머니는 그런 그라시야에게 시선을 떼지 못하고 같이 테이블을 돌리고 잡아주기를 반복했다. 스테노와 혜란은 직원들과 회사가 주력하는 신제품에 대한 중국에서의 시장 전망 등 주로 회사 일에 대한 대화를 이어갔다. 혜란의 아이디어도 보태진 제품이라 수첩을 꺼내 메모를 해가며 경청하는 혜란의 모습은 만찬이라기보다는 비즈니스의 연장이었다. 지금은 한국에서 주문자 상표 부착 생산(original equipment manufacturer,

OEM) 방식으로 생산해 중국에서는 마케팅만 하고 있는데 매출의 추이에 따라 중국 공장을 설립해야 할지도 모를 일이어서 스테노에게도 정확한 자료와 판단이 필요했다. 내용을 잘 모르고 아는 체 할 수도 없어서 손녀만 돌보고 있던 장모에게 스테노가 죄송한 느낌이 들었던지 직원의 가방에서 제품을 꺼내 장모에게 보여드렸다. 한국에서는 자주 먹어 본 것이었지만 중국어로 포장된 제품을 현지에서 보니 혜란과 스테노에게조차 새롭게 보였다. 제품은 다섯 가지 맛을 한 제품에 담은 디저트 겸용 에너지바였다. 상품명도 '오미바'였다. 스낵의 기본 제형은 금괴모양의 두툼한 직사각형이나 각각의 맛을 선택할 수 있게 맛이 달라지는 부분에 깊게 칼집을 넣어 쪼개지게 만든 것이었다. 맛에 따라 재료와 색도 달랐는데 그것을 위한 재료 선택 및 가공법, 재료들의 생리적 효능 등에 대한 산학협력 연구과제에 혜란도 참여를 했었다. 제품을 살펴본 혜란은 포장지에 오미(五味)를 내는 재료에 대한 중국어 설명을 주문했다. 스테노도 좋은 생각이라며 최대한 짧게 해 포장지에 담을 수 있게 해보자고 직원들과 숙의를 했다. 듣고만 있던 장모도 한 마디 거들었다. 맛을 세분하는 게 가능할 수만 있다면 팔미(八味)가 어떻겠느냐고 했다. 중국 사람들이 좋아하는 숫자, '팔(八)'을 제품에 반영하자는 뜻이었다. 혜란과 스테노 그리고 직원 모두 무릎을 치며 "바로 그것!"이라고 동감을 표했다. 혜란은 제품의 이름도 즉석에서 제안했다. 숫자 팔(八)과 에너지를 뜻하는 힘 력(力)을 합친 '팔력바(EEB, Eight Energy Bar)'로 이름을 지으면 좋겠다고 했다. 그리고 맛과 힘을 연결하는 "맛은 힘이다!"라고 하는 광고문구도 제안했다. 스테노는 '오미바'는 그대로 두고 '팔력바'는 신제품으로 개발하는 게 좋겠다고 결론을 내렸다. 재료, 제형, 광고 등 한국에 가서 더 연구를 해보기로 하고 일행은 만찬장을 나와 상하이의 야경을 즐겼다.

42

상하이에서 이틀 동안 푸동과 대한민국임시정부 등 몇 군데를 관광하고 스테노는 가족과 함께 인천행 비행기에 올랐다. 열흘간 그라시야와 장모를 동반해 여행하느라 몸은 피곤했지만 스테노와 혜란에게 이번 여행은 여러 가지로 의미가 커 만족스러웠다. 단순한 관광이 아니고 배운 게 많은 수학(修學)여행이었다. 스테노는 향수도 달래고 새로운 아이템도 얻게 된 것은 물론 혜란과의 사랑을 거듭 확인할 수 있었던 것이 좋았다. 돌이켜 보면 십 년 가까이 자신에게 조래된 변화의 근원이 '혜란'이었음이 분명했다. 혜란을 만나지 못했으면 상상조차 할 수 없는 일들이 자신의 이력이 되고 삶의 원동력이 된 것을 인정하지 않을 수 없었다. 스테노는 옆자리에서 곤히 잠든 혜란의 머리를 자신의 몸에 기대게 하고 혜란의 목 언저리까지 모포를 끌어당겨 덮어 주었다.

집으로 돌아온 스테노는 여독이 풀릴 새도 없이 회사에 나가 본사에 출장 보고를 하고 신제품 개발 업무로 연일 바쁘게 지냈다. 혜란도 아직 개강은 멀었으나 엄마가 주신 아이디어로 신제품 개발에 나선 스테노를 뒷받침 하느라 매일 실험실에서 이런저런 실험을 했다. 한 학생은 석사 졸업을 해야 해서 그에 대한 논문지도도 혜란의 주요한 일과였다. 엄마는 그라시야를 단지 내 어린이집에 보내고 돌아올 때까지 가사 일을 돌보느라 여전히 눈코 뜰 새가 없었다. 매일 가족들과 한식으로 저녁을 먹는 스테노가 그동안 한국음식에 잘 적응해 주어 스테노의 입맛에 맞는 밑반찬을 만드는 일도 초반처럼 어렵지는 않았다. 그래도 백김치와 동치미를 좋아하는 사위가 고마워 아무리 바빠도 김치가 동이 나는 일이 없게 하는 데는 신경이 쓰였다. 김치가 맛있으려면 재료가 좋아야 해서 맛있는 배추와 무를 고르느라 유성시장까지 다녀오기도 했다. 요즘엔 단골집을 정해 놓고 사위가 운전하는 차로 장을 보다 보니 단골 야채가게 주인도 스테노와 농담을 할 정도로 친분이 두터워졌다. 그러다 보니 과년한 딸을 둔 가게주인이 스테노만 보면 슬로베니아 청년을 소개해 달라고 떼를 쓰다시피 하는 것도 예삿일이 돼버렸다.

그라시야는 집에서 할머니와 있는 시간이 많아서인지 우리말을 비교적 빨리 익혔다. 그래서 어린이집에서도 아이들과 잘 어울렸다. 아이들이 다 그렇지만 이국적인 생김새는 문제가 되지 않았다. 스테노도 처음엔 그 점이 염려가 되었는데 어린이집 선생님이 보내오는 문자와 영상을 보면 괜한 기우였다. 선생님은 그라시야가 프로그램에 참여도 잘 하고 의사 표시에도 적극적이라고 했다. 체육시간에도 선생님을 따라 몸놀림을 유연하게 잘 한다고 해 혜란도 딸이 운동을 좋아하는 자신을 닮은 것 같아 흐뭇했다. 스테노는 슬로베니아인으로서의 그라시야의 정체성은 여전히 불안요인이었지만 한국인으로 사는 데는 별 문제가 없을 것 같아 안도했다. 초등학교, 중학교 등 이후의 성장과정에서도 그라시야가 '다문화가정'으로 인해 조금의 혼란과 어려움을 겪는 일이 없기를 바라는 마음은 혜란도 스테노와 다를 바 없었다. 한국에서 다문화가정을 이루고 있는 외국인 수가 10만 명이 넘어서고 있는 점도 그라시야의 밝은 미래를 점치게 하는 것이라고 엄마도 공감을 했다. 더구나 그라시야는 아빠가 한국에서는 보기 드문 슬로베니아인이니 아빠에게서 슬로베니아의 언어와 기질과 정서 등을 잘 배우면 이 다음에 커서 어떤 일을 하든지 엄마아빠의 모국을 위한 민간 외교에도 크게 기여할 수 있을 것으로 기대된다고 했다. 스테노와 혜란은 엄마의 그런 기대가 어긋나지 않게 그라시야를 잘 키워야겠다는 다짐을 했다. '좋은 노력의 결과는 영광스럽고 예지의 뿌리는 소멸되지 않는다'는 지혜서의 성경 말씀을 되새겨 보기도 했다.

43

혜란의 도움을 받아 스테노의 새 아이템도 상품화 되는데 속도가 붙었다. 본사에서는 광고에 예산을 더 쓰도록 허용해 주었다. 중국 시장을 겨냥한 '팔력바'는 한국은 물론유럽에서도 가능성이 높다는 것이 본사의 판단이었다. 굳이범세계적인 화교의 분포를 고려하지 않더라도 웰빙에 소비자의 관심이 높은 것은 국경을 넘어 글로벌한 대세라는 것이다. 내용물과 외관상의 품질이 좋고 위생적인 마케팅이 보장되면 소비를 이끌어내는 것은 시간문제라는 데는 스테노도 동감이었다. 국지적이긴 하지만 스테노가 개발한 '오미바'의 안착이 그 증거이기도 했다. 재료를 굽고 가공하는 데 스테노만의 원천기술이 있으므로 누구도 쉽게 흉내를 내지 못하는 것도 신제품의 경쟁력을 뒷받침하는 것이었다. 혜란이 주관했던 원료만이 아닌, 가공 후 최종 제품에 대한 생리활성 검증에서도 오히려 원료보다 항산화, 항당뇨, 항비만 등에 더 높은 활성을 보여 저명한 국제학술지에 논문을 내 채택되기도 했다. 논문에 스테노의 이름도 공저자로 오르는 것은 당연했다. 혜란은 그런 제품이 고향인 춘천의 특산품이 되지 못하고 지역 연고 없이 컨소시엄 회사의 주력 상품으로만 유통되는 데 아쉬움이 컸다. 그래서 기회가 되면 학부 은사인 박교수와 공동으로 고향의 특산식품을 개발하고 싶은 마음이 컸다. 스테노에게도 자신의 '고향사랑'에 대한 의중을 전하고 그의 원천기술에 대한 지원을 요청했다. 스테노는 흔쾌히 혜란의 요청을 수용해 혜란과 같이 춘천에 가서 박교수를 만났다. 결혼식 이후 첫 만남이었다. 크레프트와 블랑카 교수와도 20여 년 교류해 온 박교수는 오래간만에 연구실로 찾아온 두 사람을 반갑게 맞았다.

"교수님! 그간 안녕하셨어요? 자주 찾아뵙지 못해 죄송해요. 사모님도 안녕하시지요?"

혜란이 인사를 하며 손을 잡고 있던 그라시야에게도 인사를 시켰다.

"오! 이 친구가 그라시야구나. 많이 컸네!"

박교수가 손을 내밀어 악수를 청하자 그라시야도 "안녕하세요?" 하면서 손을 내밀었다. 박교수는 스테노와도 악수를 나누고 일행을 의자에 앉게 했다.

"교수님! 완전 백발이 되셨네요."

"그럼. 많이 늙었지?"

"그래도 멋지세요. 교수님!"

"요즘도 연구 많이 하시지요?"

"해야 하는데 예전 같지가 않네. 대학원생도 잘 안 오고. 정년도 얼마 안 남아서……."

"교수님 정년이 언제세요?"

"이제 5학기 남았네. 2년 반."

"예? 벌써 그렇게 되었나요?"

"그럼 송박사가 처음 내 방에 온 게 언제인데?"

"하긴 그렇네요. 그라시야도 벌써 여섯 살이니까요."

"교수님! 요즘도 크레프트 교수님과 연락을 하세요?"

스테노가 벽에 걸린 카렌다를 가리키며 물었다. 박교수의 책상머리에 슬로베니아 영양연구소에서 발행한 카렌다가 걸려 있었다.

"그럼. 연락하지. 크레프트 교수가 매년 카렌다를 보내 주시지. 이번에는 표지에 타타리메밀 사진을 박았네. 그리고 달마다 타타리메밀 음식 사진을 실었어."

박교수는 카렌다를 내려 한 장씩 넘기며 스테노에게 보여 주었다.

"이 빵은 자네도 마리보에서 만들었던 것 아닌가?"

"맞아요. 교수님!"

스테노는 자신이 만들어 보았던 타타리메밀 빵을 카렌다를 통해 박교수의 연구실에서 재회하는 것이 감개무량했다. 혜란도 크레프트의 손으로 부쳐져 온 카렌다를 넘겨보며 지도교수의 숨결을 느끼는 듯 감회에 젖었다. 카렌다에는 빵 이외에도 타타리메밀로 만든 요리와 쿠키도 있었다. 혜란은 마리보에서 자기가 모두 먹어 본 것이라며 춘천에서도 이런 것을 만들면 좋겠다고 했다. 스테노도 혜란의 말에 공감을 표하며 오늘 방문하게 된 목적도 그것이라고 했다. 박교수는 좋은 제안이라고 반기며 자리에서 일어나 카페에 가서 자세히 얘기해 보자고 했다.

"학교에 카페가 있어요?"

혜란이 따라 일어서며 몰랐었다는 듯이 말했다.

"그럼. '마운틴'이라고 네 군데나 있지."

"제가 다닐 때는 하나도 없었는데……."

"그렇지. 그땐 자판기가 전부였지."

카페로 옮긴 박교수는 혜란과 스테노에게 마실 것을 주문하게 하고 그라시야에게는 쿠키를 사 주었다. 음료와 함께 학교에서 만든 빵과 아이스크림을 파는 마리보 IC Piramida 직업대학의 카페와는 달리 빵과 쿠키는 다른 데서 만든 것을 갖다 놓고 파는 것을 알고 혜란과 스테노는 이 대학에 제과·제빵을 전공하는 학과가 없는 것을 아쉽게 생각했다. 진동벨이 울려 각자 주문한 커피와 음료를 혜란이 가져와 서빙을 했다. 박교수는 커피를 마시면서 혜란의 지역특산품 개발에 대해 입을 열었다.

"송박사가 우리들의 오랜 숙원을 잘 지적했네. 나도 늘 아쉽게 생각되어 기회 있을 때마다 시청 담당자나 기업가들에게 제안을 했는데 추진이 잘 안 되었네. 어느 핸가 막국수체험박물관에서 담당공무원이 의욕적으로 메밀쿠키를 만들어봤는데 축제 기간에 잠깐 선을 보이고 지속적인 사업화는 안 되고 말았지."

"왜 그런가요?"

스테노가 이해가 안 된다는 듯이 그 이유를 물었다.

"어디서든 시장성이 있는 고품질의 특산식품을 만들지 못하는데다가 관에서든 민간에서든 투자 의지가 없어서이겠지."

"사업성에 대한 확신이 없어서인가요?"

혜란이 찻잔을 내려놓으며 물었다.

"그렇다고 볼 수 있지. 춘천은 막국수가 유명하니까 그 원료인 메밀로 차나 쿠키 등 여러 가지 가공식품을 만들어 관광특산품으로 활용하면 좋을 텐데 그게 쉽지 않네. 내가 교수가 되었을 때부터 하던 얘기인데 이제 퇴직이 가까워 오는데도 지난 30년 동안 제대로 개발된 게 없네. 메밀연구자로서 나도 책임을 많이 느낀다네."

"그래도 교수님은 '메밀' 잡지도 펴내시고 메밀의 대중화를 위해 노력을 많이 하셨잖아요? 언젠가 교수님의 딸이 '메밀' 잡지의 표지 모델이었던 게 생각나요."

혜란이 학부 때 보고 들은 박교수의 메밀 관련 행적을 기억해냈다.

"그랬지. 그 애가 3년 전에 결혼해서 아들도 낳았네. 왜 송박사도 프라하 메밀학회 때 봤지? 그때 그 애가 여고생이었는데…….”

“예, 생각나요. 마리보까지 같이 갔다가 메밀밭 필드투어 하기 전에 먼저 가셨지요?”

혜란은 교수님이 2008년 프라하 세계메밀학회 때 가족과 같이 학회에 참석하고 마리보 직업대학에서 개최한 심포지엄에까지 참석하셨던 것이 생각났다.

“제가 스테노를 처음 만난 게 그때 마리보에서였어요.”

“그랬나? 그럼 그때의 인연으로 결혼까지? 메밀이 맺어준 대단한 인연이구먼.”

“예. 그렇습니다. 저희는 메밀심포지엄에서 만나 메밀 연구도 같이 하고. 메밀과 인연이 깊습니다.”

스테노가 메밀로 인해 혜란을 만나고 결혼해서 메밀국수로 유명한 혜란의 고향에까지 오게 된 게 인간으로서는 예측도, 예정도 불가한, 하느님의 인도 때문임을 느낀다고 했다. 그리고 기회가 되면 혜란의 고향에도 도움이 되는 일을 하고 싶다고 했다. 박교수는 가능한 일이라고 했다. 최근 지역의 업계에서도 메밀차 개발을 위한 움직임이 있고 강원도에서도 메밀을 비롯한 잡곡의 진흥을 위한 관심과 노력이 보인다고 했다. 아이디어를 잘 내서 가능성을 보이면 관의 지원과 기업의 투자 유치를 이끌어낼 수 있을 거라고 변화조짐이 보이는 최근의 지역 분위기를 전해 주었다.

"저희도 교수님이 퇴직하시기 전에 교수님과 같이 연구를 해서 당장은 작아도 미래를 위한 씨앗이 될 만한 가시적인 성과를 냈으면 좋겠어요. 교수님 생각은 어떠세요?"

혜란이 박교수의 결심을 재촉하듯 말했다.

"나야 송박사 부부가 나서주면 천군만마를 얻는 것이지."

"천군만마가 무엇입니까?"

스테노가 박교수의 말을 끊으며 끼어들자 혜란이 영어로 그 뜻을 설명해 주었다. 박교수가 말을 이어갔다.

"나도 사실 정년이 3년도 안 남아 이제 갖고 있는 메밀종자도 할 만한 데다 넘겨주고 메밀연구에서 손을 떼야 하나 고민을 하던 중이었네. 종자개발이 꼭 필요한데 혼자서는 대대적으로 벌일 여건이 안 돼 냉장고에 계속 처박아 두었었지. 냉장을 해도 종자 수명이 무한하지는 않아 언제 종자수명이 다할지도 모르겠고. 그래서 누가 해보겠다고 하면 넘겨줄 생각을 하고 있었네."

박교수의 설명에 혜란이 정색을 하고 말렸다.

"그러지 마시고 교수님은 종자개발 완성하시고 저희들과 특산품 개발도 같이 하시지요?"

"그렇게 하세요. 저도 열심히 돕겠습니다."

스테노도 혜란의 제인을 거들며 박교수의 표정을 살폈디.
박교수도 마지막 기회라는 생각이 들어 그 자리에서 농의를
했다. 그리고 종합적인 연구개발과제를 구상해 보자고 했다.
박교수는 재킷 안주머니에서 수첩을 꺼내 정리된 생각을 써
내려갔다. 아이디어를 몇 개로 나누어 여러 부처의 공모 과
제에 신청서를 내보기로 했다. 각각의 과제에서 각자 할 일
도 적었다. 미리 필요한 자료를 준비해 두었다가 과제공모기
간에 양식에 맞춰 신청을 하기로 했다.

혜란이 저녁을 사겠다고 했으나 박교수는 그라시야도 있
고 갈 길도 머니 오늘은 일찍 가는 게 좋겠다고 설득해 송박
사 가족을 세종으로 돌려보냈다.

44

박교수와 송박사가 세종과 춘천을 번갈아 오가며 작성해
낸 과제신청에서 다행히 두 과제가 선정되었다. 하나는 박교
수가 주관책임자이고 다른 하나는 송박사를 주관책임자로
하는 것이었다. 스테노는 본사의 승인을 받아 송박사 과제에
연구원으로 참여하는 것으로 하여 연구팀을 구성했다. 연구

비에서 인건비 지출이 가능하므로 과제별로 대학원생도 확보했다. 2년에 걸친 연구과제는 계획대로 잘 진행이 되어 결과를 모아 논문도 몇 편 내고 대학원생의 학위논문도 완성을 했다. 연구 수행과정에서 개발한 몇 가지 핵심기술에 대해서는 박교수와 송박사 내외 공동으로 특허를 출원, 등록하기도 했다. 규정상 특허권은 대학소유로 되어 있으므로 절차에 따라 대학으로부터 기술이전을 받을 수 있게 송박사가 실험실 창업을 해서 제품개발에 직접 나서게 되었다. 스테노와 협의 끝에 회사이름을 동, 서, 남, 북, 중앙을 의미하는 '오방(Obang)'이라 지었다. 그리고 창업을 장려하는 정부 정책에 따라 고용노동부의 지원프로그램에도 신청해 필요한 인력도 지원 받게 돼 춘천을 연고로 하는 특산품의 개발은 차질 없이 진행되었다. 스테노 회사의 신제품과 마찬가지로 일단 시제품으로 제품의 품질과 기능성, 시장성 등을 검증한 연후에 시장 출시를 위한 대량생산은 OEM 방식을 따르기로 했다. 회사 경영의 경험이 전무한 혜란에게 스테노의 역할은 매우 컸다. 결과적으로 집에서 가장의 역할을 빼고도 스테노는 한국법인장, 중국법인 조력, 혜란의 창업 조력 등 1인 3역을 하는 셈이었다. 그럼에도 불구하고 어느 것 하나 소홀히 하거나 책임을 남에게 미루거나 하지 않고 똑같이

제 일로 생각해 하나하나 집중력을 잃지 않고 성과를 이어 갔다. 그렇게 연구과제 수행이 바쁘게 진행되는 동안에도 스테노는 회사 일에도 최선을 다한 결과, 신제품 '팔력바'는 매출이 급증해 중국 현지에 공장을 설립하고 중국 내는 물론 유럽에까지 판로를 개척해 나갔다. 먼저 개발된 여러 가지 자사제품도 주력상품에 편승해 시장을 넓힐 수 있었다. 본사에서 스테노에 대한 신임에 조금도 변화가 없었고 성과에 대한 인센티브도 파격적으로 부여했다. 그 덕에 집값이 천정부지로 오른 세종에 본인 소유의 아파트를 갖게 되어 자신은 물론 혜란에게도 큰 선물이 되었다.

그 사이 새 집 말고도 가정적으로 큰 변화가 있었다. 그라시야가 초등학교에 입학해 3학년이 되었고 양가 할머니의 합동 칠순잔치도 세종에서 성대하게 벌였다. 혜란과 스테노는 각자의 어머니가 고령에 홀로 지내면서도 건강을 유지하는 것만 해도 다행한 일이었다. 그라시야가 커서 손이 덜 가게 되고, 단지 내 초등학교에 입학하고부터는 외할머니도 세종에서 철수해 춘천에서 혼자 지내면서 가끔 세종 나들이를 하셨다. 칠순잔치 때는 춘천에서 버스를 대절해 어머니의 친구들을 세종으로 모시고 와서 잔치를 하고 유성온천까지 들렀다 가게 해 혜란 부부에 대한 칭송이 자자했다. 스테노에게는 그런 한국의 잔치문화가 낯설면서도 어색하지 않게 동화되려고 애를 썼다. 그것은 그렇게 힘든 일이 아니었다. 누구나 다른 문화권에서 성장했다고 해도 인간에겐 공통된 정서의 스펙트럼이 있고 그 안에서 향유하는 정은 크게 다르지 않다는 것을 느꼈기 때문이다. 그것이 인간의 본성이고 본질이라고 해도 과언이 아닐 것 같았다. 그렇게 스테노는 심지가 곧고 따뜻한 품성 때문에 혜란과의 결혼생활을 10년 넘게 이어가면서도 부부싸움 한번 없이 때로는 친구같이, 때로는 오누이처럼 다정하게 살았다. 결혼한 부부가 초심을 잃지 않고 사랑하는 것은 동족끼리도 쉬운 일이 아니라는 것을 혜란도 잘 알고 있으므로 문화적·정신적 스펙트럼을 넓히려고 무던히 애써온 스테노의 10년 노력을 혜란도 인정하고 고마워했다. 살다 보면 부부 사이에 갈등과 충돌이 없을 수 없었을 텐데도 혜란과 스테노가 그런 순간을 지혜롭게 잘 넘긴 데는 그라시야의 공이 컸다. 의식적이든 무의식적이든 영민하게도 그라시야는 부모의 문화적 충돌을 완충하는 역할을 한 셈이다. 그라시야가 의식적으로 부모에게 어떤 역할을 하기에는 어린 나이지만 평소 부부 사이에 어떤 환경이 조성되는가는 그라시야의 성품 형성에 적지 않은 영향을 미칠 것이라고 혜란은 생각했다. 스테노도 그

점에 공감하여 혜란에게 언행에서 세심한 배려를 주문했고
자신도 그렇게 하려고 노력했다. 양가 할머니의 칠순잔치도
그라시야에게 웃어른에 대한 예(禮)와 공경의 모범을 보이는
차원에서 치밀한 계획 하에 치렀던 것이다.

45

  고용노동부의 지원을 받아 '오방'의 여직원을 한 명 채용하
게 돼 라오스에서 이주해 온 킴노이가 주 4일 실험실로 출
근해 시제품 생산을 도왔다. 그녀는 8년 전에 라오스에서 농
업전문대를 졸업하고 농촌 총각에게 시집을 와 연년생 남매
를 둔 가정주부였다. 한국에 오기 전부터 한글을 배운데다
영어도 어느 정도 할 줄 알았다. 킴노이의 더 큰 강점은 한
국에 와서 남편의 농산물 가공사업을 돕기 위해 농업기술센
터에서 가공교육 전 과정을 이수하고 실무경험도 다년간 쌓
은 경력이다. 킴노이와 같이 일해 본 한국농수산대 김교수
의 소개로 혜란은 주저 없이 그녀를 오방 직원으로 채용한
것이다. 김교수는 혜란의 학부 시절에 박교수 밑에서 석사과
정을 이수해 혜란과는 오래전부터 잘 아는 사이였다. 킴노이

의 주된 역할은 준비된 다양한 재료를 레시피 대로 혼합하고 스테노가 개발한 몇 가지 공정으로 시제품을 만드는 것이다. 재료 중에는 메밀도 포함되어 있어 메밀 제품은 박교수의 중재를 통해 춘천의 특산품으로 활용할 계획이었다. 혜란과 스테노가 회사 이름을 '오방'으로 지을 때는 생산된 제품이 오방으로 팔려나가라는 의미도 있지만 생산 과정에서도 세계 여러 나라 출신의 인력이 참여하기를 바라는 의미에서였다. 다문화가정인 킴노이는 그런 의미에도 부합했다. 안타까운 것은 라오스에서 그녀를 데려와 아이도 둘씩이나 낳고 잘 살아보려고 애쓰던 남편이 3년 전에 트랙터전복 사고로 유명을 달리한 것이다. 시댁도 가난해 유가족을 보살펴 줄 형편이 못 되었다. 그때 마침 한농대의 김교수가 킴노이의 안타까운 사연을 듣고 연구과제에 연구보조원으로 그녀를 채용했다. 그녀는 성실하고 영리했다. 시키는 일은 차질 없이 완수했고 가끔 아이디어도 내 과제 수행에 적잖이 도움이 되었다. 김교수의 과제가 끝날 무렵 혜란이 직원을 구한다는 소식을 듣고 김교수가 적극 그녀를 추천했던 것이다. 혜란이 면접을 해보니 그녀가 믿음직했고 도와주고 싶은 마음도 들었다. 즉석에서 채용을 결정하고 학교 주변에 저렴한 방을 알선해 스테노와 함께 이삿짐도 실어다 주었다.

남편이 죽고 일을 찾아 떠돌다 보니 웬만한 세간은 시댁에 맡겨 놓고 간단한 취사도구와 이부자리 그리고 본인과 아이들 옷가지가 전부였다. 혜란으로부터 킴노이의 처지를 듣고 이사를 도우며 직접 보기도 한 스테노도 측은한 마음이 들어 결정을 잘 했다고 혜란을 응원했다.

킴노이는 다섯 살과 여섯 살 된 두 아이를 돌보는 게 문제였다. 한정된 급여로 아이들을 어린이집에 보낼 형편은 못 되었다. 그런 사정 때문에 면접에서 안 될 줄 알았다. 그런데 혜란이 형편이 나아질 때까지 아이들을 실험실에 데리고 나와 공부를 시키도록 허용을 해주었다. 그렇게 쉽지 않은 배려를 해가며 자기를 채용해 준 혜란이 고맙기 그지없었다. 김교수는 자신이 다니는 교회 목사한테 부탁을 해 무상으로 교회에서 운영하는 어린이집에 아이들을 맡길 수 있게 해주었다. 킴노이는 김교수와 혜란 모두 참으로 고마운 한국인이라는 생각을 하며 남편 없는 고된 한국 생활에 그나마 위안을 얻었다. 그녀는 한국에 그렇게 고마운 사람들이 있다는 것을 아이들도 잊지 않게 교육을 잘 시켜서 아이들도 은혜를 갚고 은혜를 베풀 줄 아는 훌륭한 한국인으로 키워야겠다고 다짐했다.

그렇게 시작한 킴노이의 '오방' 생활도 일 년이 넘었다. 실험실을 드나드는 대학원생과 학부생들이 교대로 짬짬이 킴노이의 아이들을 지도하고 애정을 쏟아준 덕분에 아이들도 무척 밝아지고 일반 한국 가정의 아이들처럼 활기가 넘쳤다. 그런 놀라운 변화를 지켜보면서 킴노이도 더 열심히 일을 했다. 쉬는 날에도 일거리를 만들어 실험실에 나와 일을 할 때가 많았다. 그렇게 하다 보니 일하는 솜씨도 늘고 남다른 안목도 생겼다. 그런 킴노이의 향상은 혜란의 일에도 예기치 않은 도움이 되기도 했다. 그녀의 순간적인 기지와 응용력이 원안보다 더 나은 결과를 보일 때가 왕왕 있었다. 그런 점은 스테노에게도 신선한 충격이었다. 비전문가라 하더라도 고도의 집중력이 결과에 영향을 주는 변수가 될 수 있음을 의미하는 것이어서 정규 과정을 거치지 않은 킴노이지만 그녀에게 연구자의 자질이 엿보이는 것을 인정하지 않을 수 없었다. 킴노이의 공헌으로 연구과제의 중간평가 결과도 좋아 과제는 이듬해에도 계속되었다. 그러나 아이들은 더 이상 실험실로 데리고 다닐 수가 없었다. 아이들끼리 복도에서 장난을 치다가 작은애가 넘어져 팔에 찰과상을 입는 일이 있었다. 마침 청소 용역을 하는 미화원에게 목격되어 대학본부에 알려진 것이 화근이었다. 대학본부로부터 안전과 보안을 이유로 외부인에 대한 철저한 통제 지시가 떨어진 것이다. 중간에서 입장이 곤란했을 것도 같은데 혜란은 내색하지 않고 아이들 교육 상 필요하니 새해엔 유치원에 보내도록 조언을 했다. 아울러 김교수가 소개했던 곳처럼 무상은 아니어도 저렴한 비용으로 아이들을 맡길 수 있는 교회 유치원을 찾아 소개해 주었다. 아이들이 유치원에 잘 다닌다고 들은 게 엊그제 같은데 하루는 킴노이가 보이지 않아 수소문을 했더니 아이들 문제로 유치원에 갔다고 했다. 찾는 전화를 받은 킴노이는 경황이 없어 혜란에게 미리 말도 못하고 나왔다며 죄송하다고 했다. 어린이 집에서 킴노이의 아들이 다른 아이들에게 떠밀려 뒤로 넘어지면서 머리를 다쳤다고 했다. 다행히 큰 부상은 아니었고 근처 병원에서 서너 바늘 꿰매고 방금 유치원으로 돌아왔다고 했다.

혜란은 보지 않았어도 상황이 짐작이 되었다. 다문화가정의 아이들이 흔히 겪는 '따돌림'일 거라고 생각했다. 혹시 그라시야도 학교에서 반친구들로부터 따돌림을 받는 것은 아닌지 불안했다. 그라시야의 하교까지 기다릴 수가 없다는 생각에 혜란은 차를 몰고 그라시야가 다니는 초등학교로 갔다. 체육시간인지 아이들은 교실에 없고 다목적관에 모여 체육활동을 하고 있었다. 아이들은 둘씩 짝을 지어 배드민턴을 배우고 있었다. 그런데 그라시야는 짝이 없이 혼자서

라켓만 매만지며 서 있었다. 그런 그라시야를 보는 순간 혜란은 속이 부글부글 끓었다. 당장 선생님 앞으로 달려가 따지고 싶었지만 꾹 참고 그라시야가 안 보이는 곳에 몸을 숨기고 수업이 끝날 때를 기다렸다. 아이들이 교실로 돌아가자마자 갑자기 나타난 혜란을 보고 체육선생님은 당황했다. 자초지종을 따져 물었더니 아이들이 그라시야와 짝이 되는 것을 피해서 어쩔 수 없었다는 것이다. 딸이 왕따가 되고 있는 현장을 목도한 혜란은 자신도 어쩔 수 없는 다문화가정이라는 사실이 느껴져 속이 상했다. 슬로베니아에서 살았으면 지지 않아도 될 짐을 그라시야에게 지우게 한 것 같아 미안했다. 집에 가서 그라시야를 볼 생각을 하니 눈물이 앞을 가렸다. 귀가하는 아이들을 교문 앞에까지 인솔하고 교무실로 돌아온 담임선생님을 찾아뵈었다. 자초지종을 설명하고 상담을 드렸다. 담임선생님은 젊고 아리따운 여선생이었다. 어머니가 생각하는 것처럼 심각한 것은 아니라고 했다. 그라시야가 성격도 좋고 리더십도 있어서 아이들이 잘 따른다고 했다. 선생님은 아마도 뭐든지 잘 하는 그라시야에게 주눅이 든 아이들이 체육활동을 그라시야와 하면서 열등감을 느끼게 될까봐 그런 게 아니었겠냐고 나름대로 진단을 했다. 혜란은 아이들이 그렇게 판단을 했을 리 없다고 생각했다.

틀림없이 부모들이 개입해 아이들에게 그라시야를 기피하게 만든 거라는 생각이 든 혜란은 보통 문제가 아니라는 생각에 선생님이 뭐라고 했는지 하나도 귀에 들어오지 않았다. 연구실로 돌아온 혜란은 기다리고 있던 킴노이의 내방을 받았지만 동병상련의 기분이 들어 아무런 말도 할 수가 없었다. 그만 하기 다행이란 말만 하고 일찍 들어가 아이들이나 챙겨주라고 했을 뿐이다.

저녁에 스테노에게 이 상황을 말해 주어야 할 것인지 말 것인지도 고민이고 당장 그라시야가 집에 제대로 들어갔는지도 걱정이 되었다. 혜란은 핸드백을 챙겨들고 연구실을 빠져 나와 집을 향해 급하게 차를 몰았다.

46

집에 돌아온 그라시야는 아무렇지도 않게 TV를 켜놓고 어린이프로를 보고 있었다. 학교에서 아무 일 없었느냐는 엄마의 질문에 아무 일 없었다고 했다. 담임선생님의 추측대로 일견 혜란의 짐작만큼 심각한 것은 아닌 듯 했다. 혜란은 잠시 혼란을 느꼈다. 딸이 문제의식을 느끼지 못하는 것을 잘못 얘기해서 되레 문제의식을 갖게 하는 것은 아닐까? 그 것은 교육적으로 바른 태도인가? 혜란은 일단 진정을 하고 침착하게 그라시야를 좀 더 세밀히 관찰하는 것이 맞는 것 같았다. 방으로 들어가 평상복으로 갈아입고 컴퓨터를 켰다. 자신이 겪고 있는 문제와 유사한 사례가 혹시 인터넷으로 검색이 될까 싶어 이리 저리 클릭을 해 정보 탐색을 해보았다. 하지만 짧은 시간에 시원한 답이 될 만한 정보는 찾기 어려웠다. 따지고 보면 아이들의 문제라기보다 어른들의 문제일지도 모르니 쉽게 검색이 될 것 같지도 않았다.

그라시야의 부모에 대한 신상 파악을 한 후 엄마가 대학교수인 것을 알고 느끼게 된 일부 엄마들의 열등감의 발로인지? 아니면 일부 어른들의 국제결혼에 대한 관행적인 부정적 이미지의 반영인지? 자녀들로 하여금 그라시야를 기피하게 만드는 학부모들이 있다면 그들이 가질만한 타당성은 무엇인지? 혜란에게 추론 가능할 것 같은 몇 가지 가정이 떠오르기도 했다. 그러나 그것은 어디까지나 '내 생각'이고 이런 경우 가장 보편적인 판단은 일부 편협한 어른들의 선입견이 문제의 본질일 수 있다는 것이다. 그런 추정이 맞는 것인지? 문제가 아이들인지? 아이들의 부모들인지? 그것부터 확실히 가려볼 필요가 있었다. 그래서 혜란은 그라시야의 TV

시청이 끝날 때를 기다렸다기 아이와 놀아주는 일부터 하기로 했다.

"자연스럽게 놀아주며 그라시야를 관찰한 결과, 아이가 구김살 진 게 없다면 아이들 사이에 문제는 없거나 있어도 심각한 수준은 아닐 것이다. 반대로 아이들 사이에서 문제가 심각하다면 그라시야에게 어딘가 분명 그늘진 데가 있을 것이다."

혜란의 문제 진단법이었다. 다만, 혜란이 독단으로 접근하는 것이 나을지? 아니면 스테노와 상의해 공조를 하는 편이 나을지? 생각이 많아진 혜란은 일단 스테노와 상의를 하고 나서 문제 진단을 시도하는 것으로 마음을 정했다. 그래서 그라시야에게는 우선 먹을 것부터 챙겨주었다.

"그라시야! 과일 까줄까?"

그라시야가 좋아하는 쿠키 몇 개를 건네며 넌지시 아이의 의향을 물었다.

"예, 딸기 주세요."

혜란은 딸기를 씻어 접시에 담아 주었다. 그라시야는 딸기가 달다며 맛있게 먹었다. 엄마도 먹어보라고 딸기 한 개를 집어서 엄마 입에 넣어 주었다. 딸기를 한 입 문 혜란은 '이렇게 착한 아이인데……' 하는 생각이 들어 눈물이 핑 돌았다.

"엄마 하고 목욕할까?"

"정말! 오늘은 안 바빠?"

그라시야는 엄마와 목욕하는 것을 좋아했다. 생각해 보니 친정 엄마가 춘천으로 가신 뒤에는 그라시야와 같이 목욕을 한 지도 꽤 오래된 것 같았다. 엄마가 계실 때는 세 모녀가 자주 찜질방에 가서 목욕도 하고 찜질도 하곤 했었다. 엄마는 신경통이 있는데 찜질이 효과가 있다고 했다. 혜란은 집에서도 욕조에 물을 받아 그라시야와 허브욕을 종종 했었다. 물 위에 꽃잎을 띄우고 허브향을 맡으며 몸이 따뜻해지는 것을 그라시야는 좋아했다. 여러 가지 허브를 번갈아 쓰면서 그라시야도 어떤 허브인지 제법 허브향을 구분할 줄도 알았다. 그라시야는 특히 라벤더향을 좋아했다. 그런데도 엄마가 가신 뒤로는 준비와 뒤처리에 시간이 많이 걸려 그라시야는 원하는데 혜란이 바쁘다는 핑계로 집에서 하는 목욕을 꺼렸었다. 혜란은 욕실에 허브욕 준비를 다해 놓고 욕조에 뜨거운 물이 가득 찼을 때 옷을 벗고 욕조 안에 몸을 눕혔다. 그라시야도 옷을 벗고 따라 들어와 엄마에게 안겼다. 혜란은 마른 라벤더잎을 물위에 띄웠다. 오래간만에 맡아보는 라벤더향에 몸과 마음이 풀어지는 것을 느꼈다. 그라시야도 꽃잎을 엄마의 유두에도 갖다 대보고 제 얼굴에도 붙여보며 재미있게 놀았다. 혜란은 그런 그라시야의 장난을 받아주며 의도된 대화를 시도했다.

"그라시야! 오래간만에 엄마와 목욕하니 좋아?"

"응!"

"미안해. 우리 그라시야가 이렇게 좋아하는 걸 엄마가 자주 못해줘서."

"엄마가 바쁘잖아!"

"학교 다니는 건 재미있어?"

"응!"

"친구들도 좋고?"

"응! 좋아!"

"누구와 제일 친하지?"

"상섭이, 진희, 소리 다 친해."

"장난 걸고 귀찮게 하는 친구는 없어?"

"없어. 내 친구들은 다 착해."

"그렇구나. 좋은 친구들이네. 그라시야도 그런 친구들에게 잘해 줘야겠네?"

"잘해 주지. 공부도 가르쳐 주고. 영어도 가르쳐 주는 걸."

"친구들이 영어도 물어 보나 보지?"

"응! 친구들이 나보고 미국사람이라고 영어도 물어봐."

"미국사람?"

"응! 난 한국사람이라고 했는데 거짓말이래. 엄마! 나 한국사람 맞지?"

"그럼! 한국사람이지."

혜란은 그라시야의 정체성에 아이들이 호기심을 느끼는 것을 알았고 그 정도는 충분히 예상했던 일이었다. 더 말을 시켜 봤지만 그라시야가 아이들로부터 따돌림을 받는 정황은 달리 찾을 수가 없었다. 그 정도를 다행으로 여기고 그라시야의 학교생활을 좀 더 주의 깊게 살펴야겠다고 생각했다. 목욕을 마치고 욕실을 정리한 뒤 혜란이 머리를 말리는데 문소리가 나더니 스테노가 욕실 문을 열고 얼굴을 디밀었다.

"나 왔어! 샤워했나 봐?"

"오래간만에 그라시야와 허브욕……."

"아빠! 안녕히 다녀오셨어요?"

제 방에서 옷을 챙겨 입고 나온 그라시야가 뒤에서 스테노의 허리를 감싸며 인사를 했다.

"잠깐 기다려요. 곧 나가요."

혜란은 스테노가 씻을 수 있게 욕실을 비워주고 나올 생각에 수건으로 세면대를 한 번 훔쳐내고 빨은 수건을 들고 나와 건조대에 걸고는 방으로 들어가 옷을 갈아입었다.

47

저녁식사를 마치고 혜란과 스테노는 안방에 놓인 원탁 테이블에 메밀차를 앞에 놓고 마주 앉았다. 혜란이 낮에 있었던 일과 자신의 판단을 얘기하고 스테노의 의견을 물었다. 스테노는 굳은 표정으로 잠시 침묵했다. 겉으로 봐서는 스테노도 이 상황을 매우 엄중하게 받아들이는 것 같았다.

"그러니까 정확하게 새로운 사실은 당신이 직접 본 체육시간 사건밖에 없는 거네."

혜란은 스테노가 무슨 말을 할지 그의 입에서 시선을 떼지 못하고 있는데 그의 첫마디는 의외였다.

"아이들이 그라시야의 외모를 보고 미국사람이라고 하는 것은 자주 있는 일이고."

"따지고 보면 그런 셈이지요."

"너무 걱정하지 말아요. 혜란!"

스테노는 되레 불안해하는 혜란을 진정시키며 말했다.

"내 느낌으로는 담임선생님 말처럼 아직 심각한 사태는 아닌 것 같아요. 좀 더 상황을 정확하게 알아보고 문제의 핵심에 우리가 좀 더 진중하게 다가가는 게 좋을 것 같아요."

스테노의 말이 혜란이 지레짐작 하거나 근거 없는 피해의식으로 일을 키울 수도 있겠다는 우려로 혜란에겐 들렸다. 혜란도 스테노의 지적에도 일리가 있을 것 같았다. 문제 제기와 진단이 오로지 혜란의 주관적 견해이므로 좀 더 객관적 사실 확인이 필요한 것은 맞는 것 같았다.

"우리가 아이만 학교에 보내 놓고 둘 다 바쁘다는 이유로 학교에 가보지 못한 우리 책임도 큰 것 같아요."

스테노의 상황 진단은 정확했다. 그리고 그가 제시한 그 나름대로의 해법도 설득력이 있었다.

"우리가 자주 학교에 가서 우리의 얼굴, 말과 생각 등을 알려서 우리가 그들과 다르지 않다는 것을 인식시켜 줄 필요가 있을 것 같아요. 언제 우리가 그런 노력을 해본 적이 없지 않소?"

맞는 말이었다. 일 년에 한두 번 학부모 모임에 갔어도 엄마만 가서 뒷자리에 앉았다가 건성으로 인사만 나누고 온 게 전부였다는 생각에 혜란은 머리를 한 대 맞은 기분이었다. 누구를 탓하기 전에 네가 한 일이 무엇인지 생각해 보라는 스테노의 지적은 지당했다. 남편의 생각이 이렇게 깊은 줄은 미처 몰랐던 혜란은 자신의 짧은 안목이 부끄럽기도 했다. 육아 경험이 없기는 피차 마찬가지인데 남편이 어떻게 저렇게 생각이 깊을 수 있을까 생각하니 앞에 앉아 차를 마시는 스테노의 모습에서 '진정한 남자'를 느꼈다. 그날 저녁 스테노의 진단과 처방은 이랬다.

"아이들은 그라시야와의 접촉을 통해서 알고 느끼는 게 전부다. 그라시야가 좋은 친구라고 하면 아이들은 그라시야에게 좋은 친구가 맞을 것이다. 아이들에겐 선입견이 없을 거다. 그라시야를 아이들의 친구로 환영하지 않는다면 그것은 부모들의 문제이다. 아이들의 부모들이 우리 가족을 '동거가 불편한 이방인'으로 보는 지도 모른다. 혜란의 가정처럼 엄마가 교수라는 점도 거리감의 한 원인이 되었을 수 있다. 얼굴도 직업도 모르는 아빠는 한국사람들이 갖고 있는 외국인에 대한 보편적인 인식(외국인 근로자이거나 미군이거나)을 뛰어넘지 못할 수도 있다. 일방적인 그들의 부정적 인식보다 그런 인식을 해소해 주지 못하는 우리 책임이 더 크다. 선생님들은 부모들의 직·간접적인 요구사항을 외면할 수 없을 거다. 우리가 아이들과 학부모들 그리고 선생님을 자주 만나 '다를 게 없는 이웃'임을 느끼게 할 필요가 있다."

그런 자성은 선생님과 아이들의 부모들을 만나 사실을 확인함으로써 근거가 있음이 드러났다. 학부모들은 대체로 부모도 잘 모르는 그라시야의 존재와 아이들 사이에서의 영향력에 대해 경계심을 가지고 있었다. 선생님은 그런 감을 가지고 있었으나 다 같은 학부모이니 부모들 사이에서 난처한 입장이었다. 그런 상황을 인지한 혜란과 스테노는 가만히 있을 수가 없었다. 선생님과 상의해 무리 없는 해결방안을 하나씩 모색해 나갔다. 학부모회에서 혜란과 스테노가 같이 참석해 진정성 있게 다가가는 노력에 이어 학부모들과 친숙해질 수 있는 계기를 자연스럽게 만들어 나갔다. 스테노는 주특기를 살려 자신의 아파트를 개방해 한 달에 한 번 학부모들을 위한 제과제빵 교실을 열었다. 혜란은 부모들이 거리감을 느끼지 않도록 언행에 조심하며 이런저런 구실을 붙여 자주 학교 밖에서 학부모들과 티타임을 가졌다. 춘천에서 결혼식 이벤트를 할 때처럼 주한 슬로베니아대사관의 협조를 얻어 '슬로베니아의 날'을 정해 슬로베니아를 소개하는 문화행사에 학부모와 아이들 그리고 선생님들을 초청하기도 했다. 혜란과 스테노의 의도된 다각적인 노력은 학부모들 사이에서 혜란과 스테노에 대한 이해를 깊게 하는 계기가 되었고 그라시야로 인한 피해의식 같은 것도 해소되었다. 선생님들도 아이들 사이에 깊어지는 우정을 조금이라도 다치는 일이 없도록 잘 보살펴 주었다. 일 년이 넘게 계속된 혜란과 스테노의 노력은 지역에서 화제가 되어 지역신문에 기사가 나기도 했다. 혜란과 같은 대학에서 다문화가정을 연구하는 교수로부터 학회에서 사례 발표를 요청받는 일도 있었다. 한편 스테노와 혜란에게는 지역에서 회사 제품을 홍보하는 계기도 되어 일석이조였다. 그런 혜란과 스테노를 옆에서 지켜본 킴노이에게도 희망이 보였다. 곧 학교에 들어갈 아이들이 적응을 잘 하게 하기 위해서는 부모들이나 아이들이 잘못된 선입견을 갖지 않도록 하는 데 적극적으로 임해야겠다고 생각했다. 또한, 아이들도 또래들 사이에서 긍정적인 영향을 줄 수 있게 여건이 어렵더라도 주변의 도움을 받아 아이들의 성품과 능력을 잘 키워주어야 한다는 것을 절감했다.

48

'오방'에서 개발한 신제품 중에 메밀로 만든 쿠키와 디저트는 시식회에서 좋은 평가를 받았다. 어느 날 춘천에서 사업 설명회를 갖기로 해 혜란과 스테노는 킴노이를 데리고 춘천으로 향했다. 심한 겨울 가뭄으로 농촌에는 봄농사에 대한 걱정이 많은데 봄은 봄이라 가로수에는 움이 싹트고 아스팔트에도 아지랑이가 피어올랐다. 킴노이는 춘천이 초행길이라 말로만 듣던 '호반과 낭만의 도시'가 어떤 모습일지 궁금했다. 아이들도 교회 어린이집에 잘 적응해 제 집처럼 편하게 드나들게 되어 오늘도 교회에 맡겨 놓고 혜란을 따라 나섰다. 춘천 농업기술센터에 마련된 사업설명회장에는 박교수가 먼저 와 참석자들과 담소를 나누고 있었다. 박교수가 회의실에 들어서는 혜란을 보고 손을 들어 환영했다.

"송박사! 어서 오시게. 먼 길 오느라고 고생했네."

"교수님! 안녕하셨어요?"

"스테노도 오래간만이네. 잘 지냈나?"

"예, 교수님! 편안하시지요? 킴노이! 인사드려요. 박교수님이세요."

"교수님! 처음 뵙겠습니다. 킴노이라고 합니다."

"아! 자네가 킴노이인가? 전에 김교수한테서도 얘기를 들은 적이 있지. 반갑네. 아이들도 있다고 들었는데…… 애들은?"

"예, 교회 어린이집에 맡기고 왔습니다."

"잘 왔네. 자! 모두 자리에 앉지."

참석자들이 모두 자리에 앉고 담당공무원의 사회로 설명회가 시작되었다. 내빈소개와 경과보고에 이어 센터 소장의 인사말이 있었다. 이어서 박교수와 송박사가 차례로 PPT자료를 통해 제품개발 배경과 제품 소개를 했다. 회의장 뒤편에는 미리 택배로 보낸 시제품이 접시에 담겨 시식할 준비가 되어 있었다. 제품에 대한 건강기능성 데이터까지 그림을 곁들여 설명을 한 송박사는 개발에 참여한 스테노를 소개했다. 직원인 킴노이도 '오방'의 연구원으로 소개를 했다. 이어서 바로 시식을 하게 된 참석자들은 반응이 좋았다. 재료, 맛, 품질, 제형 등 모든 면에서 춘천의 특산품으로 적격임을 인정했다. 투자에 관심 있는 기업체 대표들은 혜란과 스테노와 명함을 주고받느라 분주했다. 센터 소장은 시에서 포장디자인과 마케팅을 지원할 계획임을 밝혔다. 송박사는 투자자가 결정되면 로열티를 받고 기술이전을 하게 된다고 했고 스테노는 투자자와 협약을 맺어 스테노 회사의 제휴상품으로 인증해 해외 유통망에 올릴 계획임을 밝혔다. 내수와 수출이 동시에 가능한 구조라 매력이 있다고 다들 입을 모았다. 박교수는 이번에야말로 뭔가 확실한 성과가 보이는 것 같아 흐뭇했다. 자신의 역할은 기회 있을 때마다 방송이나 기고 및 강연을 통해 메밀의 효능과 '오방' 제품을 홍보해 주기만 하면 될 것 같았다. 최종 투자자를 결정하는 방식과 절차는 센터에 맡기기로 하고 박교수는 혜란의 일행을 데리고 구봉산 전망대로 갔다. 춘천에 처음 온 킴노이에게 춘천이 한눈에 내려다보이는 곳에서 전경을 보여주고 다 함께 점심을 먹을 생각이었다. 다행히 날씨도 쾌청해 구봉산에서 내려다본 춘천의 전경은 킴노이는 말할 것도 없이 몇 번 이곳을 다녀간 혜란이 보기에도 아름다웠다. 산 아래 구릉에는 한창 꽃을 피운 메밀꽃밭이 흰구름이 내려앉은 듯 누워있었고 사람들이 드나들며 사진을 찍고 있었다. 스테노도 마리보가 연상된다고 하며 흠뻑 풍광에 매료되었다. 예약을 해둔 식당은 중국식당이어서 코스요리로 맛있고 즐거운 오찬이 되었다. 박교수는 그간 노고가 많았다고 하며 송박사 일행을 격려하고 혹시라도 투자자가 안 나서면 '오방'에서 직접 해볼 것을 제안하기도 했다. 혜란이 생각을 안 해본 것은 아니나 교수가 사업을 해서 성공한 예가 드문 것으로 알고 있어서 엄두를 못 냈다. 연구과제가 끝나 킴노이의 거처가 고민이 된 혜란은 투자회사가 정해지면 킴노이를 그곳에 취업시키려고 했었다. 오늘 킴노이를 설명회에 동반한 이유도 거기에 있었다. 직접 제품을 만들어 본 킴노이가 입사해 거들면 투자회사 입장에서는 훨씬 수월할 것은 틀림없기 때문이다. 모든 가능성을 열어두고 혜란은 박교수와 헤어져 친정집에 들렀다. 엄마가 아파트 입구까지 내려와 기다리고 계셨다. 세종에 오셨을 때 킴노이도 몇 번 보아서 엄마는 일행 모두를 반갑게 맞았다. 엄마가 내온 차와 과일을 먹고 혜란은 거실의 벽시계를 올려다보았다. 그라시야의 하교 시간에 맞춰 세종에 도착하려면 친정집에 오래 지체할 수는 없었다. 엄마는 "그라시야를 데리고 와서 하루 묵었다 가지 않고?"라고 했지만 킴노이를 봐서 그럴 수 없었을 거라는 것을 금방 알아챘다. 눈치 빠른 킴노이가 일이 잘 되어 춘천에 취업해 살게 되면 아이들과 자주 놀러 오겠다고 했다. 혜란은 엄마에게도 맛을 보시라며 핸드백에 넣어 온 제품 몇 개를 꺼내 탁자 위에 내려놓고 자리를 털고 일어났다.

49

춘천에서 돌아와 집에서 쉬고 있는데 혜란의 핸드폰이 울렸다. 낯선 번호였다. 혹시 보이스피싱이 아닐까 싶어 받지 않았다. 그래도 계속 신호가 울리더니 한참 만에 멎었다. 다시 신호가 울려 봤더니 학과 조교였다. 누가 찾아왔는데 전화를 받아 보겠느냐고 했다. 바꾸라고 했다. 남자 목소리였다. 방금 자기가 전화를 했었다고 하며 자기소개를 했다. 다문화가족협회 사무국장이라고 했다. 이름도 말한 것 같은데 발음이 생소한 외국어라 금방 기억이 되지 않았다. 전화로 용건을 말하라고 했더니 대뜸 회장을 맡아 줄 수 없겠느냐고 했다. 어떤 단체인지도 모르고 학교와 회사 일 이외에는 해본 적이 없어 맡을 수 없다고 했다. 그는 전 회원이 혜란이 꼭 맡아주기를 바란다고 하며 전화를 끊으려 하지 않았다. 혜란은 매몰차게 먼저 끊을 수도 없어서 그런 얘기는 만나서 하는 게 좋겠다고 하고 약속 날짜를 잡아 주었다. 운동을 하고 돌아온 스테노에게 전화 받은 얘기를 해주며 들은 적이 있는 단체인지 확인해 보았다. 스테노는 같은 단체인지는 정확하게 모르지만 언젠가 비슷한 단체에서 온 가입 안내문을 회사에서 받은 것도 같다고 했다. 그렇지만 본인은 가입하지 않고 그 뒤로 잊고 있었다고 했다. 약속을 했으니 "사무국장이라는 사람을 만나보면 알겠지." 하고 혜란은 탁자에서 읽다만 논문을 집어 들어 읽어 내려갔다. 스테노는 자리를 피해 그라시야의 방으로 들어갔다. 학교에서 돌아온 그라시야는 피곤했던지 침대에서 자고 있었다. 자는 아이를 물끄러미 내려다보는 스테노는 선 채로 잠깐 회상에 잠겼다.

지금의 그라시야보다 서너 살 어렸을 때 아버지가 방에 들어와 잠든 자기를 내려다보다가 인기척에 잠이 깬 자기에게 했던 아버지의 말이 생생하게 떠올랐다.

"스테노! 깼냐? 피곤했나 보구나?"

"……."

"손 좀 잡아 볼까? 우리 아들 손이 참 잘 생겼네."

악수하듯 손에 힘을 주는 아버지의 손이 거칠고 차가웠다. 어린 나이에도 스테노는 "아빠의 손이 왜 이렇게 차지?" 하고 의문을 느꼈었다.

"스테노는 이 손으로 훌륭한 일을 할 거야."

그리고 일어나 나간 아버지를 스테노는 다시 보지 못했다. "잘 생긴 손, 훌륭한 일" 그것이 아버지가 스테노에게 남긴 마지막 말이었다. 한참 지나 아버지가 캐나다에 가셨다는 얘기를 엄마한테 들었었다. 왜 가셨는지? 언제 오시는지? 엄마는 말해 주지 않았다. 엄마도 몰랐었던 것 같았다. 아버지가 몇 차례 보내온 편지에는 주소도 없이 내용 중에 캐나다라는 말만 몇 군데 있었다고 했다. 그래서 아버지의 정을 느끼지 못하고 자라온 자신이 어떤 아버지여야 하는지 그라시야를 볼 때마다 다짐을 하곤 했었다.

"아빠!"

인기척에 그라시야가 깨 눈을 뜨며 불렀다.

"우리 아가가 피곤했구나."

"아빠! 언제 왔어?"

"방금."

"할머니 만났어?"

"그럼. 할머니 언제 안 오신대?"

"그라시야가 5학년 되었으니 보러 오신대."

"할머니가 무슨 말씀 없으셨어?"

"그라시야는 왜 안 데리고 왔느냐고 하셨지."

"나도 따라 갈 걸 그랬나?"

"아빠가 다음엔 꼭 데리고 갈게."

"땡큐! 아빠!"

그라시야는 몸을 일으켜 주는 아빠의 뺨에 입을 맞추었다.

50

약속한 날에 연구실로 사무국장이라는 건장한 남자가 찾아왔다. 명함을 받아보니 이름도 길고 발음도 쉽지 않았다. 그는 뭐라고 불러야 할지 몰라 머뭇거리는 혜란에게 그냥

"피데나"라고 불러달라고 했다. 자기는 9년 전에 필리핀에서 와 한국여자와 결혼한 이주민이라고 했다. 파트타임으로 협회 일을 보게 된 지는 2년 되었다고 했다. 다문화가정을 이루는 이주민이 대부분 여자가 많아 전임 회장들이 모두 이주여성들이었다고 했다. 회장단이 생업에 바쁜데다가 한국어도 서툴고 한국 실정에도 어두워 협회가 제 구실을 하는데 한계가 있음을 실토하였다. 다문화가정은 점점 늘어나 협회를 통한 권익 보호가 시급한데 협회 운영의 활성화가 답보상태라 혜란의 도움이 필요하다는 취지였다. 신문기사를 보고 다문화가정인 혜란을 찾게 되었다고 했다. 한국인이고 현직 국립대 교수라는 신분도 협회를 힘 있게 끌어가는 데 최적일 것이라는 게 회원들의 공통된 견해라고 했다. 혜란은 뜻을 충분히 알았으니 생각할 시간을 달라고 했다. 주변을 더 알아도 보고 스테노와 상의도 해야 하므로 혜란의 입장으로서는 당연한 귀결이었다.

스테노는 혜란의 다문화가족협회 회장 수락을 지지했다. "혜란이 자신은 한국인으로서 이주민은 아니지만 스테노와 그라시야로 인해 다문화가정을 이루었으니 당연히 회원 자격은 갖는 것이다. 그라시야가 살아갈 미래의 한국 사회에서 지금보다 나은 평화로운 다민족, 다문화 사회를 만들기 위해서는 누군가 짐을 져 주어야 하는 것이 아니겠는가?" 하는 것이 스테노의 생각이었다. 혜란도 그 점은 같은 생각이었다. 그런데 그 '짐 지은 자'가 꼭 자기여야 하는지에 대해 확신이 서지 않았다. 학교에서 공부하고 연구한 이력 밖에 없는데 시대의 변화를 이끄는 막중한 사회적 책무를 혜란이 제대로 해낼 수 있을까를 고심하지 않을 수 없었다. 스테노는 혜란이 충분히 해낼 수 있다고 응원을 했지만 정작 혜란은 해야 하는 '당위'와 할 수 있을까 하는 '불확실성' 사이에서 갈등을 거듭했다. 사실 무엇을 해야 하는지도 잘 모르는 상황이 용기를 내지 못하는 이유가 될 것 같았다. 한국에서 다문화가정이 안고 있는 문제에 깊이 천착해 본 적이 없는데다가 공무원 신분의 자신이 역할을 하기에는 제약이 많을 것 같았다. 그래서 일단 결심을 하기 전에 협회에 대해 자세히 알아볼 필요가 있었다. 혜란은 스테노와 상의해 협회의 전임 회장을 포함해 현재의 임원진을 만나보기로 했다. 협회 사무국장과 연락을 취해 사무실이 있는 대전 유성에서 간담회를 갖자고 요청했다. 그 주간 토요일 오후로 시간을 정하고 약속된 시간에 사무실에 당도하자 다섯 사람이 기다리고 있었다. 전임 회장들은 그동안의 어려움을 토로하였고 현재의 임원들은 당면한 과제를 설명했다. 모두들 혜란이 꼭 회장을 맡아 힘이 되어 달라고 읍소하다시피 했다. 집집마다 수시로 생기는 소소한 문제도 혼자 해결하지 못하고 일을 키우는 경우가 많고 지자체로부터 체계적인 지원을 이끌어 내는 일도 버겁다고 했다. 힘 있는 리더십에 대한 필요성을 강조하는 임원들의 읍소는 절규에 가깝게 들렸다. 한국 생활이 십 년이 넘은 스테노도 가끔 표정이 일그러지면서 안타까운 심정으로 끝까지 경청했다. 권익 옹호를 위해 법제화하는 일부터 회원의 힘을 규합하는 일까지 회장이 해야 할 일이 간단치가 않을 것 같아 혜란의 등을 떠밀어도 되는 것인지 혼란스럽기도 했다. 그러면서도 역지사지로 생각하게 되어 이런 현실을 외면하고 나만 잘 살면 되나 싶어 혜란이 용기를 내주기를 바랐다. 그런 스테노의 마음이 이심전심으로 전해졌는지 혜란이 결심을 하고 회장직을 수락하는 말을 했다.

"얘기를 들어 보니 참으로 고생이 많았네요. 앞으로 가야 할 길도 여전히 험난해 보이고요. 우리가 힘을 보태야 할 것 같아요. 무엇보다도 우리 아이들의 밝은 미래를 위해 부모로서의 책무가 무겁게 느껴지네요. 경험도 없고 힘은 없지만 여러분이 성원을 해주시리라 믿고 협회를 이끌어 보겠습니다."

혜란의 수락 의사에 모두들 감동하며 박수를 보냈다. 회장이 공석이어서 얼마나 애를 태웠던지 한 여성 임원은 눈물을 흘리며 고맙다고 했다. 스테노도 혜란의 결정을 반기며 누구보다도 크게 박수를 쳤다. 참석한 협회 전·현직 임원들이 한 사람씩 혜란에게 다가와 혜란의 두 손을 감싸 쥐며 진정어린 감사를 표했다. 모두 따뜻한 손이었다. 다문화가정의 미래를 위한 소망과 열정이 느껴졌다. 혜란은 일정을 잡아 전체 임원들과 상견례를 갖고 일반 회원들도 만나볼 것을 약속하고 무거운 마음으로 귀로에 올랐다. 핸들을 잡은 스테노는 잘 될 것이라고 혜란을 격려하며 자기도 힘껏 도울 테니 너무 염려하지 말라고 했다. 오늘의 결정이 아이들에게 큰 축복이 될 것이라고도 했다. 혜란도 정말 그렇게 되기를 바라면서 주님께 도움을 청하는 기도를 했다.

51

어느 날 혜란은 학교에서 스테노, 킴노이와 셋이서 과제의 최종보고서를 작성하는데 박교수로부터 전화가 왔다. 설명회 때 관심을 보이던 기업들이 막상 절차에 의한 공식적인 투자에는 미온적이라고 했다. 아무래도 사업이 성공할 것이라는 확신을 갖지 못하고 시의 재정 시원을 요구하는 조건으로 투자 협상에 응하는 태도를 보여 시와 협상이 결렬되었다고 했다. 설명회가 끝나고 오찬을 하면서 "'오방'에서 투자를 해보지?" 했던 교수님의 말씀이 생각났다. 교수님은 경험에 의해 처음부터 투자자들에 대한 기대가 반신반의였던 것 같았다. 그러니 20년이 넘도록 교수님의 건의나 조언이 산업화로 이어지지 못한 게 이해가 되었다. 혜란도 모른 체하고 피할 수도 있지만 그러기에는 스테노와 같이 가서 교수님께 제안을 드린 일이 마음에 걸렸다. 여자이지만 말에 대한 책임을 져야 할 것 같았다. 설명회 이후 투자여부에 대한 결과를 기다리던 스테노도 실망하는 빛이 역력했다. 취업을 기대했던 킴노이의 좌절감은 금방 얼굴에 나타나 사색이 되다시피 했다. 혜란도 당장 킴노이의 생계 대책이 걱정이었다. 애들이 둘 다 초등학교에 들어갔는데 엄마가 대안도 없이 갑자기 일자리를 잃는 것은 정말 큰일이 아닐 수 없다. 혜란은 불안해하는 킴노이를 걱정하지 말라고 도닥여 주고 스테노와 장시간 상의를 했다. 결론은 교수님의 소망대로 '오방'을 키워 보는 쪽으로 지혜를 모아보기로 했다. 전화로 할 얘기는 아닌 것 같아 다음날 서울에서 교수님을 만나기로 했다.

춘천으로 가겠다고 했더니 마침 교수님이 서울에 볼일이 있다고 해서 중간지점인 서울역에서 보기로 했다. 오송역에서 KTX 기차를 타면 한 시간도 안 걸리니 반나절이면 회합을 하고 돌아올 수 있어서 혜란에게도 잘된 결정이었다. 역사 내 회의실을 빌릴 수도 있지만 세 사람에 불과하고 식사대접도 할 겸해서 일단 서울역에서 만나 근처 음식점으로 옮길 생각이었다. 하지만 막상 교수님을 만나고 나니 다들 바쁜데 굳이 시간을 낭비할 필요가 없이 역사 내 음식점에서 간단하게 점심을 먹으면서 애기를 하는 게 좋겠다고 해 매표소 앞 한 음식점에서 의견을 나누게 되었다. 세 사람은 혜란이 실험실창업을 해서 운영 중인 '오방'을 중심으로 메밀제품의 생산과 판매를 해보자는 데 뜻을 모았다. 정부의 공모과제도 알아보고 각자 사비도 모아 보기로 했다. 박교수는 자신의 랩(lab)을 거쳐 간 뜻있는 제자들의 추렴도 이끌어 보겠다고 했다. 결국 그런 방법으로 기초 자금이 마련되어 혜란의 실험실을 공장으로 사용하는 실험실 창업이 본격적으로 추진되었다. 다행히 학내에 부설 연구소인 '웰빙특산물산업화센터'가 있어서 정부지원으로 웬만한 가공장비는 다 갖춰져 있고 제조허가도 내놓은 상태였다. 그곳의 장비를 저렴하게 활용할 수 있어서 OEM을 하지 않고도 직접 대량생산이 가능할 것 같았다. 그래도 물류 창고는 따로 마련할 필요가 있어서 인근에 유휴 농지를 임대해 삭은 창고를 짓고 그 안에 방도 하나 꾸며서 킴노이 가족이 생활하게 해주었다. 킴노이는 계속 같은 곳에서 같은 일을 하게 된 것이 기뻤다. 무엇보다도 인정이 많은 혜란과 스테노 곁을 떠나지 않게 된 것이 좋았다. 아이들도 새 방이 생겨서 신난다며 뛰어다녔다. 걸어 다닐만한 지근거리에 초등학교도 있어서 킴노이는 아이들을 전학시켰다. 혜란과 스테노는 킴노이가 원료 조달과 생산을 도맡아 하도록 했지만 혼자서는 감당할 수 없는데다 포장, 운송, 유통 등 다른 업무도 많아서 킴노이가 소개하는 다문화가정의 남자 한 명, 여자 한 명 모두 두 명을 직원으로 더 채용했다.

박교수는 '오방'에서 생산된 메밀제품을 춘천의 특산품으로 유통하는 일에 집중했다. 시내 여러 마트와 음식점, 고속도로 휴게소 등 곳곳에 매장을 교섭해 주고 대학 내에 입주해 있는 선물 가게에도 납품이 되도록 했다. 강원도 내 각 기관, 단체, 기업 등의 기념품이나 사은품으로 채택되게 하는 데도 인맥을 동원해 매출 실적을 올렸다. 또한 박교수는 방송사에 근무하는 아우를 통해 비용이 덜 나가는 광고도 내보낼 수 있게 해주었다.

스테노는 본사로부터 '오방'의 제품을 자사제품의 판매망에 제휴상품으로 올려 동반 판매가 가능하도록 승인을 받았다. 그래서 중국어와 영어로 된 포장과 광고전단도 준비했다. 혜란은 대학원생과 함께 '오방' 제품의 건강기능성을 규명하는 연구를 계속해 결과를 논문, 세미나, 강연, 신문칼럼 기고 등으로 발표해 제품의 우수성을 직·간접 광고하는 효과를 내기도 했다. 모두가 백방으로 노력한 끝에 '오방'의 제품은 그야말로 오방으로 진출해 매출이 쑥쑥 늘어났다. 스테노의 아이디어로 마리보의 '바인하우스'를 벤치마킹해 제품에 스토리를 입힌 광고 전단도 '오방' 제품이 시장에서 조기에 안착하는 데 큰 힘이 되었다. 가상의 '오방하우스'를 이야기로 만들어 전단지에 담았던 것이다. '오방' 제품은 춘천에서 3대째 한의원을 이어온 명의의 비방이 반영된 제품임을 강조하는 것이었다. 실제로 그 한의원은 혜란의 외가쪽 친척이어서 친정엄마를 통해 비방의 일부를 제품화 할 수 있게 허락을 받았다. 지금은 가상공간이지만 언젠가 자금 사정이 허락하면 춘천에 '오방하우스'를 세워 오픈할 계획도 혜란 부부는 가지고 있었다. '바인하우스'처럼 '오방하우스'는 '오방' 제품의 상설 전시관 겸 건강과 관련된 '오방이야기'를 중심으로 한 건강체험관의 기능을 하도록 꾸밀 생각에 혜란의 연구실과 아파트엔 관련된 자료와 물건들이 나날이 쌓여갔다.

52

혜란은 연구에다 회사 경영까지 신경을 쓰게 돼 눈코 뜰 새 없이 바빴다. 그렇다고 다문화가족협회 일을 등한히 할 수도 없었다. 업무를 알아 갈수록 자신이 직접 챙겨야 할 게 많아졌고 회원들 가정의 대소사에도 성의를 보여야 하고 무엇보다도 회원들 가정에서 비롯되는 사회적 문제에 대해 적기에 적절한 대응책에도 부심해야 했다. 혜란이 학교에 적을 두고 일일이 협회 일을 챙기는 게 여의치 않아 사무국장 파테나를 '오방' 직원으로 채용했다. 그렇잖아도 이직을 고민하던 사무국장을 가까이에 두고 '오방' 일을 시키면서 수시로 회원들의 정보와 협회 관련 업무를 체크할 수 있게 된 것이다. 경험이 없던 혜란이 상황에 대처하면서 일을 풀어나가는 능력에 스테노도 번번이 감탄을 했다. 중학생이 된 그라시야의 교육에도 소홀함이 없어 그 바쁜 와중에도 학부모들과의 교류는 꾸준히 이어갔다. 스테노의 제과제빵 교실도 같은 교육과정을 6주 단위로 기수를 바꿔가며 계속해 벌써 8기째 교실이 운영되고 있다. 참가자 중에는 재미있다고 하며 같은 과정을 세 번째 반복하는 주부도 있었다. 교실을 거쳐 간 사람들이 동호회처럼 가끔 모임도 가지면서 지역에서는 '스테노파'라는 말이 나돌기도 했다. 그렇다고 지역에 있는 기존의 제과제빵업계에 부정적인 영향을 미치는 것은 아니었다. 혜란은 그 점이 늘 염려가 되어 스테노에게 주의를 당부했었다. 스테노에게서 기술을 배운 사람이 지역에서 개업을 하는 사람도 없었고 집에서 만들어 먹으려고 해도 오븐 등 갖춰야 할 게 있어서 그렇게 쉽게 자주 만들어 먹을 수도 없었다. 되레 빵을 알고 먹어본 사람이 더 찾게 되므로 스테노로 인해 지역에서 빵 소비가 늘면 늘었지 업계에 해가 되는 일은 아니었다. 그래서 업계에서도 스테노에게 적의가 아닌 호의를 보이며 정기총회 때는 연사로 초청해 스테노의 노하우를 배우기도 했다. 언젠가는 제과제빵협회 회원들의 슬로베니아 견학을 주선하기도 했다. 회원 중에는 스테노의 소개로 아들을 마리보에 6개월 다녀오게 해 대전에 '슬로베니아 베이커리'를 간판으로 내걸고 개업을 하게 한 사람도 있었다.

일에 집중하다 보니 스테노가 고향집에 다녀온 지도 꽤 오래되었다. 연로하신 팔순의 노모가 늘 마음에 걸렸다. 바쁜 와중에도 가끔 화상통화로 안부를 묻곤 했지만 그라시야 때문에라도 좀 더 시간을 냈어야 했는데 그렇게 하지를 못했다. 제과제빵협회처럼 누가 슬로베니아에 가는 기회가 있으면 그라시야만 딸려 보내 할머니를 만나고 오게 했었다. 그렇게 해서라도 그라시야가 초등학교를 졸업할 때까지 네 번을 할머니집에 다녀오게 한 것은 그나마 다행한 일이었다.

한국에서의 여러 가지 일도 자리가 잡혀가고 그라시야가 중학생이 된 것도 기념할 겸 스테노는 혜란에게 가족여행을 가자고 했다. 일에 치여 사는 혜란에게도 휴식이 필요하다는 것을 강조했다. 혜란도 마침 겨울방학이 남아 있어서 마다할 이유가 없었다. 유럽에 가서 시장을 살펴보는 것도 늘 마음에 남아 있는 숙제였었다. 직원도 한 사람 데려갈까 생각하다가 휴가에 방점을 두는 스테노에게 부담이 될 것 같아 직원들은 나중에 따로 출장을 보내기로 했다. 근래 인천-자그레브 간 직항이 개설된 것도 스테노의 모처럼의 귀향을 재촉하게 했다. 자그레브에 내려 기차로 2시간만 가면 류블랴냐이기 때문이다. 혜란에게는 팔순이 넘은 지도교수를 다시 찾아뵙고 그간의 성과를 말씀드려야겠다고 생각해 캐리어에 논문과 제품도 챙겨 넣었다. 그라시야는 할머니 선물을 준비하느라 캐리어 하나를 더 사서 꾸렸다.

혜란은 4년 전에 크레프트 교수가 정년퇴직을 하기 직전 1980년 1회 학회에 이어 세계메밀학회를 한 번 더 슬로베니아로 유치했으므로 그라시야만 데리고 회의장이 있던 라스코를 다녀갔었다. 그때 이후 자그레브를 거쳐 다시 찾은 류블랴나는 옛 모습 그대로였다. 크레프트 교수는 현직에서 물러났어도 연구소에서 메밀을 비롯한 작물 연구를 계속 하고 있었다. 산림연구소에 연구실을 마련한 크레프트 교수를 찾아갔다.

"교수님! 안녕하셨어요?"

"오! 닥터 송! 스테노! 어서 오게."

크레프트는 혜란을 가볍게 포옹하고 스테노와 악수를 나눴다. 그라시야의 인사를 받은 크레프트는 "그라시야도 숙녀가 다 되었네!"라고 하며 반가워했다. 탁자에 둘러 앉아 차를 마시며 서로 그간에 있었던 일을 차례대로 얘기했다. 가지고 간 논문과 제품도 번갈아 보여 드렸다. 크레프트는 축하를 하며 대단하다고 찬사를 아끼지 않았다.

"교수님은 이곳 연구소에서 어떤 연구를 하세요?"

"이곳 연구원들과 버섯을 연구하고 있네."

"오면서 왜 교수님이 산림연구소에 계실까 의아해 했는데 그래서……."

"버섯 배지로 곡물, 특히 메밀의 활용가능성을 시험하고 있지."

"그럼 그렇지. 교수님께서 평생 해 오신 메밀에서 손을 뗄 리가 없지요."

스테노도 메밀의 새로운 이용을 시도하는 크레프트 교수의 '메밀사랑'을 거듭 확인하며 40년 전 젊은 나이에 세계메밀학회를 창립해 지금까지도 국제적인 메밀지도자로 활약하는 그의 프론티어 정신을 존경한다고 했다. 그리고 자신도 진즉 박사과정까지 이수하지 못한 게 후회가 된다고 했다. 혜란도 처음 듣는 얘기였다. 스테노가 마리보를 떠나 류블라냐에 와 회사에 입사하게 되면서 혜란이 그에게 박사과정까지 도전해 볼 것을 넌지시 권유했을 때 손사래를 쳤던 그의 예기치 않은 발언에 혜란은 속으로 생각이 많아졌다. 겉으로는 "자기는 공부보다는 사업 체질이다."라고 했던 스테노가 잠재의식 속에는 혹시 학력에 대한 콤플렉스가 도사리고 있었던 것은 아닐까 하는 의구심이 들었다. 귀국하면 스테노와 좀 더 진지하게 의논을 해봐야겠다고 생각했다. 크레프트 교수와 다음날 저녁식사를 하기로 약속을 하고 터미널로 가 스테노의 고향집으로 가는 버스를 탔다. 오래간만에 가는 고향길이라 스테노는 차창을 내다보며 깊은 상념에 잠겼다. 맑고 푸른 하늘에 그림처럼 펼쳐진 뭉게구름이 장관이었다. 여기 있을 때는 매일 보면서 귀한 줄 몰랐었는데 모처럼 보는 구름이 고국의 아름다움을 상징하는 표상으로 손색이 없다는 사실을 새삼 느끼기도 했다. 구름 사이로 어머니가 어서 오라고 손짓하는 모습이 보이는 듯했다.

53

어머니 집에서 하룻밤을 자면서 온 가족이 모처럼의 해후를 즐겼다. 그라시야는 부쩍 수척해 진 할머니가 측은해서인지 할머니의 팔다리를 주물러드렸다. 혜란도 근력도 안 좋으신 분이 홀로 지내시는 게 마음에 걸려 한국으로 모시고 가자고 스테노에게 말했다. 스테노도 같은 생각이었는데 혜란이 먼저 바라는 바를 얘기해 주어 고마웠다. 그러나 모친은 완강히 반대하며 아들 내외의 뜻을 따라주지 않았다. 자식들에게 노구를 의탁하며 부담을 주지 않으려는 마음을 감추고 낯선 곳에서 더 힘들고 외로울 거라고 하면서 사양했다. 평생 살아온 이곳에서 여생을 마치겠다고 했다. 혼자 생활이 어려워지면 요양원으로 가겠다고 했다. 아들에게 그것만

도와달라고 했다. 혜린은 동서양을 막론하고 부모의 마음은 같은 것을 느꼈다. 친정엄마라도 이 상황에서는 같은 결론이었을 것 같았다. 그래서 혜란은 이번에 온 김에 당장은 아니더라도 이곳에서 어머니를 모실만한 요양원을 미리 알아보자고 했다. 이곳 사정을 잘 아는 스테노는 이미 요양원 몇 군데를 염두에 두고 있었다. 류블라냐 근교보다는 거리가 더 가까운 마리보 쪽 요양원이 좋을 것 같다고 해 혜란은 스테노와 같이 요양원을 방문해 시설을 둘러보고 입원 조건 등을 문의했다. 그리고 돌아가셨을 때를 대비해 집 근처의 교회 묘지(cemetery)도 알아보고 계약을 해두었다.

스테노는 그라시야에게 자기가 고등학교-베이커리 취업-직업대학을 거치며 십 년 가까이 청년기를 보낸 마리보를 보여 주고 싶었다. 마리보는 혜란과의 첫 만남이 있었던 곳이기도 해 스테노에게는 혜란과 그라시야와 함께 단란한 가정을 이루게 된 성지(聖地) 같은 곳이라고 했다. 혜란도 추억이 깃든 마리보를 딸과 같이 둘러보는 데 감회가 깊었다. 사람들이 여행을 하면서 세계의 여러 도시를 가도 대개는 희미한 기억이나 사진으로나 남을 뿐 기억에 오래 남거나 다시 찾게 되는 경우는 흔하지 않은데 세미나 발표를 하러 왔다가 스테노와 인연을 맺게 된 이 도시가 혜란에게 새삼 운명적인 의미를 각인시켜 주었다. 엄마의 팔짱을 끼고 엄마아빠의 러브 스토리를 듣는 그라시야도 서로 멀리 떨어져 살면서 존재조차 몰랐던 엄마아빠 사이에서 자기가 어떻게 이 세상에 나올 수 있었을까를 생각하니 신기하기만 했다. 유람선을 타고 드라바강을 오르내리며 봄기운이 꿈틀대는 마리보의 자연에 심취된 모녀를 카메라에 담으며 스테노는 가장으로서 가족에 대한 사랑과 책임을 동시에 느꼈다. 유람선에서 내려 바인하우스에 들어선 그라시야는 예전에 엄마가 그랬던 것처럼 바인아가씨로 분장해 사진 코너에서 사진을 찍었다. 벽에 걸린 바인아가씨들 못지않게 예뻤다. 그라시야가 잡아끌어 혜란도 분장한 딸과 나란히 서서 사진을 찍었다. 혜란은 '오방하우스'를 염두에 두고 찬찬히 전시물을 둘러보았다. 전에 여러 번 왔었는데도 매번 건성으로 보았던지 새록새록 눈길을 끄는 게 많아서 열심히 카메라에 담았다. 같은 것도 마음에 품은 목적에 따라 다르게 보인다는 것을 실감했다. 각자 다른 모자를 쓰거나 안경을 쓰고 또는 팔자 수염, 매부리코 모형 등을 코밑에 붙이거나 대고, 계단에 앉아 그룹 사진을 찍는 이벤트는 압권이었다. 혜란의 고향에 '오방하우스'를 오픈하게 되면 컨셉은 다르겠지만 꼭 따라해 보고 싶은 아이디어였다.

스테노는 가족들을 이끌고 다니던 학교에도 들러 보고, 저녁 무렵이 되어 지난해 퇴직한 블랭카 교수와 저녁식사를 같이 하기로 한 레스토랑으로 갔다. 스테노와 거의 동시에 레스토랑에 들어선 블랭카는 몰라보게 큰 그라시야를 보고 깜짝 놀랐다.

"네가 그라시야구나? 사진만 봐서 이렇게 큰지 몰랐지."

블랭카는 그라시야를 안아주며 친손녀를 대하듯 살갑게 반겼다.

"교수님! 안녕하셨어요?"

혜란과 스테노도 번갈아 블랭카와 포옹을 했다.

"퇴직하셨다면서요?"

스테노가 아쉬운 듯 말했다.

"그럼. 작년에."

"어떻게 지내세요? 그래도 여전히 일이 많으시지요?"

혜란이 블랭카의 역량과 명성을 감안해 물었다.

"그렇네. 퇴직하면 좀 쉴 줄 알았는데…… 찾는 사람이 많아. 자! 앉지?"

블랭카는 예약된 자리로 스테노 가족을 안내했다.

"교수님이 이렇게 건재하신데 벌써 퇴직하셨다니 아쉽네요."

스테노가 아쉬움을 떨치지 못하는 마음을 쉽게 내려놓지 못했다.

"우리 같은 사람이 물러나고 젊은 사람들이 이끌어 가는 게 맞지. 그래 하는 일은 잘 되고 있지? 스테노!"

"예, 교수님께서 잘 가르쳐 주신 덕분에 잘 되고 있어요."

스테노는 회사 일을 소상히 설명했고 혜란도 학교에서 하는 연구결과와 '오방'의 성과를 요점을 추려 말씀드렸다. 블랭카는 두 사람의 성취에 놀라워하며 축하한다고 했다. 그리고 본사 사장한테서도 스테노가 회사에 기여하는 바가 크다는 얘기와 그런 스테노를 추천해 준 데 대해 감사인사를 받은 적이 여러 번 있다고 했다. 블랭카는 "네 아빠가 정말 대단하다."고 그라시야에게 말하며 스테노를 자랑스러워했다. 혜란에게도 '오방'의 비전에 공감하며 슬로베니아에 '오방'이 진출할 수 있게 지인들에게 소개해 주겠다고 했다. 혜란과 스테노는 진정으로 제자 가족을 사랑하는 블랭카에게 진한 감동을 느끼며 오랫동안 묵혀온 사제의 정을 나누었다.

54

 킴노이는 '오방'의 사업도 잘 되고 아이들도 공부를 잘해서 행복했다. 창고에 공간이 더 필요해지면서 방을 내주고 근처에 원룸을 얻어 이사했다. 월급도 많이 올라서 세간도 꽤 늘었다. 아이들이 공부하면서 잘 모르는 것은 혜란의 실험실 학생들에게 도움을 청해 해결했다. 도와주는 학생들에게 매번 금전적으로 사례를 할 수 없는 어려운 사정을 솔직하게 말하고 언젠가는 꼭 보답을 하겠다고 해 학생들도 킴노이의 사정을 이해하고 무상으로 잘 도와주었다. 킴노이는 진실의 힘을 믿어 자신이 할 수 있는 한 최선을 다하려는 진정성을 보였고 혜란과 학생들도 그녀에게서 조금의 가식이나 거짓은 느끼지 못했다.

 다문화가정을 가진 다른 직원도 창고 가까운 곳으로 옮겨왔다. 혜란이 공장을 지을 필요가 있어서 처음에 임대했던 창고 부지를 매입해 이미 정지작업을 해두었다. 그러나 당장 공장을 짓는 것은 아니어서 직원들의 야채 농장 겸 필요한 원료 작물의 재배시험장으로 활용하기 위해 비닐하우스를 설치했다. '오방'의 직원들이 근처에 살면서 짬짬이 농사일을 해 야채도 길러 먹으라는 혜란의 뜻에 따라 킴노이 외 두 명의 직원들도 이사를 한 것이다. 나중에 '오방'에 합류한 파테나는 가끔 협회 사무실에도 나가 봐야 해서 유성에 그대로 살게 했다. 스테노는 이곳을 '오방촌(Obang village)'으로 부르며 가장 먼저 입사한 킴노이를 촌장이라고 했다. 혜란도 재미있는 생각이라며 킴노이를 촌장으로 부르는데 이의가 없었다. '○○촌' 하면 무슨 종교 단체인 것처럼 오인될 수도 있겠다는 생각도 들었지만 사실이 아니면 그만이라는 생각에 크게 개의치 않았다. 그동안 신제품 개발도 계속해 곡류를 발효시켜 만든 잼 등 디저트 품목도 늘어났고 오방쿠키, 오방차, 오방에너지바, 오방누룽지, 오방선식 등 '오방'의 제품이 다양해졌다. 혜란은 제품 수도 많아지고 생산 물량도 늘어나는데다가 오방분말주(酒)도 개발 중이어서 조만간 직원을 더 채용할 계획을 가지고 있다. 새로 직원을 채용할 때도 '오방'의 뜻을 살리고 자신이 협회 회장임을 감안해 모두 다문화가정을 배려할 생각이다. 대부분의 다문화가정이 한국인을 남편으로 둔 이주여성들이고 남편들은 대개 나이가 많고 농촌에서 영세한 농업에 종사하다 보니 생활형편이 좋지 않았다. 개중에는 킴노이처럼 남편과 사별하거나 또는 이혼을 해 아이들을 데리고 혼자 어렵게 사는 여성들도 많았다. 그렇다보니 그렇게 불우한 가정의 아이들은 교육의 기회 면이나 질적인 면에서 늘 부족하기 마련이었다. 그런 데서 오는 가족 간의 갈등, 이웃 간의 불화, 사회적 편견과 배척 등이 악순환의 고리를 형성하고 있으나 가정의 문제로 치부되기 일쑤이고 그렇다 보니 공공재의 투입도 어려워 개선이 쉽지 않았다. 혜란은 다문화가정의 문제를 알면 알수록 해결이 쉽지 않다는 사실도 느끼게 돼 낙담할 때가 많았다. 능력도 안 되는데 괜히 회장을 맡았나 싶을 때도 있었다. 그럴 때마다 스테노가 용기를 주었다. 어려움이 클수록 혼자서는 해결이 더 어려울 수밖에 없으니 주변에서 관심을 가지고 문제를 완화할 수 있는 사회적 분위기를 누군가는 나서서 만들어 가야 하지 않겠느냐고 혜란을 설득했다. 주변에서 "당신은 이주여성도 아닌데 왜 나서느냐?"고 하는 말도 들었지만 그럴 때 혜란은 당당하게 스테노를 대신한다고도 했으므로 스테노가 이 일을 지지하는 한 혜란은 포기할 수가 없었던 것이다. 게다가 어느 정도 자리가 잡히고 나면 스테노에게 협회 운영을 맡길 생각도 하고 있으니 힘들어도 좀 더 다문화가정과 협회 일에 관심을 쏟아야 한다고 생각했다. 다행히 파테나가 열심히 협회 일을 봐주고 회원들과 회장 사이를 잘 이어주고 있어서 협회는 조금씩 눈에 띄게 활성화가 되어 갔다. 총회에서 회원들의 전폭적인 지지를 받은 혜란은

'다문화가정의 안전망 구축'에 역점을 두기로 했다. 개별적인 가정사에 개입하는 데는 한계가 있으므로 회원들과 공동으로 할 수 있는 일에 회원들의 의지와 힘을 모으는 일이 우선 필요할 것 같았다. 그것의 첫 과제는 자생력을 키우는 것이라고 보았고 스테노도 같은 생각이었다. 혜란이 생각하는 '자생력'에는 의식의 변화를 포함해 가정 안에서나 밖에서 스스로 문제해결 능력을 갖고, 책임을 다하면서 권익을 보호하는 능력을 통틀어 의미하는 것이었다. 그래서 일차적으로 협회 차원의 교육과정을 무상으로 운영하기로 했다. 회원들의 생업에 지장이 없는 시간대를 택해 일정을 잡고 일회성이 아닌 장기간 교육을 하는 것을 원칙으로 정하고 필요에 따라서는 강사진을 편성해 권역별로 출장을 나가 순회교육도 하기로 했다. 기본적으로 한국어 숙달을 위한 과정을 포함해 한국인의 예절과 고부간 갈등 해소는 물론 자녀교육, 학부모 간의 친화와 소통, 선생님과의 소통 등 자녀교육에 도움이 되는 인간관계의 개선을 위한 과목을 다루도록 했다. 또한 각자의 잠재된 역량 개발을 위한 컴퓨터, 악기, 그림, 수예, 나염, 공예, 요리, 제과제빵 등 쉽게 익힐 수 있는 다양한 교육과정을 편성했다. 그리고 교육과정 운영에 소요되는 예산은 우선은 '오방'의 수익금 일부를 할애해 쓰고 차차 유관 기관의 지원과 회원들의 자부담을 늘려 충당하는 방향으로 정했다. 협회에서 다루지 못하는 교육과정은 주민 센터나 다른 교육기관의 프로그램을 알선하는 보완책도 겸 비하기로 했다. 그리고 지자체 간부 공무원이나 기관 단체장 등 지역의 유지들을 초청해 인성 계발을 위한 특강도 개최 함으로써 회원들의 자질 향상은 물론 지역 주민들의 다문화 가정에 대한 이해를 높이는 효과도 기대할 수 있게 노력하기 로 했다. 스테노가 봐도 이러한 교육프로그램은 국가가 해도 해야 할, 엄청난 계획이었다. 그것을 혜란이 주도하게 돼 걱 정도 되면서 한편으로는 자부심도 느꼈다. 그리고 어떻게든 중단 없이 계속돼 안팎으로 성과를 인정받게 도울 결심을 했다. 이미 지역별로 지자체의 예산이 지원되는, 유사한 관 변단체가 있기는 하나 혜란이 주도하는 것은 협회의 자생조 직으로서 회원에 의한, 회원을 위한, 회원의 교육프로그램 으로 특화시켜 나갈 것이라는 점에서 스테노도 할 역할이 많을 것 같았다. 그래서 자신을 포함해 주변의 외국인 지인 들 중에서 강좌를 해줄 만한 사람들에게 재능기부를 유치 하는 데도 앞장서겠다는 각오를 보여 혜란도 마음 든든했 다. 쉬우면서도 꼭 필요한 것부터 추려서 교육과정을 짜고 재능기부를 포함해 강사진을 구성한 혜란은 회원들에게 일

정 기간 공지를 한 후 미리 수강신청을 받아 계획된 일정에
따라 교육을 시작했다.

55

　친정엄마가 입원을 하게 되었다는 소식을 받고 혜란은 춘
천의 대학병원을 찾았다. 엄마는 집에서 감기기가 좀 있긴
했는데 갑자기 호흡곤란이 와서 구급차를 불러 응급실로 와
예후가 안 좋아 중환자실에 입원을 하게 되었다고 했다. 팔
순이 넘은 나이라 몇 가지 약을 드시고는 있었지만 그렇게
기력이 쇠약하지는 않았으므로 갑작스런 상황에 혜란도 당
황스러웠다. 엄마를 집으로 모셔서 보살펴 드리지 못한 게
후회가 되었다. 그렇게 하려다가도 일감을 그냥 두고 못 보
는 엄마의 성미 때문에 엄마를 모셔와 부엌때기로 만드는 것
이 싫어 그라시야가 큰 뒤로는 친정집에서 혼자 지내시게 했
었다. 엄마도 친구가 있고 성당도 자주 나갈 수 있는 집이
더 좋다고 하셨다. 병원의 의료진은 엄마의 폐기능이 나빠진
것 말고는 특별히 다른 증상은 없다고 했다. 경과를 봐서 다
음날 일반 입원실로 옮겨 죽을 드시면서 치료를 받게 될 것

이라고 했다. 그래서 저녁 면회시간에 엄마에게 기 팔다리도 주물러 드리고 먹고 싶은 게 없냐고 물어보기도 했다. 엄마는 지난번처럼 그라시야를 데리고 왔느냐고 물으며 그라시야 걱정을 하셨다. 스테노가 데리고 오고 있다고 했더니 그러냐고 고개를 끄덕이셨다. 면회시간이 끝나고 스테노와 그라시야를 만나 병원 앞 식당에서 저녁을 먹고 근처 약국과 마트에 들러 일반 병실에 가면 필요할 물품들을 샀다. 친정집에도 들러 보호자용 모포도 챙겼다. 그러다 보니 시간이 밤열 시가 넘었다. 그런데 갑자기 혜란의 전화가 울렸다. 병원에서 온 전화였다. 엄마가 위중하니 빨리 중환자실로 오라는 것이었다. 놀란 혜란은 스테노를 운전하게 해 그라시야를 데리고 병원으로 달려갔다. 엄마는 산소마스크를 쓰고 계셨다. 그러니 말을 할 수도 없었고 의식이 있는지조차 알 수 없었다.

"엄마가 왜 이래요?"

혜란은 간호사를 붙들고 다그치듯 물었다. 간호사들은 아무 말이 없었다.

"저녁때까지만 해도 멀쩡하게 얘기도 잘 했는데……."

레지던트 같아 보이는 남자 의사를 붙들고 혜란은 언성을 높여가며 어떻게 된 영문인지 따졌다. 의사는 아무래도 패혈증이 온 것 같다고 했다.

 "뭐라고? 패혈증이라니?"

 혜란은 믿을 수 없었다. 멀쩡하던 엄마가 불과 몇 시간만에 패혈증으로 사경을 헤매게 될 수 있는지 이해할 수 없었다. 집에서 앓은 것도 아니고 엄마 스스로 구급차를 불러 병원에 왔는데…… 게다가 내일 일반 병실로 간다고 했을 만큼 호전되었다고 했는데…… 졸지에 사경이라니…… 혜란은 어찌할 바를 몰랐다. 어디가 잘못되어 당장 수술을 해야 하는 상황도 아니고 엄마가 자력으로 숨을 못 쉰다는데…… 이대로 엄마의 숨이 돌아오지 않으면 돌아가시는 건데 산소마스크 없이는 살 수 없는 이 순간 무엇을 해야 하나? 숨이 멎을 때까지 지켜보기만 할 것인지? 혜란은 수첩을 뒤져 엄마의 친구에게 전화를 걸었다. 깜짝 놀란 엄마의 친구는 의료진을 바꾸라고 해 설명을 듣고는 서둘러 신부님을 모시고 왔다. 경험상 엄마가 회생하기 힘들겠다고 판단하신 것 같았다. 옆에 있는 스테노도 어쩔 줄 몰라 했다. 그라시야는 보호자대기실에서 할머니를 부르며 어떻게 하느냐고 발을 동동 구르다 급기야 울음을 터트렸다. 신부님은 엄마의 손을 잡고 종부성사를 드렸다. 혜란은 엄마가 말은 못해도 청각은 살아 있어서 틀림없이 신부님의 기도를 들으며 하느님의 품에 편안히 안기셨을 것으로 믿었다. 혜란의 동의를 얻어 산소마스크를 떼고 모니터를 통해 엄마의 심장박동이 멎은 것을 확인한 의료진이 자리를 비켜 주었다. 혜란과 스테노는 어머니를 부르며 오열했다. 그러시야도 아직 체온이 남아 있는 할머니의 얼굴을 감싸 안고 "가지 말라!"고 절규했다. 혜란은 정신을 가다듬어 엄마와의 작별을 인정하고 장례 준비를 해야 했다. 그러나 너무나 갑작스런 상황이라 무엇부터 해야 할지 몰랐다. 엄마 친구가 연락을 해주어 성당의 어르신 몇 분이 오셨다. 그분들이 장례 절차며 준비해야 할 것들을 하나씩 챙겨준 덕분에 장례를 무난히 치를 수 있었다. 학교와 회사에서 많은 교수와 학생, 직원들이 먼 데도 문상을 다녀갔다. 엄마는 평소의 유지대로 화장을 해 아버지 옆에 묻어 드렸다. 박교수는 장지까지 와서 어머니를 보내는 혜란과 스테노를 위로했다.

장례를 마치고 엄마가 안 계시는 친정집에 들어선 혜란은 가슴을 치미는 슬픔과 회한으로 소파에 쓰러져 울었다. 제대로 유언도 남기지 못하신 엄마의 한이 집안 곳곳에 스며 있는 것 같아 어느 것 하나 쉽게 손을 댈 수가 없었다. 엄마의 이부자리, 옷가지, 성경책, 묵주에까지 온통 엄마의 체온과 숨결이 남아 있었다. 그것을 매만지며 혜란은 엄마를 부르며 또 울었다. '이렇게 빨리 엄마를 하느님 곁으로 떠나보 내게 될 줄 알았더라면 좀 더 자주 찾아뵙거나 아예 모시고 같이 살 것'을 하는 회한이 뼛속까지 저리게 했다. 홀로 사시 는 할머니를 염려하는 그라시야가 "할머니와 같이 살면 안 되느냐?"고 했을 때 그라시야의 말을 듣고 실천에 옮겼어야 했는데 그렇게 하지 못한 것이 너무도 후회가 되었다. 무엇 보다도 자주 친정에 와서 한 이불 속에서 엄마의 살을 만지 며 체온을 느끼고 어리광을 피며 모녀의 애틋한 정을 나눠 보지 못한 게 너무 아쉽고 슬펐다. 아버지가 돌아가신 이후 줄곧 혼자 외로운 잠자리를 하시다 돌아가신 엄마가 가엾기 그지없었다. 엄마 생전에 왜 진즉 그런 생각을 못했는지 자 신이 그렇게 바보 같을 수 없었다. 엄마를 보내고 나서 이제 후회한들 아무 소용도 없는 것을, 엄마의 남은 시간을 셈해 보지 않았던 자신의 무심함과 불효가 씻을 수 없는 죄책감 으로 남게 된다는 것을 왜 진즉 몰랐었는지. 혜란의 자책은 쉽사리 사그러들지 않았다. 엄마는 딸이 자신의 삶을 반추 하는 거울 하나를 묵직하게 제 가슴 속에 걸어 놓게 하고는 홀연히 가셨다고 생각하며 혜란은 엄마의 유품을 정리하기 시작했다.

56

스테노는 갑자기 엄마를 잃고 상심이 큰 혜란을 위무하기에 바빴다. 회사 출근을 미루고 엄마의 유품을 정리하는 혜란을 도왔다. 웬만한 주방일도 스테노가 다 했다. 그라시야도 학교에 결석계를 내고 엄마 곁을 지키며 잔심부름을 했다. 엄마의 손때 묻은 유품 가운데 간직해야 할 것들을 따로 모아 박스에 담는 일도 그라시야가 도맡아 했다. 스테노는 버려야 할 것들을 대형 쓰레기봉투에 담아 폐기물처리장으로 옮겼다. 혜란이 엄마의 유품을 정리하다 보니 유품 중에는 성경필사본 여러 권과 그때그때 단상을 적은 짤막한 시구를 적은 쪽지들도 다수 있었다. TV를 보며 건강정보를 베껴 적은 두툼한 노트도 한 권 있었다. 펼쳐 보니 혜란에게도 참고가 될 만했고 나중에 '오방하우스'에 비치하면 좋을 것 같아 따로 챙겼다. 통장도 몇 개 있었는데 그중에 하나는 앞일에 미리 대비라도 한 것처럼 그라시야 대학입학금이라고 적힌 엄마의 글씨가 있었다. 생활비도 넉넉하게 드리지 못했는데 엄마는 쓸 데 안 쓰면서 외손녀를 위해 다달이 적금을 부었던 것이다. 새 옷은 거의 없는 헤진 엄마의 속옷이 그것을 뒷받침했다. 엄마의 사랑은 끝이 없음을 느껴 또 한

번 목이 메었다. 옆에서 그런 모습을 지켜보던 스테노도 눈시울을 붉혔다. 그라시야가 대학에 갈 때 부모의 능력이 달려서 장모님이 그렇게 준비하고 계신 것은 아니었을 것이다. 대학에 들어가기까지 공부하느라 고생한 손녀에게 주는 축하와 위로의 뜻이 담긴 것이었음을 스테노도 충분히 짐작할 수 있었다. 그렇게 한국에 뿌리 깊은 정(情)의 문화를 접할 때마다 스테노는 감명을 받았고 자신의 혈육인 그라시야가 그런 문화 속에서 성장하는 것을 축복으로 여기곤 했었다. 혜란은 그라시야 입학금처럼 용도가 정해진 것은 빼고 엄마의 통장에 남겨진 잔액을 어림잡아 보고는 다문화가정의 자녀들을 위한 '오방장학금'을 생각했다. 스테노는 엄마의 세례명을 따서 '오방마리아장학금'을 제안하며 자기도 조금 보태겠으니 '오방장학재단'을 설립하는 게 어떻겠냐고 했다. 혜란도 일단 적은 돈이기는 하지만 엄마의 돈을 종잣돈으로 장학재단을 만드는 것이 좋겠다는 생각이 들었다. 엄마도 평소 다문화가정을 위해 애쓰는 딸의 깊은 속내를 이해하고 마음으로 응원을 했으므로 혜란의 결심에도 변함없는 지지를 보낼 것 같았다. 사업을 잘 해서 재단의 자산 규모도 키우고 수혜자도 늘려 가면 하늘에서 엄마도 기뻐하실 것은 의심의 여지가 없었다. 새 학기부터 한두 명이라도 장학금을 주기로 스테노와 약속했다. 유품, 금융, 아파트 등 정리할 것을 적절히 처리하고 세종으로 돌아온 혜란은 며칠 몸살을 앓았다. 앓으면서도 거듭 확인하게 되는 것이 있었다. 중환자실에서 면역력이 극도로 저하된 환자들에게 혈액 감염에 의한 패혈증의 우려는 늘 상존한다는 것을 엄마의 희생으로 깨우치게 되었다는 점이다. 패혈증은 감염된 공간에서 특히 면역력이 약한 고령인 환자들에게 발생하기 쉬운 것이지만 그렇다고 나이가 젊다고 해서 안심할 것은 아닌 것을 알았다. 단순한 감기나 폐렴 치료를 위해 병원을 찾았다가 병실에서 패혈증으로 진행돼 유명을 달리한 젊은이의 사례도 이번에 들을 수 있었으므로 평소 자신은 물론 가족들의 건강에 세심한 주의를 기울여야 하겠다는 생각이 들었다. 아울러 '오방'의 제품도 면역강화에 좀 더 효과를 낼 수 있게 레시피를 보완해야 할 필요성도 느꼈다.

57

혜란은 새롭게 신청한 연구과제가 지원과제로 선정되어 큰 액수의 연구비를 받았다. 마침 석사과정 대학원생을 세

명씩이나 한꺼번에 받게 돼 연구과제 수행이 순조롭게 진행되었다. 이전에 석사과정을 마친 한 학생은 '오방'의 연구원으로 채용되어 신소재 및 신제품 개발을 이끌고 있다. '오방'의 순항과 슬로베니아 등 해외 진출 가능성이 알려지면서 혜란의 연구실에서 대학원 과정을 이수하고자 하는 학생들도 늘어났다. 학생들에게 지급 가능한 인건비의 상한을 고려해 세 명만 받아 연구주제를 할당하였다. 학생들은 주야 가리지 않고 실험에 열정을 다해 우수한 논문도 발표하고 신제품 개발에 응용할 수 있는 좋은 결과를 내는 데 실력 발휘를 해주었다. 그 외에 석·박사 통합과정으로 한 명을 더 받았다. 그가 스테노였다. 혜란은 재작년 슬로베니아로 가족여행을 다녀온 이후 스테노를 같은 과의 학부생으로 편입하도록 설득해 이미 학사학위를 취득한 상태였다. 처음엔 완강히 고사하던 스테노도 아내와의 학력 차 때문이 아니라 '오방'의 미래를 위한 일이라는 혜란의 설명을 듣고 혜란의 뜻을 따르기로 했다. 회사에서도 그동안에 쌓아온 스테노에 대한 신뢰가 바탕이 되어 공부에 시간을 할애할 수 있게 승인을 해주었다. 스테노가 학부에 편입하게 되면서 학부모들을 위한 제과제빵 교실은 다문화가족협회의 제과제빵 프로그램과 통합해 운영함으로써 과부하가 걸리지 않게 조정을

했다. 석·박사통합과정은 석사논문 없이 석사과정에 두 학
기만 더 추가하면 바로 박사논문을 내 박사학위를 받을 수
있는 제도이다. 그래서 일찌감치 그에 맞는 주제를 정해 회
사 퇴근 후에도 학교에 나와 실험에 열중하였다. 아내의 남
편에서 아내의 제자로 역할이 하나 더 늘어나게 되어 주변에
서 혹시 아내의 덕을 보는 게 아닌가 하는 의혹의 시선도 있
지만 혜란에게는 천부당만부당 한 일이었다. 그런 불신의 싹
을 아예 잘라버리겠다는 의지라도 보이듯이 스테노에게는
학교에서 제시한 졸업요건보다 더 강화된 요건을 부여하는
등 다른 학생보다 더 엄정하게 지도하였다. 학부시절에도 아
내의 과목을 수강했다가 F학점을 받아 이듬해 재수강을 해
학점을 받은 적이 있어 학내에 혜란의 악명(?)이 파다했었다.

  혜란은 다문화가족협회의 회원들 중에도 학부입학을 장려
하는 분위기를 조성했다. 마침 교육부에서 수능 없이도 입
학이 가능한 '평생학습부'라는 것을 몇몇 대학에 설치해 입
학자격을 갖추면 회원들에게도 대학의 문호가 열릴 수 있
는 상황이었다. 다문화가정의 엄마와 자녀들이 능력을 키
워야 무시도 안 당하고 지금의 한계도 극복할 수 있다는
혜란의 지론이 회원들의 학구열을 자극해 많은 회원들이
교육프로그램에도 꾸준히 참여하고 있고 개중에는 대학입

학을 준비하고 있는 회원도 생기게 된 것이다. 교육부에서 평생학습을 강화하는 정책을 펴 대학교육을 받지 못한 성인 학습자들에게 수능을 치르지 않고도 입학할 수 있게 특별한 교육시스템을 구축한 것은 잘된 일이었다. 다만 이주여성들에게도 문호가 더 활짝 개방되도록 전공, 입학요건, 등록금, 장학금 등 제도적인 개선이 있기를 바라는 마음에서 혜란은 협회 이름으로 교육부에 공문을 보내 정책건의를 하기도 했다.

58

박교수는 모친상을 당한 이후로는 춘천 왕래가 뜸해진 혜란의 안부가 궁금했다. 춘천에 마련하려고 했던 '오방하우스'도 어떻게 되고 있는지 들어보고자 혜란의 학교를 찾았다. 박교수는 이미 퇴직을 해서 명예교수직만 유지한 채 사설 웰빙식물아카데미를 열어 소규모의 시민강좌와 원고 작성으로 소일을 하고 있다. 대전에 딸이 살고 있어서 딸네집에 왔다가 학교로 혜란을 찾게 되었다.

"교수님! 죄송해요. 제가 자주 찾아뵈어야 하는데……"

"바쁜 송박사보다는 시간이 많은 사람이 움직이는 게 맞지. 그래 연구와 사업 모두 잘 되고 있지?"

"예, 교수님께서 성원해 주시는 덕분에 잘 되고 있어요."

"스테노도 박사학위를 마쳤다고?"

"예, 지난 학기에 학위를 받고 '오방연구소' 소장을 겸하고 있어요. 오늘은 회사에 갔는데 교수님 오신다는 얘기를 듣고 지금 오고 있을 거예요."

"축하하네. 만학이라 쉽지 않았을 텐데……."

"예, 마누라 체면 살려 주느라 고생 좀 했지요. 그래도 잘 해냈어요. 지난 2년 동안 국제학술지에 논문 네 편을 냈고요."

"대단해. 혜란의 내조가 큰 힘이 된 거지."

"아니에요. 본인의 노력이 컸어요. 저는 물가로 인도했을 뿐이고 본인이 자의반 타의반 물을 마신 셈이지요."

"그라시야는 대학에 갔나?"

"올해 고3이에요."

"그래? 입시 준비로 고생이 많겠구먼. 전공은 정했고?"

"예, 그라시야가 디자인을 하고 싶어 하네요."

"디자인? 좋지. 엄마아빠를 닮아서 뭐든 잘 할 거야!"

혜란이 딸 얘기를 하는데 스테노가 연구실로 들어섰다.

"교수님! 안녕하셨어요?"

"오! 닥터 랑구스! 박사가 된 걸 축하하네. 잘 했네!"

"감사합니다. 교수님께서 퇴직을 안 하셨으면 송박사가 교수님을 제 논문 심사위원으로 모시려고 했었는데…… 아쉬웠습니다."

"젊은 사람들이 해야 논문이 더 좋아지지. 그래 연구소장을 맡게 되었다고? 그동안에도 사실상 '오방' 제품을 스테노 손으로 만들고 키운 건데 이제 소장이 되었으니 좋은 제품이 더 많이 나오겠구먼. 기대하겠네."

"예, 교수님. 열심히 하겠습니다."

"크레프트와 블랭카 교수님도 잘 계시지?"

"예. 학위 받고 소식을 전했는데 기뻐하시며 축하해 주셨어요. 지금도 두 분 다 건강하시고, 업계 자문을 하고 계세요."

"교수님! 블랭카 교수님이 힘써 주셔서 류블랴냐에 '오방슬로베니아'가 생겼어요. 줄여서 '오방러브'라고 하는데 잘 되고 있어요."

혜란이 해외 대리점 성격의 독립 숍(shop)으로 '오방'의 첫 해외진출 소식을 자세히 설명했다. 박교수는 축하를 해주면서 '오방'의 기술로 현지인들이 즐겨 먹는 아이스크림 제품도 개발해 보면 좋을 것 같다고 아이디어를 주었다. 스테노도 박교수의 뜻을 금방 알아채고 도전의지를 보였다. 혜란과 스테노는 박교수를 제품이 만들어지는 웰빙특산물산업화센터로 안내했다. 그곳에서 센터의 장비를 빌려 '오방'의 직원들이 제품을 만들고 있으므로 박교수가 전에도 한 번 둘러본 적이 있었다. 품목이 늘어나 거의 모든 장비가 풀가동되고 있었다. 직원들도 유니폼을 입고 밝은 표정으로 공정마다 능숙하게 일을 하고 있었다. 얼른 보아도 오방의 유니폼을 입은 직원이 대여섯 명은 되어 보였다. 혜란은 실험실에 석사급 연구원이 둘로 늘었고 센터에서 생산하는 직원도 다섯 명으로 늘었다고 했다. 그들이 포장과 운송, 마케팅까지 분담을 하고 있다고 했다. 그중에서도 사무 경험이 많은 파테나가 대외적인 일을 도맡아 하고 재무관리는 킴노이가 맡아 한다고 했다. 다문화가족에게 회사의 중요한 업무를 다 맡겨도 '오방'이 잘 돌아가는 데는 혜란의 남다른 경영철학과 능력이 한 몫 한다는 것을 박교수는 현장을 둘러보며 느낄 수 있었다. 실험실로 돌아와 혜란은 '오방하우스'의 도면과 전시품 목록을 보여주며 춘천에 건물이 확정되는 대로 오픈할 계획임을 밝혔다. 그리고 '오방하우스'의 운영을 박교수가 맡아주기를 바랐다. 박교수는 아카데미 외에는 달리 하는 일도 없으니 혜란의 제안을 그 자리에서 흔쾌히 수락했다. 혜란은 교수님이 사양하면 직원을 고정 배치해야 하나 고민을 하게 될 텐데 교수님이 수용해 주어 안심이 된다고 했다. 박교수는 제한된 개장시간에만 아르바이트 학생을 두고 자신이 매니저를 해주겠다고 했다. 혜란은 조만간 춘천에 가서 적합한 건물을 알아보고 인테리어, 전시물과 제품 배치, 이벤트, 운영방법 등 구체적인 안에 대해 박교수와 상의를 하겠다고 했다. 스테노는 교수님이 오셨으니 직원들과 같이 창고로 가서 바비큐 파티를 하려고 준비를 했다고 하며 박교수와 혜란을 그의 승용차에 태워 창고로 갔다. 창고 앞마당에 이미 천막이 쳐져 있고 직원 한 명이 그릴에 숯불을 피우고 있었다. 또 한 명의 직원은 바로 옆 비닐하우스에서 야채를 뜯어 수돗물에 씻고 있었다. 비닐하우스 안에는 각종 야채들이 경쟁하듯 내뿜는 초록빛이 '오방'의 푸른 기운을 상징하는 것 같았다. 공장 부지를 돌아보고 오니 그 사이 직원들이 다 모이고 근처에 사는 직원들의 가족도 참석해 정겹고 맛있는 '오방' 가족의 바비큐파티가 훈훈하게 벌어졌다.

59

연구실에서 학생 면담을 하고 있는 혜란에게 파테나로부터 전화가 걸려 왔다. 빨리 협회 사무실로 오셔야 할 것 같다고 다급한 목소리로 말했다. 혜란은 서둘러 상담을 마치고 차를 몰고 유성으로 갔다. 사무실에 이르는 이십여 분 동안 전화로 상황을 보고 받았다. 그날은 협회 사무실에서 십여 명의 회원이 모여 수수 부산물을 이용한 천 염색 강좌가 있는 날이었다. 점심시간에 강사가 미리 와 준비를 하고 한 시부터 세 시까지 실습을 겸해 진행되는 두 시간짜리 강좌였다. 천 염색 실습이 거의 끝나갈 즈음 한 회원의 남편이 들이닥쳐 난동을 부리기 시작해 당황한 파테나가 혜란에게 연락을 한 것이었다. 혜란이 사무실에 들어섰는데도 남자는 흥분하여 책임자를 찾고 있었고 그 옆에는 부인인 듯한 회원 여성이 어쩔 줄 몰라 하며 서 있었다.

"제가 책임자인데요. 무슨 일이시지요?"

혜란은 남자의 눈을 똑바로 쳐다보며 위엄 있게 말했다.

"당신이 책임자요? 당신이 뭔데 이딴 되지도 않는 교육인가 뭔가 한다고 남의 여편네에게 바람을 넣는 거요?"

혜란은 그의 첫마디에 대번 상황이 파악되었다. 처음 듣는 얘기도 아니어서 주저하거나 당황할 것도 없었다. 일단 남자의 흥분을 가라앉히고 대화 분위기를 만드는 것이 필요했다.

"그러게 말입니다. 맞는 말씀이세요. 자 앉아서 얘기하시지요?"

혜란은 남자의 주장에 동조하며 그를 원탁테이블 옆에 놓인 의자에 앉혔다. 부인과 다른 교육생은 강사가 인솔해 밖으로 나갔다. 파테나는 재빨리 차 두 잔을 타 와 혜란과 남자 앞의 테이블에 올려놓았다.

"차 한 잔 드시고 말씀하세요."

혜란이 남자에게 차를 권했다.

"차는 필요 없고. 농사꾼이 농사를 해 먹고 살기도 바쁜데 일은 산더미 같이 쌓아 놓고 저딴 거나 배운답시고 돌아치는 게 다 당신 때문 아니오? 저런 거 배운다고 밥이 나옵니까? 돈이 됩니까? 쓸데없는 일을 벌려 남의 가정에 분란만 일으키는 거 당장 집어 치워요!"

남자는 옆자리의 빈 의자를 걷어차며 흥분했다.

"진정하시고 제 말씀 좀 들어 보세요."

"뭘 들어요? 들어 봤자 뻔한 얘기지."

"요즘 많이 바쁘시지요? 죄송합니다. 바쁜 데 애기 엄마가 일을 못하게 돼서. 그 전은 백배사죄 드립니다."

혜란이 진솔하게 사과를 해서인지 남자는 조금 수그러들었다. 그의 부인은 교육프로그램에 아주 열성적인 회원임을 알 수 있었다. 그녀는 엄마가 아는 것도 많고 능력도 있어야 아이들에게도 힘이 된다는 혜란의 주장에 적극 찬동하고 평소에 혜란을 잘 따라주던 여성이었다.

"차 드세요. 애기 엄마한테는 제가 잘 얘기해 볼게요. 그런데 농사는 무슨 농사를 지으세요? 혹시 메밀농사는 안 하세요?"

"요새 누가 메밀을 심어요? 돈도 안 되는데."

"메밀 재배하면 제가 값을 잘 쳐서 사 드릴 수 있어요."

"정말입니까?"

"그럼요. 제가 왜 선생님께 빈말을 하겠어요. 저희 회사에서 메밀을 많이 쓰는데 국산 메밀 구하기가 쉽지 않네요."

메밀은 단보당 수량은 적어도 이모작을 할 수 있고 가격도 많이 올라서 콩보다 수익이 낮다는 것과 산비탈에 노는 땅을 빌려서라도 면적만 넓게 확보하면 연간 수 천 만원 소득을 올릴 수 있다고 하는 혜란의 말에 남자는 관심을 보였다.

"농사를 해서 잘 아시겠지만 메밀 농사는 두 달이면 1기작 수확이 가능하고 씨를 뿌리고 수확하는 작업만 하면 되니까 중간에 잔손질을 거의 하지 않고도 농사가 되지요. 그러면 시간적인 여유도 있고요."

혜란은 메밀 농사의 장점을 설명하고 강원도 평창에는 일년에 수만 평을 빌려 5개월만 메밀농사를 짓고 억대를 벌어 가을과 겨울에는 그랜저 타고 놀러만 다니는 사람이 있다고 했다. 그것은 사실이었다.

"300평에 100kg을 생산하고 3만 평에 두 번 재배해 6만 평이면 총 생산량이 20톤(2만kg)이 된다. kg 당 가격이 6천 원이면 총 수익이 1억 2천만 원이 된다. 그리고 국산메밀은 농협봉평메밀가공공장 등 판로가 얼마든지 있다."

혜란이 종이에 메모를 해가며 자세히 설명을 하자 남자는 생각을 해보겠다며 찻잔을 들었다. 혜란은 이때다 싶어 본론을 이어갔다.

"농사짓기 힘드시지요?"

"그럼요. 쎄 빠지게 일을 해도 비료값, 농약값, 기계값, 인부임 빼면 남는 게 없어요. 빚만 잔뜩 지고. 원금은커녕 이자 갚기도 벅차요."

"그렇게 힘든 걸 자식에게도 농사짓게 하시겠어요?"

"턱도 없지요. 절대 못하게 할 겁니다. 우리 같이는……."

"그래요. 농업도 옛날 방식으로는 힘만 들고 돈도 못 벌어요. 돈 버는 농업을 하려면 배워야 합니다. 배워서 기술이 있으면 밑천도, 수익도 자본이 다 따라옵니다."

"……."

"애들이 커서 돈 버는 농업을 하려면 많이 배워야 해요. 농업 말고 다른 걸 하려면 더 많이 배워야 해요. 그 점은 동의하시지요."

"그건 알지요."

"그런데 지금 선생님 댁 자녀들이 공부하는 데 어려움은 없나요?"

"잘 모르겠는데……."

"거 봐요. 애들이 공부를 어떻게 하고 있는지 잘 모르시잖아요? 농사로 바쁘시니까 이해는 됩니다. 그런데 엄마아빠다 애들이 공부를 어떻게 하는지도 모르고 공부에 도움도 못 주면 애들이 어떻게 되겠어요? 그러니 애들에게 힘이 되어 주려면 엄마아빠도 공부를 해서 능력을 키워야 하지 않겠어요? 아빠가 바쁘면 엄마라도 배워야지요. 책으로 지식만 배우는 게 아니고 생활능력과 자녀교육에 유익한 배움에는 끝이 없지요."

혜란은 일이 많은 농사보다는 일이 적으면서 수익성은 보장되는 농업을 하고 부모도 뭐라도 배우면서 집안 분위기를 바꾸어 애들 공부에 도움이 되는 여건을 만들어 줄 것을 강조했다. 차를 마시며 잠자코 혜란의 설명을 듣던 남자는 찻잔을 내려놓으며 "잘 알겠다. 좋은 말씀해 줘 감사하다."고 인사를 하며 일어섰다. 사무실을 나가며 "소란을 피워서 죄송하다. 메밀농사에 대해 물어 보러 또 오겠다."고 덧붙이고는 황급히 문을 열고 나갔다.

60

스테노는 그동안 혜란과 같이 발표한 논문이 꽤 되었다. 그중에는 지난 3년간 국제적으로 공인되는 과학기술논문 인용색인(SCI)에 등재된 국제저널 논문도 혜란과의 공저를 포함해 모두 15편이 있었다. 마침 박교수가 은퇴한 대학에서 신임교수 공채가 있는데 지원을 해보라는 박교수의 권유가 있어서 응모를 했다. 스테노의 연구경쟁력을 알고 있던 박교수는 채용 분야의 교수 티오가 외국인 트랙인데다 전공도 맞으니 가능성이 높다고 했다. 스테노는 아내의 고향이기도 하고 메밀의 고장이기도 한 춘천에서 새로운 일을 하게 될지도 모른다는 희망과 기대 속에 전형절차를 밟았다. 혜란도 좋은 결과가 있기를 기도했다. 결과는 합격이었다. 최종 후보에 올라 총장과의 면접을 마치고 임용이 결정되던 날 스테노는 감격의 눈물을 흘렸다. 혜란의 고집스런 권유로 공부를 더해 박사학위를 받게 된 것이 결정적으로 교수직을 갖게된 계기가 된 것이다. 처음 혜란을 만나 연정을 품으면서 느꼈던 학력 콤플렉스를 모국에서도 전혀 꿈꾸지 못했던 박사와 교수로 반전시킨 것은 당사자인 스테노는 물론 혜란에게도 무척 가슴 뿌듯한 일이었다. 스테노는 슬로베니아에 계신모친과 은사님들께도 기쁜 소식을 알리고 축하를 받았다. 혜란은 엄마가 사시던 아파트를 팔지 않고 전세를 주길 잘했다고 하며 세입자를 내보내고 스테노가 살게 해주었다. 스테노는 이십 년 넘게 다닌 회사도 사표를 내고 교수직에 충실하면서 혜란의 '오방' 사업을 돕는 데 최선을 다했다. '오방하우스'를 위해 춘천에 건물을 임대하려고 알아보다가 마침골목길 네거리 바로 옆에 있는 박교수 소유의 3층 건물이비게 돼 그곳을 임대해 '오방하우스'를 오픈하게 되었다. 교수가 되어 이 도시로 이주해 온 스테노가 점주 역할도 하게돼 혜란에게는 정말 잘 된 일이었다. 다만 가족이 떨어져 살아야 하는 것이 아쉬울 뿐이었다. 그래도 자기 대신 남편이고향에 도움이 되는 역할을 할 수 있게 된 것은 하느님의 축복이 아닐 수 없었다. 하늘에 계신 엄마도 성모님께 간구해 준 덕분이라고 생각한 혜란은 엄마가 다닌 성당에 거금의 감사헌금을 쾌척했다. 작년에 그라시야도 원하는 대학, 원하는 학과에 들어가게 돼 혜란은 연이어 받은 하느님의 선물에 가만히 있을 수가 없었던 것이다. 그라시야는 서울의 기숙사에서 생활하면서 주말에는 세종과 춘천을 번갈아 다녔다. 그라시야가 세종에 갈 때는 아빠가 세종으로, 춘천에 갈 때는 엄마가 춘천으로, 그라시야를 중심으로 가족들은 이동을 했다. 그라시야가 서울에 있을 때는 엄마아빠도 자신의 거처에서 각자의 시간을 가지며 주중에 미진한 일들을 보완하곤 했다. 그라시야는 디자인을 전공하고 있어 방학 때는 유럽에 가서 견문을 넓히는 계획을 매번 방학 때마다 이행했다. 할머니가 요양원에 계시기는 하지만 아직 근력은 좋으셔서 그라시야가 유럽에 갈 때마다 꼭 할머니를 찾아뵙고 엄마아빠의 안부를 전하며 위로를 드렸다. 할머니는 손녀가 유럽에 와서 대학원 공부를 하기를 바랐다. 그라시야도 그럴 생각으로 학교도 알아보고 영어와 슬로베니아어를 열심히 공부하고 있다고 했다. 할머니는 류블랴나로 왔으면 하셨지만 최종 결정은 엄마아빠와 상의해 차차 하라고 하셨다. 혜란은 그라시야가 아직 학부생이기는 하지만 '오방' 신제품의 포장디자인과 '오빙하우스'의 공간디자인을 그라시야에게 맡기기도 했다. 그중에 어떤 것은 대학생디자인공모전에서 상을 받기도 해 엄마아빠를 기쁘게 했다. 스테노는 그라시야에게 세계적인 디자이너의 포부를 갖게 하고 자신감도 불어넣어 주었다. 그런 꿈을 실현해 가는 데 도움이 될 남자친구도 그라시야에게 생기기를 은근히 바라는 마음을 혜란에게 털어 놓기도 했다. 곁에서 엄마의 삶을 지켜본 딸로서 그라시야도 엄마처럼 남자를 진정으로 사랑할 줄 아는 여인으로 성장할 것이라고 믿었다. 언젠가 그라시야는 엄마아빠와 같이 한국영화 '편지'를 보고 감동의 눈물을 흘렸었다. 스테노는 그라시야에게 엄마의 사랑도 영화 같다고 했다. 엄마는 살아서 매일 아빠에게 편지를 보낸 거나 다름없다고 했다. 그런 엄마를 딸도 닮기를 바라는 아빠의 마음을 그라시야도 촉촉한 아빠의 눈에서 읽었었다.

　그라시야는 학부를 졸업하고 아빠의 모국인 슬로베니아로 유학길에 올랐다. 석사과정은 류블랴냐에서 이수하고 박사과정을 프랑스로 가는 게 좋겠다는 아빠의 권유에 따랐다. 스테노가 딸의 미래를 위해서 지인들을 통해 백방으로 알아보고 내린 결론이었다. 블랭카의 조언도 한몫을 했다. 유럽은 여러 번 다닌 데다 구순의 할머니도 아직 계시고 아빠의 모국이라 그라시야에게도 한동안 살아보고 싶은 마음이 있었다. 혜란은 딸도 모교인 류블라냐에서 수학해 동문이 되는 선택을 이의 없이 반겼다. 현지에서 '오방러브'와의 가교 역할도 기대하면서 기쁜 마음으로 공항까지 따라가 딸을 배웅했다.

61

킴노이는 휴가를 얻어 고등학교를 졸업하고 대학생이 된 두 아들을 데리고 라오스 루앙프라방의 고향집에 다니러 갔다. 따지고 보니 7년만의 귀향이었다. 아이들이 중학교에 들어가게 되었을 때 친정아버지의 부음을 받고 아이들을 데리고 다녀왔다. 남편 없이, 시댁의 도움도 없이 혼자서 두 아들을 키우면서 힘들고 외로울 때도 많았지만 오직 불심의 힘으로 버텨냈다. 간혹 혼자 산다고 얕보고 집적대는 남정네가 있었지만 당차게 정조를 지키며 아이들만 바라보고 살았다. 모처럼 찾은 루앙프라방은 소문대로 많은 변화가 있었다. 인천에서 직항도 생겨 메콩강변을 누비는 한국인 관광객도 많이 눈에 띄었다. 혜란 부부에 대한 보답의 마음으로 언젠가 그들을 루앙프라방에 초청해 메콩강에서 라오스 음식과 주변 정취를 즐기게 해주고 싶다는 생각을 하며 뚝뚝이를 타고 시 외곽의 고향집으로 갔다. 엄마가 동네 어귀까지 나와 기다리고 있다가 킴노이를 보자 달려와 안아주고 볼을 비비며 눈물을 흘렸다. 청년이 다 된 외손자들도 가슴으로 품어주며 "내 새끼들! 내 새끼들!" 하며 감격해 했다. 집안으로 들어간 킴노이는 캐리어를 열어 준비해온 선물을 하나씩 꺼내 놓았다. 킴노이가 '오방' 제품을 들어 보이며 자기가 만든 거라고 자랑하자 "장하다! 우리 딸 장하다!"고 하며 루앙프라방 상점에서도 본 적이 있다고 했다. 한글을 모르긴 하지만 모양과 색깔로 봐서 틀림없이 같은 거라고 했다. 킴노이는 자기가 만든 게 고향에까지 건너와 팔리고 있다는 것이 믿어지지 않았으나 엄마 말이 맞을 거라고 생각하며 자부심을 느꼈다. 큰아들은 잽싸게 한 개를 까서 할머니 입에 넣어주며 맛을 보시라고 했다. 할머니는 한 입 깨물어 씹어 보고는 맛있다고 했다. 작은아들은 "건강에도 좋대요?"라고 하며 아는 체를 했다. 그런 모습을 바라보며 킴노이는 왠지 모르게 눈물이 났고 혜란의 얼굴이 떠올랐다. 혜란을 만나지 못했더라면, 혜란이 그렇게 잘 보살펴 주지 않았더라면 저렇게 듬직하게 성장한 아이들도, 지금의 행복한 순간들도 모두 불가능했을 것 같아 혜란과의 인연을 가능하게 해준 부처님께 감사했다. 둘러앉은 형제들과 친척들도 한 개씩 맛을 보며 엄지손가락을 치켜들어 보였다. 조카들은 친구들에게 준다며 몇 개를 집어 슬그머니 제 주머니에 집어 넣기도 했다.

킴노이의 고향 방문을 허용하며 혜란은 특별 보너스를 쥐어주고 아이들 데리고 잘 다녀오라고 했다. 아울러 라오스의 전통의약 식물 가운데 '오방' 제품의 원료로 쓸 만한 식물을 알아봐 달라고 부탁했다. 킴노이는 루앙프라방에 있는 모교인 농업전문대학을 찾아가 은사님들을 뵙고 필요한 자료를 얻었다. 비엔티엔에 있는 라오스 전통의약연구소도 찾아가 쓸 만한 자료를 챙기고 '오방연구소와 MOU 체결의 가능성도 타진해 보았다. 집에 머무는 동안 수집한 민속의학 자료를 한글로 번역해 돌아가서 혜란에게 전해줄 준비를 했다. 한국에 가서 재배할 수 있는 종자와 종근도 농가를 찾아다니며 입수를 했고 재배요령도 청취해 메모를 했다. 그렇게 필요한 것도 챙기면서 만나고 싶은 사람들과도 만나 회포를 풀다 보니 일주일이 금방 지나갔다. 한국에 가기 전에 한글을 가르쳐 준 선교사도 만나 인사를 했다. 선교사도 반가워하며 아들과 밤늦도록 이야기를 나누었다. 그는 두 아들에게 훌륭한 인재가 되어 한국인이지만 엄마의 모국인 라오스를 위해서도 큰일을 해줄 것을 주문했다. 십오 년 넘게 라오스에서 선교를 하면서 누구보다도 라오스의 현지 사정에 밝은 그의 주문은 설득력 있게 들렸다. 아들들이 크게 감화를 받았을 것을 생각하니 킴노이의 마음도 한결 가벼워졌다. '오방'에 취업해 혜란 부부 덕분에 아들을 잘 키워 희망을 품게 된 게 킴노이에게는 꿈만 같았다. 아이들의 밝은 미래에 대한 확신과 더불어 다문화 사회에 대한 '오방'의 힘이 느껴졌다. 가족들과 아쉬운 석별을 하고 귀로에 오른 킴노이는 비행기에서 메콩강이 감싸고 흐르는 루앙프라방의 너른 들판을 바라보며 다섯 시간이면 올 수 있는 고향땅을 또 언제 밟게 될지 몰라 쓸쓸해지는 마음을 달랬다.

　혜란에게 귀국 인사를 하면서 가지고 온 종자와 종근은 식물검역 신고를 했음을 알려주었다. 검역을 마치면 받아다가 재배를 잘 해보겠다고 하며 번역한 자료를 혜란에게 건넸다. 그중엔 당뇨로 고생하시던 아버지가 오랫동안 약으로 드시면서 효과를 본 것도 있다고 했다. 혜란은 귀중한 자료를 가져다 준 킴노이에게 고마움을 표하며 스테노와 같이 관심 있게 살펴보고 생리활성과 가공적성을 연구해 보겠다고 했다. 쓸 만한 게 분명히 있을 것이라는 기대감으로 혜란의 입가엔 은은한 미소가 번졌다.

62

스테노는 혜란과 함께 슬로베니아 마리보 근교의 요양원을 찾았다. 류블라냐에서 그라시야를 만나 함께 왔다. 요양원에서 모친의 위중을 알려왔기 때문이다. 어머니는 노환으로 요 며칠 식음을 전폐하고 링거로 연명하고 있었다. 다행히 의식은 있어서 아들 며느리와 손녀를 알아보고 미소를 지어 보였으나 말은 하지 못했다. 스테노는 어머니를 부둥켜 안고 볼을 비볐다. 귀에다 대고 슬로베니아 말로 오랜 세월 외롭게 해드린 데 대한 사죄와 영원한 모자 사랑의 언약을 어머니가 알아듣게 또박또박 말했다. 혜란도 시어머니의 손을 잡고 하느님 품에서 영면하시라고 마음속으로 기도했다. 그라시야도 여기 와서 학교생활에 적응하느라 몇 개월이 지나도록 겨우 두 번밖에 찾아뵙지 못한 데 대해 속죄하며 할머니의 영생을 빌었다. 스테노는 연락을 받고 집을 나서면서 어머니와의 이별을 예감했었다. 자신을 이 세상에 있게 한 생명의 근원을 잃는다는 것은 뿌리째 뽑혀 허공에서 시들어

가는 나무와도 같다고 생각했다. 이 세상의 종말에 이르는 그 다음 차례는 바로 자신이기 때문에 어머니의 죽음을 자신에게 남은 시간의 단축과 등치시키는 것은 자연스러운 것이라는 생각이 들었다. 죽음은 짐을 내려놓고 자연으로 돌아가는 것이고 부모 자식 간에도 순서와 시차만이 다를 뿐 유한한 생명의 본질을 공유하는 것이어서 꼭 슬프기만 한 것은 아닐 것도 같았다. 세상을 잘 살 수 있는 능력을 유전(遺傳)하고 당대에서 아들을 통해 그것을 확인하고 떠날 수 있는 것만으로도 어머니는 행복하셨을 거라는 생각도 들었다. 그래서 눈물을 보이지 말고 담담한 마음으로 보내드리자고 생각했다. 임종을 지키며 단 몇 마디라도 어머니에게 마지막 말을 할 수 있게 아들 내외를 기다려 주신 어머니께 감사했다. 젊어서 생이별을 한 아버지도 이 순간만큼은 어디선가 어머니의 영혼을 위로해 주시리라 믿었다. 가족들이 보는 앞에서 편안한 모습으로 조용히 숨을 거둔 어머니를 교회 묘지에 안장하고 한동안 비워 두었던 고향집에서 어머니의 흔적과 체취를 가슴에 담았다. 유월의 태양 아래 하늘을 향해 핀 앞마당의 제라늄이 마치 하늘에 오른 어머니에게 손짓을 하는 것처럼 보였다. 혜란은 갈 땐 가더라도 어머니의 집이 폐가처럼 보이게 하고 싶지 않아 그라시야와 같이 집안

구석구석을 쓸고 닦았다. 밤에도 불을 환히 켜놓고 간단한 요리도 해 늦은 저녁을 먹었다. 어머니를 떠나 보낸 스테노의 허전한 마음을 조금이라도 달래주려는 혜란의 배려였다. 자주 오기에는 먼 길이지만 당분간 여름과 겨울 휴가는 이 집에서 세 식구가 모여 보낼 생각이었다. 이튿날, 혜란은 스테노를 앞세워 화원에 갔다. 꽃이 탐스러운 화초 몇 그루를 사서 묘지에 심고 마당에도 화초와 허브를 심었다. 그라시야와 함께 심은 화초에 물을 뿌리며 주인이 없어도 집을 잘 지켜 주기를 바랐다. 허브가 그러겠다고 대답이라도 하는 듯이 마당 가득 민트 향을 날렸다.

류블랴냐에서 그라시야와 작별을 하고 자그레브를 거쳐 한국으로 돌아온 혜란과 스테노에게 '오방'이 산업자원부로부터 우수벤처상을 받게 되었다는 기쁜 소식이 전해졌다. 스테노는 어머니가 하늘나라로 가시면서 주신 선물이라는 생각이 들었다. 상을 받는 날은 사전에 취재해 보도 자료를 낸 주최 측의 치밀한 준비로 여러 신문에 '오방'에 대한 기사가 대서특필 되었다. 혜란과 스테노의 프로필은 물론 한길을 함께 걸어온 부부의 특별한 이야기가 화젯거리로 소개되기도 했다. 신문기사를 보고 많은 지인과 제자들의 축하 전화가 쇄도했다. 박교수도 스테노의 집으로 축하화분을 보내왔다.

어머니를 여읜 슬픔을 딛고 일취월장 하라는 격려가 꽃향기보다 더 진하게 배어 있는 회분이었다.

63

'오방하우스'는 입소문을 타고 널리 알려져 방문객이 현저히 늘고 있다. 3층 건물의 '오방하우스'는 외관이 청색 판넬로 지어져 '오방 블루'라는 별칭으로도 불리어진다. 단순한 상품전시보다도 게시된 학습자료를 통해 건강정보를 얻으며 간단한 식음료를 즐길 수 있게 카페를 겸한다. 한쪽에는 이벤트를 하며 사진도 찍을 수 있는 코너도 마련되어 있다. 따로 입장료는 없고 전시품 관람과 이벤트는 무료다. 카페에서 손님들이 마시고 먹는 오방산(産) 식음료와 디저트 스낵, 즉석 구매하는 오방 제품의 수익으로 아르바이트 학생의 인건비를 충당하게 된다. '오방하우스'는 '오방'의 홍보관 역할을 함과 동시에 '오방' 제품의 원료식물의 이미지를 형상화 해 '오방하우스'의 로고와 캐릭터를 만들어 원료 웰빙식물의 홍보도 겸하는 효과가 있다. 그래서 '오방하우스'의 캐릭터 상품으로 그라시야가 식물의 잎, 꽃, 열매, 종자 등을 본 따 디자인한 것들이 많고 방문한 기념으로 사가는 사람들도 꽤 있다. 제품을 많이 사는 고객에겐 캐릭터상품세트를 보너스로 주기도 한다. 박교수는 격주로 '오방블루톡(Obang Blue Talk)'이라는 명칭의 '오방강좌'를 열어 웰빙식물을 중심으로 하는 건강정보를 무상으로 제공하고 있다. 시보를 통해 매월 강좌주제가 예고되어 좁은 공간의 제한된 좌석이 늘 만석이다. 나라별로 게스트 쉐프를 초빙해 각국의 전통음식을 맛보는 '오방디쉬(Obang dishes)'는 약간의 참가비를 받는데도 매우 인기가 있다. 스테노는 '오방하우스'의 모델이 된 마리보의 '바인하우스'와의 자매결연도 추진해 '자매하우스' 코너를 마련해 각자의 제품을 교환 전시, 판매하는 것도 가능하게 되었다. '오방하우스'는 단순한 전시·판매장을 넘어 지역의 문화공간으로서의 기능에도 중점을 두어 운영해 주목을 받고 있다. 그래서 '오방하우스'를 다녀간 손님들 중에는 분점 개설을 문의해 오는 사람도 있어서 혜란과 스테노는 '문화가 있는 프렌차이즈 사업'의 가능성도 검토하고 있다. 또한 '오방하우스'가 찾아오는 고객들만을 위해 서비스를 하기보다는 찾아가는, 모바일 문화공간으로도 역할을 하기 위해 주기적으로 시청광장, 조각공원, 풍물시장 등 시민들이 많이 모이는 곳에 부스를 설치해 시민을 위한 문화서비스를 하고 있다. 연주자 초청 악기연주, 마임이스트 초청 마임공연, 거리시화전, 제품의 시음과 시식, 원료식물 체험 등 다양한 프로그램으로 지역을 순회하며 서비스를 하다 보니 '오방하우스'를 찾는 고객과 재방문을 하는 고객이 늘어나고 오방제품을 매장에서 직접 구매하거나 우편주문을 하는 단골고객도 눈에 띄게 증가하고 있다. 그것은 '오방하우스'에서 발행하는 할인쿠폰의 지급 및 회수 건수로 증명이 되었다. 슬로베니아에 개설된 '오방러브'를 비롯해 그동안 십여 개로 늘어난 '오방'의 해외 현지 숍(shop)에서도 현지실정에 맞게 '오방하우스'가 운영되고 있으며 미니조형물, 나염 손수건 등 캐릭터상품은 공유가 되고 있다.

혜란은 해외의 '오방숍'이 한 자리에 모여 '글로벌오방축제(Global Obang Festival)'도 열어 볼 생각으로 몇 가지 아이템을 가지고 축제를 열기로 했다. 나라와 도시를 순회하며 마치 '오방올림픽'과 같이 재미있고(fun), 우정을 나누며(friendship), 각국의 음식(food)도 즐기는 3F 글로벌 이벤트가 될 것 같아 혜란은 벌써부터 가슴이 설렜다. 아무래도 첫 행사는 '오방하우스'가 있는 춘천에서 해야 할 것 같아 스테노와 의논을 했더니 축제에 학술행사까지 곁들이는 것이 좋겠다고 해 '제1회 국제오방심포지엄'도 준비하기로 했다. 학술

심포지엄은 '웰빙식물의 바이오산업소재화'를 주제로 하고 심포지엄 개최 경험이 많은 박교수에게 연사 초청, 논문집 발간 등 세부적인 사항을 도움 받기로 했다. 행사를 마치면 남이섬에 가서 1박 2일 오방 직원들과 해외 참가자 및 우수 고객들을 초청해 '오방가족캠프'를 열어 우정을 돈독히 하는 기회도 갖기로 했다. 이 모든 것을 혜란과 스테노가 다 할 수가 없어서 고민을 하던 중 제자들이 휴가를 내 '오방봉사대'를 조직, 자발적으로 돕겠다고 나섰다. 한 마디로 '혜란 사단'이 총출동하게 된 것이다. 그때는 그라시야도 방학이 될 것이므로 고향 방문을 겸해서 참가하겠다고 연락을 해와 혜란 부부의 마음을 더욱 설레게 했다.

이러한 계획은 조금도 차질 없이 진행되어 무더위가 지나가고 아침저녁으로 서늘한 바람이 불기 시작한 8월 하순에 대망의 막이 올랐다. 해외 12곳의 오방점주들과 5명의 외국인 초청연사, 그리고 3명의 주한 대사 또는 대사관 직원 등 모두 20명의 외국인과 오방의 직원 및 국내 오방점주를 포함한 다수의 내국인 참가자들이 한 자리에 모이게 되었다. 특히 주한슬로베니아 대사는 부인과 함께 참가를 했다. 해외 오방점주들은 행사가 시작되기 하루 전에 입국해 세종에 들러 혜란의 대학 연구실과 웰빙특산물산업화센터를 돌아보고 왔다. 춘천에서는 '오방하우스'를 돌아보고 스테노가 근무하는 대학의 체육관에서 이틀에 걸쳐 '오방제품'과 원료에 관련된 각국의 전통의학자료, 민속문화, 학술연구정보, 전통음식 등을 교류했다. 첫날 개회식에서 주한슬로베니아 대사는 혜란과 스테노 부부의 '만남'과 '성공'을 소개하며 축사를 대신했다. 셋째 날 남이섬 호텔과 별장에 여장을 풀고 잔디밭에 모여 각국의 민요를 부르며 우의를 다졌다. 물가에서 캠프파이어를 하며 밤늦도록 이야기꽃을 피운 참가자들은 '오방'의 밝은 미래를 확신하며 좋은 사람들과도 함께 할 수 있어 잊을 수 없는, 행복한 시간이었다고 모두 대만족이었다. 참가자들은 내년에 슬로베니아 류블라냐에서의 두 번째 '글로벌오방페스티벌'을 기약하며 아쉬운 작별을 했다. 그라시야도 축제 기간 내내 통역을 맡아 외국인 참가자들과 내국인들 간의 교량 역할을 톡톡히 했다. 축제가 끝나고 며칠 더 남아 엄마아빠를 도우려고 했으나 국제공모전 마감이 임박해 남이섬에서 부모님과 작별을 하고 외국인들과 함께 출국을 했다. 혜란과 스테노는 성공적으로 행사를 마치게 돼 도와 준 직원들과 제자들에게 그라시야의 디자인이 새겨진 T셔츠를 하나씩 선물로 주고 연말에 세종으로 초대해 송년회를 하겠으니 가족들을 동반해 참석해 달라고 했다. 그날 이후 한동안 축제에 참가했던 사람들로부터 축제에 대한 호평과 감사 인사를 전하는 메일과 문자가 혜란 부부를 즐겁게 했다. 일취월장 하는 '오방'도 백문불여일견(百聞不如一見)임을 확인하게 되었다는 것이 대다수의 의견이었다. 돌이켜보니 실험실 창업을 시작한 지도 십 년이 넘었다. 혜란이 재직하는 동안은 학내 산업화센터를 이용하는 것이 학교나 혜란에게 다 이득이 되어서 공장 설립은 계속 미루어 왔다. 그것은 공장 설립과 장비 구축에 막대한 자금이 들어가는데 그런 부담을 줄여 제품개발과 마케팅에 주력한 것이 성공의 한 요인이었다고 할 수 있기 때문이었다. 그래서 혜란은 창업을 할 무렵 학교에 장비를 갖춘 센터가 설립된 것은 참으로 행운이었음에 감사하며 장비사용료 외에도 매년 수익금의 일부를 대학의 발전기금으로 쾌척하기도 했다.

64

혜란이 3년 임기의 회장직을 두 번째 연임하고 있는 다문화가족협회도 그동안의 자구적인 노력을 인정받아 시로부터 활동지원금도 받게 되었다. 회원도 거의 두 배로 늘어났다.

처음엔 대전을 중심으로 하는 중부권의 다문화가정이 대부분이었는데 인근 지역으로까지 회원의 분포가 넓어진 것도 협회의 꾸준한 활동이 알려진 덕분이었다. 지자체 인사들의 특강을 통해 다문화가정에 대한 이해의 폭이 넓어지고 가정과 지역사회에서 이주여성들의 인간관계 및 생활능력의 향상도 이전에 문제 가정이나 문제 아동의 꼬리표를 달게 했던 크고 작은 문제들을 차츰 해소하는 결과를 가져왔다. 무엇보다도 회원 수가 늘었음에도 불구하고 전보다 더 끈끈해진 회원들 간의 유대가 협회 활성화의 원동력이 되었고 향후 협회의 미래도 밝게 하는 것이어서 회원들은 이구동성으로 혜란과 파테나의 '찰떡궁합' 리더십을 계속 지지했다. 농사일에 대한 부담으로 회원들의 교육 참여를 반대하던 가정에서도 메밀과 같은 '손이 덜 가는 농업'으로 바꾸고 손이 많이 가는 시설하우스 채소 농사의 경우에는 회원들의 품앗이를 통해 일손을 덜어줌으로써 집집마다 남편들이 협회 활동을 지지하는 원군이 되었다. 남편들도 종종 협회 사무실에서 회동하며 교육시간 조정, 원하는 프로그램과 강사 추천, 회원가족캠프 등 아내는 물론 자신들도 참여의 기회를 늘려가며 협회운영의 내실화와 활성화에 크게 기여했다. 잡곡류 외에도 원료작물을 재배해 '오방'에 공급하는 회원도 많아졌고 회원들이 '오방' 제품의 주 고객이자 홍보대사이기도 했다. 특히 사무실에서 난동을 피웠던 남자는 여기저기 노는 땅을 빌려 지은 메밀을 '오방'에 팔아 매년 막대한 수익을 올렸다. 심적으로나 시간적으로 여유가 많아진 그는 누구보다도 더 열성적으로 협회 일을 도우며 부인과 함께 배움도 넓혀 갔다. 멀리서도 맡은 협회 강좌에는 빠짐없이 재능기부를 하고 있는 스테노는 이런 변화에 감동하며 직원만의 '오방촌'이던 것이 지역적으로나 참여주체로나 사실상 '오방촌'이 넓혀지고 있다는 느낌을 받았다. 언젠가 회사 차원에서 공장새마을 운동에 관한 연수를 받으면서 들은 바 있는 한국의 새마을 운동의 한 유형으로 '오방촌'을 규정할 수도 있겠다는 생각이 들었다. 혜란도 내부적으로 해결해야 할 문제와 갈등이 아직도 많지만 잘만 꾸려 가면 스테노의 말에도 일리가 있을 것 같았다. 그러나 섣불리 '오방'에 새마을 운동을 갖다 붙이는 일은 삼가야 할 것 같아 스테노에게 '오방'의 작명 당시 가졌던 '생산자 및 생산된 제품의 다국적화'라는 취지의 기본 선을 넘지 말자고 했다. 스테노도 혜란의 지적에 공감하며 '오방'의 경영철학을 명문화 해볼 것을 제안했다. 혜란은 스테노와 숙의를 거쳐 '세계인의 손으로 만든 세계인의 건강 제품(Health products for/by citizen of the world)'이란 캐치프레이즈를 사용하기로 했다. 그리고 여건이 마련되는 대로 품질의 고급화 및 차별화를 위해 유기농산물을 원료로 한 제품의 생산도 병행하는 투 트랙 전략을 구사하기로 했다.

65

호사다마(好事多魔)라고 했던가? 모든 일이 잘 풀려 행복했던 혜란과 스테노에게 청천벽력과 같은 비보가 전해진 것은 혜란이 춘천에서 스테노와 함께 대학원생의 석사학위 논문 심사를 하고 있을 때였다. 그라시야가 죽었다는 것이다. 바로 전날 그라시야는 석사 졸업을 앞두고 국제전시회에 작품을 출품하게 돼 헝가리 부다페스트에 지도교수와 같이 왔다고 했었다. 그런데 죽었다니……. 혜란 부부는 앞이 캄캄했다. 혜란은 지도교수의 전갈을 믿을 수 없어 폰을 놓지 못하고 몇 번씩이나 어떻게 된 일인지 되물었다. 길을 건너다 차에 치여 병원에 이송했는데 회생하지 못하고 숨을 거두었다며 지도교수도 울면서 "쏘리(sorry)! 쏘리(sorry)!"를 연발했다. 혜란은 혼절하다시피 했고 스테노도 세미나실을 뛰쳐나가 벽에 기대어 오열했다. 정신을 가다듬은 스테노는 혜란을 부축해 택시를 불러 공항으로 향했다. 택시 안에서도 계속 오열하며 지도교수로부터 현지의 상황을 수시로 확인하느라 전화를 놓지 못했다. 크레프트와 블랭카 교수에게도 비보를 전하고 현지에 도착하기 전까지 도움을 청했다. 크레프트와 블랭카도 놀람과 슬픔을 주체하지 못해 당장 달려가고 싶었으나 노구를 이끌고 갈 수가 없어서 각자 아들과 딸을 부다페스트로 보냈다. 혜란과 스테노는 비행기에서 통 먹지도 못하고 사랑하는 딸을 잃은 슬픔을 가눌 길이 없어 눈물을 흘리며 애만 태웠다. 쓰러져서는 안 되고 그라시야의 마지막 모습이라도 가서 꼭 보려면 기운을 차려야 한다고 스테노가 강권해 혜란은 기내식을 받아 조금 뜨다 말았다. 황급한 마음으로 어떻게 부다페스트까지 왔는지도 모르게 공항에 도착한 두 사람은 택시를 타고 병원으로 갔다. 영안실에서 시트를 벗기고 본 그라시야의 창백한 얼굴을 끌어안고 혜란과 스테노는 미친 듯이 울부짖었다. 그라시야의 몸은 싸늘하게 식어 있었고 차에 치여 넘어지면서 땅에 심하게 머리를 부딪쳤는지 머리는 붕대로 감아져 있었고 군데군데 핏자국과 멍이 있는 얼굴은 부어 있어 제 모습이 아니었다. 그렇게 예쁘고 다정했던 딸이 엄마아빠가 갔는데도 일어나 안기지 못하고 참혹한 모습으로 절명해 주검이 된 현실이 믿기지 않았다. 금방이라도 엄마를 부르며 품에 얼굴을 묻을 것만 같은 딸을 다시 못 볼 먼 곳으로 보낼 수밖에 없는 이 순간 혜란도 딸과 함께 묻히고 싶었다. 자신의 분신이 저렇게 불귀의 객이 되었는데 혼자 살아서 무엇 하나 하는 생각에 '우리 딸 불쌍해서 어떻게 하냐?'고 제 가슴을 쳤다가 옆에 있는 스테노를 때리기도 했다가 어쩔 줄을 몰라 했다. 스테노가 울면서 그라시야를 그만 보내주자고 몇 번을 말해도 혜란은 몸을 가누지도 못하고 그라시야의 손을 놓지 못했다. 의료진과 지도교수의 만류로 그라시야를 놓아주고 스테노의 부축을 받아 조문실로 갔다. 지도교수는 그라시야를 지켜주지 못한 자기가 죄인이라며 용서를 빌고 또 빌었다. 혜란과 스테노는 그라시야를 류블라냐의 할머니 곁에서 영면하게 했다. 휴가를 오려고 했던 어머니의 집에서 딸의 장례를 치르게 된 스테노는 망연자실했다. 어디서부터 잘못된 것인지 알수가 없었다. 유학을 보내지 말았어야 했나? 처음부터 프랑스로 보낼 걸 그랬나? 전공을 다른 걸로 하게 할 걸 그랬나? 후회스러운 게 한두 가지가 아니었다. 장례식에 참석한 크레프트와 블랭카도 다 키운 딸을 졸지에 잃은 혜란과 스테노를 어떻게 위로해야 할지 몰랐다. 지도교수도 이제 막 꽃이 피기 시작한 그라시야의 재능이 너무도 아깝다고 한탄을 했다. 누가 그라시야를 시기라도 한 것인지……. 혜란은 그런 악마로부터 딸을 지켜주지 못한 하느님이 원망스러웠다. 지금까지 이루어 온 다른 것을 다 망가뜨리더라도 사랑하는 딸만은 데려가지 말았어야 하는 것 아니냐고 위로하는 크레프트의 손을 잡고 절규했다. 스테노의 상심도 이루 말할 수 없이 컸다. 남이섬 축제장에서의 밤이 그라시야와 보낸 마지막 밤이 될 줄은 몰랐다. 세계적인 디자이너를 향한 아빠의 기대에 부응할 날이 머지않았음을 다짐했던 딸의 말이 결국 딸이 남긴 마지막 말이 된 것이 가슴 아팠다. 자신과 아빠를 위해 굳이 갖지 않아도 될 너무 큰 꿈을 간직하며 그 꿈을 꼭 이루고자 했던 딸의 의지가 되레 요절을 가져온 것 같아 모든 게 스테노 자신의 부덕과 죄 때문이라는 생각에서 벗어날 수가 없었다. 그렇지만 당장 혜란을 지키는 일도 본인의 몫이라는 생각 때문에 자신부터 추슬러야 한다는 생각으로 꼿꼿한 가장의 모습을 보이느라 스테노는 마음 놓고 울지도 못하며 차가운 땅에 그라시야를 묻었다.

초주검이 되다시피 한 몸을 이끌고 혜란과 스테노는 류블라냐대학 기숙사에서 그라시야의 유품을 챙겨 집으로 돌아왔다. 스테노는 혜란을 병원에 입원시켜 링거를 맞게 한 후 혜란과 함께 그라시야의 유품을 정리했다. 유작이 된 디자인 작품이 많았고 전시했던 도록도 여럿 있었다. 혜란은 도록에 새겨진 그라시야의 사진을 보니 딸이 불쌍해 또 울음이 터졌다. 얼마나 하고 싶은 게 많았을까 생각하니 치열하게 배우고 창작에 전념한 스물두 살 딸의 못 다한 열정이 엄마의 한으로 남겨진 것 같았다. 딸이 꽃잎 모양의 디자인으로 커버를 장식한 두툼한 다이어리도 있었다. 막 꽃이 필 것만 같은 생동감이 느껴지는 표지에 속지는 한글과 영어를 섞어 쓴 일기로 가득한 다이어리였다. 손에 짚이는 대로 읽어 본 혜란은 엄마의 '오방' 사업이 성공하기를 염원하는 딸의 간절한 바람과 많은 일을 하면서 행여 엄마의 건강을 해치지나 않을까 하는 염려가 곳곳에 쓰여 있었다. 엄마에게 못한 얘기가 딸의 필체를 타고 혜란의 가슴에 콕콕 박혔다. 아빠의 '사랑'과 '성공'에 대한 존경심도 여기저기 글과 그림으로 묘사되어 있었다. 고국을 떠나 사랑하는 여자에 대한 책임에 평생을 건 아빠를 딸로서, 한 여자로서 바라보는 그라시야의 따뜻한 시선이 일기장을 휘감고 있었다. 자신의 심연에 넘실대는 엄마아빠에 대한 사랑과 아빠의 모국인 슬로베니아에 대한 애정도 흠뻑 스미어 있었다. 딸의 다이어리를 읽으며 기운을 내야겠다고 생각했다. 그러나 그것은 생각일 뿐 혜란은 몸을 움직이면서도 신경을 집중해야 하는 일은 어떤 일도 할 수 없었다. 딸의 유언이 된 일기장의 절절한 사연을 생각하면 벌여 놓은 일을 줄이거나 접기는커녕 더 잘해야 하는 상황이었다. 그러나 몸은 이성적인 판단을 따라주지 못했다. 몸에서 기운이 다 빠져 나간 것만 같고 의욕도 예전 같지 않았다. 어떻게든 자신을 추스르지 못하면 학교 일도 '오방' 일도 엉망이 될 것 같은데 좀처럼 비전의 구체적 실현을 이끌만한 어떤 일도 당장은 하기 힘들었다. 그런 사정을 간파한 제자들이 팔을 걷어 부치고 '은사 구하기'에 나섰다. 제자 중에는 이미 업계에 취업이 되어 안정적인 생활을 하는데도 회사를 그만두고 '오방'에 전념하는 제자도 있었다. 제자들은 대부분 전일제(full time)로 근무하면서 그때그때 작업량과 시급성을 고려해 순서를 조정해 가며 시장에 제품의 수급에 차질이 없도록 해 리더십의 공백으로 인한 '오방'의 리스크를 최소화 하는 데 힘을 모았다. 스테노도 그라시야의 뜻에 부합하는 제자들의 헌신적인 노력이 있어 혜란 못지않게 슬픔과 상심이 컸음에도 불구하고 슬픔을 억누르며 '오방'을 진두지휘 했다. 하지만 혜란은 날이 갈수록 기운을 잃고 있어 킴노이를 비롯한 전 직원의 걱정이 이루 말할 수 없이 컸다. 다문화가족협회 회원들도 하루빨리 혜란이 기운을 차릴 수 있기를 바라는 마음을 혜란에게 전하고 혜란이 신경을 쓰지 않아도 협회가 원활히 운영되도록 파테나를 중심으로 단합해 조금도 흔들림 없이 계획대로 활동을 펴 나갔다. 혜란은 그런 직원과 회원들의 고마운 마음에 보답하기 위해서라도 빨리 슬픔에서 헤어나야 한다고 생각했다. 하지만 혜란에게 그것은 쉬운 일이 아니었다. 갈수록 딸에 대한 안타깝고 그리운 마음에 사무쳐 불면증과 우울증에 시달리는 상황이 되었다. 혜란이 자신에게 기대어 일어서기를 바라지만 그렇게 하지 못하는 깊은 상심을 스테노는 이해할 수 있었다. 그러면서도 혜란의 병이 깊어질까 스테노는 염려가 많았다. 그러던 어느 날 혜란은 스테노가 국제학회 발제연사로 초청되어 이틀간 일본 출장을 간 사이에 캐리어를 꾸려 그라시야를 보러 간다는 문자를 남기고 마리보로 날아갔다. 그라시야의 묘를 둘러보고 스테노의 고향집에도 들렀다. 집에는 혜란이 심어 놓은 마당의 화초가 꽃을 피우고 있었다. 딸도 그렇게 다시 되살아났으면 얼마나 좋을까 생각하며 함께 물을 주던 그라시야의 환영을 보았다. 마리보 시내로 가 딸과 함께 했던 옛 추억을 더듬으며 사랑하는 그라시야의 흔적을 좇아 드라바강변의 바인하우스를 찾았다.

66

혜란은 '바인하우스' 매장에서 '오방' 제품을 발견하고 무척 반가웠다. 그러나 딸의 혼이 담긴, 제품과 포장박스에 새겨진 그라시야의 디자인을 보는 순간 가슴에 묻은 그라시야가 눈에 밟혀 다시 울컥했다. 마음을 진정시키려고 뒤돌아 강물을 바라보았다. 그런데 창밖의 강물은 고요한데도 마음은 되레 더 요동쳤다. 배에 올라탄 그라시야가 엄마를 부르는 소리가 오늘따라 더 세게 들려 견딜 수가 없었다. 혜란은 캐리어를 실내에 둔 채 황급히 몸을 돌려 하우스 밖으로 나갔다. 드라바강을 가로지르는 다리 위로 해가 넘어가며 강물 위로 붉은 노을이 쏟아지고 있었다. 혜란은 붉은 빛줄기를 좇아 신발도, 옷도 몸에 걸친 그대로 강물 속으로 걸어들어갔다.